Blauwe maandagen

ARNON GRUNBERG

Blauwe maandagen
Figuranten
Fantoompijn
Amuse gueule
De mensheid zij geprezen
De asielzoeker
Grunberg rond de wereld

Leverbaar bij
Nijgh & Van Ditmar

Meer informatie over Arnon Grunberg:
www.grunberg.nl

Arnon Grunberg

Blauwe maandagen

Singel Pockets

Eerste druk 1994
Tweeëntwintigste druk (als Singel Pocket) 2000
Achtentwintigste druk 2004

Singel Pockets is een samenwerkingsverband tussen
BV Uitgeverij De Arbeiderspers, Uitgeverij Archipel,
Athenaeum—Polak & Van Gennep, Uitgeverij Nijgh & Van
Ditmar en Em. Querido's Uitgeverij BV

Oorspronkelijke uitgave:
Uitgeverij Nijgh & Van Ditmar

Copyright © 1994 Arnon Grunberg

Omslagontwerp: Ron van Roon
Omslagillustratie: Scherpe hoek, 1980 © Roland Topor,
2000 c/o Beeldrecht Amsterdam

ISBN 90 413 5030 6 / NUR 310
www.singelpockets.nl

Inhoud

Ik heb nog twintig paarden
in Berlijn

Mijn vader handelde in postzegels, in ieder geval dat dachten mijn moeder en ik. Mijn moeder had me verteld dat zíjn vader een drogisterij had. Dat was een drogisterij op een karretje. Die man liep de hele dag door Berlijn met dat karretje. 'Op een dag troffen ze hem dood boven zijn karretje aan,' zei ze, 'maar dat kwam niet door de SA, dat kwam door de neunundneunziger.' Even later zei ze: 'Maar mijn ouders hadden een meubelzaak, en later zelfs twee, en daar hebben we geen cent voor gekregen, geen cent.'

Wij woonden in Düsseldorf in een hotel, waar aan de muur een soort gedenksteen was bevestigd: 'Hier heeft de jonge dichter Heine gelukkige jaren doorgebracht.' Daarvan moesten we natuurlijk een foto maken, met mij ervoor. Ik werd gek van de jonge dichter Heine.

Toen ik nog op de lagere school zat, ging ik wel eens met mijn vader mee op reis. Hij bleef nooit lang weg, een of twee dagen. In de trein aten we broodjes met koosjere worst, die hij zelf had klaargemaakt. Maar we aten ook wel niet-koosjere worst, en veel poffertjes en gebak. Dat was net zo goed als warm eten, volgens hem. Hij ontmoette mensen in cafés. Het was warm. Ik droeg mijn korte broek.

Mijn vader was kaal. Ze dachten dat hij mijn opa was. Ze vroegen: 'Lekker op stap met opa?' We gingen een café binnen, en daar zat dan de man met wie hij had afgesproken. Ook oud en ook kaal. Ze dronken een paar wodkatjes. Ik kreeg ijs, altijd ijs. Ze praatten urenlang met elkaar.

Mijn vader wilde nooit zeggen wat hij met die kale mannen had besproken. Als we klaar waren in het café, gingen we naar de kermis. We aten braadworstjes. Hij zei dat God niet op een braadworstje meer of minder keek. God misschien niet, maar mijn moeder wel. 's Avonds gingen we weer naar een café, daar ontmoetten we nog zo'n grijze man. Zo'n man die voor God zou kunnen spelen in een slechte film. Er werden weer wodkaatjes gedronken. Mijn vader wond zich op. Zijn haren leken op stro. Hij had ze namelijk heel lang laten groeien om de kale plek op zijn hoofd te bedekken, maar als hij zich opwond vielen ze voor zijn ogen. 'Auf bessere Zeiten,' riepen ze. Mijn vader sloeg op tafel. Niemand lette op hem. Ze sloegen daar allemaal op tafel. Het ging over het Majdanek-proces. Of misschien wel weer over de jonge dichter Heine. Allemaal één pot nat. Mijn moeder dacht dat ik met hem mee was gegaan om postzegels te verkopen, maar ik had geen postzegel gezien. Ik vroeg of hij ze verkocht had. Hij wilde niets zeggen. Ook tegen mijn moeder niet. Als je verder vroeg, zei hij alleen maar: 'Iedereen heeft zijn verhaal, ook de dommen en de onwetenden.'

Bij het ontbijt kreeg ik warme chocolademelk; dat kreeg ik thuis nooit. Eén keer hebben we in een winkelstraat wel een uur staan luisteren naar een man die harmonica speelde.

We zijn ook een keer in Brussel geweest. Daar zagen we een ongeluk. Een opa met een wandelstok werd bij een stoplicht door een vrachtwagen overreden. Het ging heel langzaam. De chauffeur zag hem niet toen hij wilde optrekken. Mijn vader zwaaide met zijn armen en riep: 'Heia, heia.' De chauffeur lette niet op mijn vader en de vrachtwagen reed helemaal over die man heen. We konden niet blijven kijken, want we moesten weer naar een café, waar een ouwe man op mijn vader wachtte. Het waren altijd cafés waar alleen maar ouwe mannen kwamen, het waren er nooit veel, en zelfs de obers waren grijsaards. En de ventilatoren die langzaam draaiden, hielpen niets.

In Brussel was geen kermis. Ik mocht trouwens nooit in de achtbaan, want dat durfde mijn vader niet. Ik mocht wel schieten, maar daar bracht ik niets van terecht. Mijn vader schoot altijd raak. Hij heeft eens een beer voor me gewonnen, maar wat moest ik met een beer. Hij had altijd een plastic tas van Albert Heijn bij zich, als we naar die cafés gingen. Hij zei: 'Belangrijke dingen kun je het beste met je meedragen in plastic tassen.' Soms moesten we wachten op de andere ouwe mannen, die net als mijn vader altijd naar knoflook stonken. Ik wilde niet op hun schoot zitten, want ik droeg een korte broek en hun broeken kriebelden als de pest, net als hun wangen.

Eén keer moesten we haring meenemen voor die ene ouwe man in Düsseldorf. We waren vroeg opgestaan om bij mijn vaders eigen haringmannetje naast het beursgebouw tien haringen in te slaan. Het was zo'n dag dat iedereen het liefst in ijskoud bier zou willen liggen. Mijn vader droeg een zonnebril en later in de trein maakte hij grapjes met twee meisjes die bij ons in de coupé zaten. Iets voorbij Oberhausen begon het in de coupé naar haring te stinken. Mijn vader legde de haring in het bagagenet. Op reis droeg hij altijd een klein zwart flesje met een gouden dop bij zich. Daarin zat eau de cologne, of iets wat erop leek. Hij haalde het zwarte flesje uit zijn binnenzak en begon de wanden van onze coupé daarmee te besprenkelen. Tot groot vermaak van die meisjes, die zich op hun knieën sloegen, en ook mijn vader had er zichtbaar plezier in. Behalve dat flesje had mijn vader ook altijd een boek bij zich, altijd hetzelfde boek, een leerboek Engels. Het was het beduimeldste boek dat ik ooit heb gezien, en dat hij het nooit is kwijtgeraakt is me een raadsel, want voor de rest raakte hij zo'n beetje alles kwijt op die reizen. Zelfs mij is hij een paar keer kwijtgeraakt. Iets voor Düsseldorf was de lucht in onze coupé ondanks de eau de cologne niet meer te harden. Hij haalde de uitjes en het zuur en de haring uit zijn tas. Hij liet de meisjes ruiken, hij rook zelf, en toen gooide hij de haring uit de rijdende trein op de rails. Ik denk dat die coupé nog dagen heeft geroken zoals normaal alleen een tonnetje haring van binnen ruikt.

Mijn vader vertelde: 'Vroeger aten ze in onze familie uit één pan en dan deden ze het licht uit voor ze begonnen te eten, zodat iedereen gelijke kansen had op een portie. Er waren ook dagen dat ze soep moesten trekken van de geur van het vlees van de week daarvoor.'

Toen ik twaalf was, hielden de reizen plotseling op, of misschien mocht ik niet meer mee.

Toen mijn vader dood was, hebben we inderdaad een kluis vol postzegels gevonden, maar niet zoveel als we hadden verwacht. Tot het eind van ons leven hoeven we geen postzegels te kopen, in welk land we ook zijn. Mijn moeder heeft me verboden ze te gebruiken. Ze schijnen nogal veel waard te zijn. Ik moet het eerst nog zien. Hij bleek ook nog twintig paarden te bezitten. In Berlijn. Een rijschool voor gehandicapten. Gekocht in 1965. Ik dacht dat mijn vader die paarden misschien had gekocht, zodat we daar met z'n allen paard konden rijden. Dat was een raar idee, want noch mijn vader noch mijn moeder noch ik noch mijn zus kon ik me op een paard voorstellen. Mijn moeder was helemaal overstuur. 'Wat moet ik met twintig paarden, zijn die postzegels dan niet genoeg,' riep ze.

Die rijschool hebben we maar verkocht. Een notaris heeft het allemaal geregeld. 'Er moest elk jaar geld bij,' zei hij, 'er kwam geen hond meer naar die rijschool, geen hond. Ik snap niet waarom hij niet veel eerder is verkocht.' We kregen er bijna niets voor. Niemand wilde die paarden hebben. Later bleek dat er ook een hoop pony's tussen zaten. Konden die gehandicapten makkelijk opstappen, of zo. Tegen mijn moeder zei ik: 'Jij moet een lied gaan zingen: *Ik heb nog twintig paarden in Berlijn.*' Daar kon ze niet om lachen.

Vroeger gingen we vaak naar Berlijn. We hadden daar een tante in een bejaardentehuis. We gingen zowat iedere zomer naar haar toe. We woonden dan ook in het bejaardentehuis. Een hele zomer in het bejaardentehuis. De zomers in Berlijn kunnen heet zijn. De mensen in dat tehuis stierven bij bosjes. 's Middags gingen we met z'n allen naar de *Konditorei.* Taart aten we als beesten. Ik ook. Alleen al voor die taart hadden ze van mij wel in Berlijn mogen blijven wonen. We gingen ook wel eens naar het strand van de Wannsee. Als mijn moeder niet keek, aten mijn vader en ik worst en aardappelsalade uit zo'n heel grote regenton. Moddervet, maar de allerlekkerste die ik ooit heb gegeten. Die tante was ook mee. Met haar parasol, want ze was bang voor de zon.

Voor zijn begrafenis moesten we helemaal naar Israël, waar mijn zus woont. We konden hem niet in Amsterdam begraven, omdat mijn zus niet meer mocht vliegen. Ze was negen maanden zwanger. Het kon ieder moment gebeuren. Toen zijn we met het lijk naar haar toe gegaan. Via Rome, want het moest snel gebeuren, en die dag ging er geen directe vlucht.

Eindelijk kwamen we op vliegveld Ben-Goerion aan; we waren de hele dag onderweg geweest. Mijn moeder zei de hele tijd: 'Ik heb hem vermoord, ik heb hem vermoord.' Tot ik zei: 'Houd nu op, anders vermoord ik jou.'

We zaten in de aankomsthal. 'Waar is de kist van mijn man?' vroeg mijn moeder. 'Die komt er zo aan,' zeiden ze, 'we kunnen hem natuurlijk niet met de gewone bagage meesturen.'

Wij wachtten. Samen met mijn zus. Eén uur, twee uur. Ze kwamen ons koffie brengen. Nog een uur. Het hele vliegtuig was nu leeg. Ze kwamen ons nog meer koffie brengen. Ze belden naar Rome. De kist stond nog in Rome. 'Geen paniek, er is niets gebeurd, hij is alleen in Rome blijven staan. Dat kan gebeuren, met dat overstappen. Met het eerstvolgende vliegtuig komt hij eraan.'

Mijn moeder begon te huilen. Ik dacht: Nu gaat mijn zus bevallen, op Ben-Goerion.

Ik riep: 'We gaan met z'n allen naar Rome, we gaan hem in Rome begraven, Rome, here we come.' Ik kreeg de zenuwen van dat gehuil. En van die weeën van mijn zus.

De volgende ochtend is hij gewoon aangekomen. We hebben hem meteen begraven. Ze hebben hem met een noodgang naar Jeruzalem gebracht. Want het was vrijdag, en op zaterdag mag je niet begraven.

Toen zaten we een week op dozen, en aten we bonensoep. Omdat de vrienden van mijn zus blijkbaar dachten dat we dol waren op bonensoep. Je mag niet zelf koken als je in de rouw bent, maar eigenlijk had ik liever niets gegeten dan iedere dag bonensoep.

Een week later vloog ik terug naar Amsterdam, en met de volmacht van mijn moeder heb ik die paarden verkocht.

Rosie

Martinimartin

Ik had mijn haar kort laten knippen en strak achterovergekamd en elke ochtend smeerde ik er een half potje gel in. Ik wilde op die acteur lijken, van wie ik nu de naam ben vergeten. Ik weet alleen nog dat hij speelde in de serie *Tender is the Night*. Ook mijn bril liet ik thuis. Ik zag geen steek en 's avonds was ik al een paar keer tegen geparkeerde auto's opgebotst. Ten slotte hield ik gewoon op met fietsen.

We waren op werkweek in Someren. We moesten veel zwemmen en voor onze ouders asperges meenemen, die we in natte theedoeken moesten wikkelen. Het WK zou worden gehouden in Mexico. Ik was Maradona. Dat was heel wat beter dan asperges plukken en in theedoeken wikkelen. De derde dag moesten we naar een of ander klokkenmuseum. Op weg naar dat museum viel ik van mijn fiets. Dat lag aan de fiets, want we hadden bij een boer fietsen gehuurd en volgens mij lagen ze al tien jaar in zijn schuur te roesten. In mijn broek zat een groot gat en in mijn knie ook. 'Die broek kan je wel vergeten,' zei meneer Diels, onze leraar oude talen. Mijn knie was een bloederige wond waar allemaal kiezelsteentjes in staken. De leiding wilde ze er niet uithalen en ikzelf durfde het niet. Toen heeft Rosie ze eruit getrokken, één voor één. Ze was er wel twee uur mee bezig, en het deed behoorlijk veel pijn, dat gepeuter in m'n knie. Elke avond moest mijn verband worden vernieuwd. Anders moest ik naar huis, hadden ze gezegd. Ook het vernieuwen van het verband was een behoorlijk goor werkje, want de wond etterde nogal. Eerst deed Rosie het, daarna mevrouw Haaseveld, onze klasselerares, en ten slotte moest ik het zelf doen.

Als we voetbalden en het lukte me niet mijn tegenspeler te passeren, trok ik hem gewoon net zo lang aan zijn haren tot het wel lukte. Vrouwelijke tegenspelers kneep ik in hun borsten. Hierover waren sommigen erg verontwaardigd, maar ik was zwaar geblesseerd en ook nog Maradona.

Toen kwam de laatste avond. We sloten weddenschappen af wie het meeste kon drinken van de Martini, die we in grote hoeveelheden hadden ingeslagen in de supermarkt van Someren. Na een halve fles kon ik niet meer. Er was een jongen die doorging tot anderhalve fles. Hij won, maar we hebben hem die avond niet meer teruggezien. Hij heette Martin en sindsdien noemden we hem Martini-martin.

Wij bleven boven op de slaapzaal en hoorden hoe beneden ons Diels en die andere twee zich net als wij vol lieten lopen. Ze waren niet alleen beter geoefend, ze hadden ook meer reden dan wij, die alleen maar wilden lijken op die mannen die we adoreerden, met hun zware stem en hun gezicht waarin het leven diepe groeven had achtergelaten. Maar zij, begrepen we uit hun verhalen, wilden alleen maar lijken op degene die ze geweest waren of op degene die ze dachten ooit te zullen zijn, en ze adoreerden al heel lang niemand meer.

Wij vertelden elkaar wat we over tien jaar zouden zijn. Alleen Deborah zei dat ze tien kinderen wilde adopteren. Hoewel ik nooit met haar sprak had ze me een paar maanden daarvoor uitgenodigd voor haar verjaardag. Ze had drie zussen en een moeder met een kleine snor die ons soep serveerde en couscous in aanzienlijke hoeveelheden.

Aan tafel zat ook nog een oudere jongen die lange verhalen vertelde over saxofoons, alsof het eieren waren die hij zelf had gelegd. Toen ik wegging bleek dat haar vader te zijn. Op de bank lag haar jonge broertje te slapen. Later op de avond sprak hij mij aan met de woorden: 'Wij zijn arrem, jullie ook?'

We probeerden Deborah ervan te overtuigen dat het adopteren van tien kinderen gekkenwerk was. Rosie vertelde dat ze nog liever doodging dan een kind te krijgen, omdat weinig zo lelijk was op deze wereld als zwangere vrouwen. Zo ging die nacht voorbij en 's ochtends om zes uur gingen we nog zwemmen, in een meertje. Ik bleef tussen het riet staan, want ik had een hekel aan zwemmen. Na een uurtje zagen we meneer Koenraads voorbijfietsen, dat was onze leraar Duits. Even later fietste ook meneer Diels voorbij. Van Diels hadden we niet veel last, want hij dronk zowat de hele dag jonge jenever, en vanaf een uurtje of vier ook nog biertjes. 'Eentje voor de dorst en eentje voor de smaak,' zei hij altijd. Na een tijdje zeiden we allemaal: 'Meneer Diels, eentje voor de dorst en eentje voor de smaak.'

Iedere ochtend begonnen we om zeven uur met ochtendgymnastiek. Dan moesten we aantreden op de binnenplaats van de jeugdherberg, en daar stond meneer Diels al klaar in zijn korte broek. Tijdens de vergadering had hij gezegd dat hij wel voor de ochtendgymnastiek zou zorgen.

Meestal vertelde hij dan hoe hij vroeger geld had verdiend met het repareren van koelkasten. Een keer heeft hij ons zelfs meegenomen naar de keuken, want hij had een weddenschap met ons afgesloten dat hij de koelkast in één uur uit elkaar en ook weer in elkaar zou kunnen zetten. Koenraads hoorde dat en zei dat het hem geen goed idee leek de koelkast van de jeugdherberg uit elkaar te halen. Dus die Diels viel nog wel mee. Maar deze keer was er natuurlijk niemand komen opdagen voor zijn ochtendgymnastiek en had de leiding meteen allemaal zoekacties georganiseerd. Als er maar één iemand ontbrak bij het avondeten, moesten we direct allemaal op de fiets om het dorp uit te kammen.

Uiteindelijk vonden ze ons dus in dat meertje. Ze waren helemaal nat van het fietsen. Er was geen tijd meer voor ochtendgymnastiek. We werden meteen de bus in gepropt. Martinimartin kon gewoon niet meer. Volgens mij zou hij Amsterdam niet halen, en die Koenraads vroeg aan mij: 'Waar zijn *jouw* asperges?' Want iedereen liep met zo'n bundeltje in een natte theedoek. Ik zei dat ik er geen had. Ik zei dat mijn ouders wel voor hun eigen asperges konden zorgen. Dat vond die Koenraads helemaal niets. Waarschijnlijk moest hij het niet wagen zonder asperges bij zijn ouders te verschijnen.

Ook in Amsterdam was het te heet om maar iets te doen, maar we moesten nog een maand. Daarom gingen we die maandag naar Zandvoort waar we voetbalden totdat Martinimartin onderuit werd geschoffeld door een man die blijkbaar alleen maar naar het strand was gegaan om andere mensen onderuit te schoffelen. Dat was die dag waarover we later allemaal nog hebben gepraat, en allemaal hebben we beweerd dat we er niets mee te maken hadden en dat we vanaf het begin al hadden gezegd dat het een idiote onderneming was. Dat we hem zelfs nog hebben gewaarschuwd toen iedereen begreep dat het niets meer zou helpen.

Thomas was de langste van ons allemaal. Om de schouder van zijn vriendin Natasja had hij blikjes bier gedrapeerd. Net als die blikjes bewogen ook haar borstjes op het ritme van haar stappen. Thomas was zo lang dat hij alleen maar zijn arm hoefde uit te strekken om de bal in de basket te leggen. Ook zijn haren waren lang, net als zijn vingers en zijn tenen, en zijn puistjes waren ontelbaar en dieprood van kleur als rijpe framboosjes. Af en toe legde hij tijdens het lopen zijn hand in de nek van Natasja, die tot aan zijn adamsappel reikte. Toen we eindelijk bij een plek kwamen waar nog plaats was, tilde hij Natasja op, die inmiddels in haar badpak stond, die ze blijkbaar al onder haar kleren aan had gehad. We zagen dat ze haar benen had geschoren, want we herinnerden ons haar benen van gymnastiek.

Toen het zo ongeveer het warmst van de dag was, hebben ze die weddenschap afgesloten. We zeiden tegen Martinimartin: 'Doe het niet', want hij was het hele weekeinde ziek geweest van die nacht in Someren. Hij had een beetje het gezicht van Johnny Bosman, net zo'n klein hoofd op een lange nek. Hij kon ook heel goed koppen. Toen hij hoorde wat Thomas zei, is hij naar een winkel gegaan en heeft twee flessen gekocht die lauw waren, want het was die dag meer dan dertig graden. We keken naar Natasja die lag te zonnen op een handdoek, en die niet één moment naar hem keek. Martinimartin maakte de eerste fles open, en ik geef toe dat Natasja er verleidelijk uitzag in haar rode badpak. Misschien durfde hij niet terug nu hij eenmaal begonnen was, of misschien deden de hitte en de eerste slokken drank en de aanblik van Natasja een plotselinge hartstocht in hem opwellen, dat zou ook kunnen, want net als de dood slaat ook de hartstocht niemand over. In ieder geval dronk hij de eerste fles helemaal leeg, en we merkten dat Thomas spijt begon te krijgen. We moedigden Martinimartin aan de tweede fles te openen, en dat deed hij. Het zal ongeveer drie uur zijn geweest. Nog altijd lag Natasja in de zon en alles leek langs haar heen te gaan. Ook wij vonden dat zij elk uur mooier werd en Martinimartin met zijn knokige gestalte en zijn spierwitte slappe haar elke minuut afstotelijker. Om vier uur was de tweede fles halfleeg.

Hij zat, en wij stonden om hem heen. Misschien had hij zo nu en dan een slokje uitgespuugd, maar die laatste halve fles dronk hij tot op de bodem leeg. Thomas stond naast hem en hield hem voortdurend in de gaten. Sommigen riepen dat hij maar moest ophouden, maar anderen moedigden hem aan door te gaan. Toen hij bijna klaar was, en er wat drank uit zijn mond langs zijn kin liep en in het zand viel, pakte Thomas het zand waarop was gedruppeld en stopte het terug in Martinimartins mond. Daarna dronk Martinimartin de laatste twee slokken, alsof hij een week niet had gedronken. Hij liep naar Natasja.

Ze keek hem alleen even aan. Toen trok ze haar badpak achter een handdoek uit, deed ze haar spijkerbroek en haar T-shirt aan, en zei ondertussen niets tegen ons. Ze deed haar spullen in haar plastic tas en toen zijn ze met z'n tweeën naar het dorp gelopen. Natasja voorop, met haren die nog nat waren van de zee, achter haar Martinimartin in zijn korte broek en zijn fladderend hemd. Een paar keer draaide Martinimartin zich nog om en maakte een gebaar met zijn handen, maar hij was al te ver weg om te kunnen zien wat hij bedoelde. Toch hebben we allemaal gezworen dat hij er niet uitzag als iemand die zich niet helemaal lekker voelde. Alleen Deborah zei dat we allemaal gek waren.

We gingen weer in het zand zitten en we wachtten tot ze

terug zouden komen. Toen ze om negen uur nog niet terug waren, maakten we van die twee lege flessen een doel, en ik scoorde het mooiste doelpunt uit mijn leven. Ik stond zeker twintig meter van het doel, en ik nam de bal aan in de lucht, wat ik eigenlijk helemaal niet kon. Ik kon alleen maar heel hard trappen en heel hard rennen. Maar die avond nam ik de bal aan, zo op mijn wreef en schoot hem precies tegen een van die twee lege flessen aan. Dat het doelpunt werd afgekeurd is totaal onbelangrijk, want ik weet zelfs nu nog zeker dat ik de binnenkant van de fles raakte en niet de buitenkant.

Als ik Martinimartin ooit zou tegenkomen, zou ik hem vertellen dat, toen hij en Natasja in de duinen verdwenen, ik het mooiste doelpunt uit mijn leven heb gemaakt. En dat het alleen is afgekeurd omdat Thomas een beetje kippig was geworden door de zon en al dat bier. Ik zou hem vertellen dat ik me op die avond heilig voornam met alle mooie vrouwen van de wereld te slapen. Dat was toen we daar stonden, en niets zeiden, alleen maar naar Natasja keken, die zeker twintig meter vooruit liep en met haar plastic tas zwaaide waarin haar natte badpak zat. Ik herinner me haar Amsterdam-Zuid 'r' en haar volle buste. Ik weet nu dat ook zo'n Amsterdam-Zuid 'r' kan slijten. Wat haar buste betreft is het best mogelijk dat haar lichaam gewoon nog te klein was voor haar borsten, precies zoals toen mijn hoofd te klein was voor mijn neus, alleen is het dat nog steeds volgens sommigen.

Toen we niets meer van ze zagen, begonnen we te spelen, totdat Thomas plotseling de bal oppakte en zei: 'Nu is het genoeg.' Hij stond met 3-0 voor en hij dacht, net als wij allemaal, dat we ze nu ieder moment weer konden verwachten, daar boven op dat duin, in de buurt van de viskraam. In de witte klamme lucht die daar hing, hadden we ze drie kwartier geleden zien verdwijnen.

Het is waar dat ik er niets mee te maken had. Ik was geen vriend van Martinimartin, en ook niet van Natasja. Zij was een meisje uit een keurig gezin, met opgeblazen bolle wangetjes, en waarom ze niet op haar handdoek is blijven liggen, waarom ze niet gewoon heeft gezegd: 'Stelletje idioten', weet ik nog steeds niet. Zij was geen spinnevrouw, en waarschijnlijk zou ze zich ook nooit tot een spinnevrouw ontwikkelen. Wij hadden het in die tijd veel over spinnevrouwen, maar ik ben vergeten hoe iemand er precies uit moest zien, en wat ze precies moest doen om een spinnevrouw te mogen heten.

Haar ouders hadden haar beslist voor van alles en nog wat gewaarschuwd, voor de zon en voor vet eten en voor nog een hele hoop andere dingen, maar waarschijnlijk had ze de hele dag haar best gedaan om dat allemaal te vergeten, en als ik beter naar haar had gekeken en beter naar haar had geluisterd, was ik misschien minder verbaasd geweest. Minder verbaasd dan de anderen, die ook al niet begrepen waarom ze niet met haar wijsvinger op haar voorhoofd heeft getikt. Later hebben ze aan sommigen van ons gevraagd waarom we haar niets hebben nageroepen. Ik heb dat altijd een onzinnige opmerking gevonden. We hoefden haar niets te vragen en we hoefden haar al helemaal niets na te roepen om te weten dat ze niet zou antwoorden. Die avond niet, en de dagen daarna ook niet.

Op de vragen die ze mij hebben gesteld heb ik alleen geantwoord dat ik net als de anderen had geroepen: 'Drink door, nog een paar slokken.'

Vlak voor het donker werd zijn we naar het station gelopen. De meisjes hielden hun armen naast elkaar om de kleur te vergelijken en daarna hun benen, en we hebben ijs gekocht. Maar we hebben ze niet meer gevonden.

Iedereen had uiteindelijk een ander verhaal over die avond en ten slotte waren er zoveel verhalen dat niemand er meer wijs uit werd. Het is in ieder geval zeker dat Natasja na die avond niets meer met Thomas te maken wilde hebben, en ook niet met Martinimartin.

Voor de werkweek was Martin niemand opgevallen en opeens ontpopte hij zich als Martinimartin en werd er in één dag net zoveel over hem gesproken als voor die tijd in drie jaar. Ik heb me ook vaak afgevraagd waardoor Natasja die dag voor onze ogen steeds mooier leek te worden, en waarom we op het laatst allemaal wel twee flessen Martini hadden willen drinken. Als ik nu foto's van haar uit die tijd bekijk, is ze een gewoon blond meisje met een wat grof gezicht.

Toen ik die avond thuiskwam, ging ik met mijn vader weer naar het restaurant waar we iedere avond zaten. Mijn moeder was in Israël bij mijn zus, die net haar eerste kind had gekregen. We zeiden niet veel. Het was wel goed dat mijn moeder er niet was, want dan hoefde ik niet naar tennisles. Zij ging namelijk altijd mee en dan zei ze tegen de trainster: 'Hij krijgt geen bal over het net, maar dat doet hij om ons te pesten.'

Vanaf die week kreeg ik allemaal brieven. In het Engels. Van iemand die Yasma heette, en ik kende helemaal geen Yasma. Mijn Engels was ook heel slecht, dus de helft van de brieven begreep ik niet. Ik vertelde het aan Eric, mijn vriend, maar hij interesseerde zich niet voor mijn brieven. Zijn ouders waren bezig uit elkaar te gaan. Daar waren ze al tien jaar mee bezig. Dat interesseerde mij dus weer niet, en in die tijd dacht iedereen nog dat ik rechten zou gaan studeren of Nederlands.

De hele maand juni heb ik ongeveer tien lessen gevolgd. Om elf uur was de kleine pauze en dan spraken we af dat we elkaar over een kwartier in Le Berry zouden zien. De rest van de dag zaten we op het terras van Le Berry en dronken bessenjenever met ijs. Mijn eerste lievelingsdrank was bessen-ijs. Soms gingen we 's avonds naar de film, maar meestal was om zes uur al ons geld op. Dan gingen we op de aanlegsteiger zitten, tegenover Dikker & Thijs.

De oesterbar

We hadden een meisje in de klas dat van adel was. Een ander meisje was Jehova's Getuige en er liepen ook nog een paar joden rond. Dat meisje van adel gaf een feest. In de tuin van haar ouders. Een reünie van de werkweek. Ze had ook Koenraads uitgenodigd en Diels en Haaseveld.

Diels was al blauw toen hij binnenkwam. Hij ging ergens in een hoek een shaggie zitten draaien met zijn trillende handen. Hij rookte alleen maar Javaanse Jongens. Hij vertelde hoe hij op z'n twaalfde al door zijn moeder op pad was gestuurd om koelkasten te repareren. Dat vertelde hij altijd op feesten. Hij moest zo ongeveer heel Amsterdam-Noord langs en dan bij elk huis aanbellen. 'Is uw koelkast toevallig kapot?' Volgens mij had hij daaraan een reparatie-obsessie overgehouden, want overal waar hij kwam wilde hij dingen repareren.

We zaten daar onder de bomen. Ze hadden echt een joekel van een tuin. Ik luisterde naar de verhalen van die Diels die voortkabbelden als het verhaal van de schildpad in Alice in wonderland. Gelukkig werden we toen naar binnen geroepen. We gingen dia's kijken van de werkweek. Iedereen liep daar rond met een gezicht van 'wat hadden we het toch gezellig met elkaar'. Zelfs Martinimartin. Dat vond ik nog wel het ergste. Dat ze altijd maar zeiden dat ze het zo gezellig met elkaar hadden. Dat ze nog liever hun tong afbeten dan te zeggen hoe het echt was.

De ochtend daarop had Diels een nieuwe aftershave en Rosie zei dat ze naar Artis wilde.

Tegen de conciërge zei ik dat het een belangrijke joodse feestdag was. Op school hadden ze erg veel respect voor joodse feestdagen. Artis was veel duurder dan we hadden gedacht. We hadden voor de leeuwenkooi afgesproken met nog een paar andere mensen uit onze klas, maar die hebben we daar gewoon laten wachten. Wij zijn gaan eten in een van die toeristenpizzeria's bij het Leidseplein. We hadden het over zo'n beetje van alles, over de koelkasten van Diels, en Martinimartin en Natasja en toen zei Rosie dat we niet alléén waren. Ik dacht dat ze bedoelde dat ze een kind kreeg of zo, dat ik een heel dramatisch verhaal te horen zou krijgen. Ze zei dat ze Yasma was, of beter gezegd, ze schreef het op een viltje. Ik dacht dat dit soort dingen nog heel vaak zouden gebeuren in mijn leven, dat het eigenlijk niets bijzonders was dat mensen plotseling tegen me zeiden dat ze diegene zijn, die me al weken brieven stuurt.

De avond voordat de proefwerkweek zou beginnen, besloten Rosie en ik uit eten te gaan. Ik zou haar afhalen in de ijssalon in de Van Woustraat waar ze werkte. Rosie noemde die ijssalon De Vermicellibar. Ik moest buiten wachten, want ze vonden dat ik haar van haar werk hield. Ze had me verteld dat het best moeilijk was om goed ijs te scheppen, om mooie ronde bolletjes te maken. Een paar dagen daarvoor had ik in de *Avenue* bij de tandarts gelezen dat beroemde en belangrijke mensen in de Oesterbar gingen eten. Dus zei ik tegen haar: 'Laten we naar de Oesterbar gaan, ik kom daar wel vaker.'

We kregen een tafeltje naast het aquarium waar allemaal kreeften in zwommen. We bestelden tong en twee glazen wijn en toen nog twee en daarna nog twee. Pas toen bedachten we ons dat we beter een fles hadden kunnen bestellen.

De ober was vriendelijk tegen ons, maar toen we net binnen waren had ik hem tegen die andere ober horen zeggen: 'Ze maken ze wel steeds mooier, vind je niet?'

De tong kon ik niet helemaal op en zij ook niet. Het waren knoerten, die we per honderd gram moesten betalen, bleek later. We vertelden elkaar welke cocktails we al hadden gedronken en welke we nog moesten drinken. Ze droeg zo'n OshKoshpak en had een staartje in haar haar die ze *mijn scheerkwast* noemde. Toen kwam de ober en hij zei: 'Nemen jullie nog een dessert, want anders moeten jullie weg.'

We vroegen om de kaart en ze zat maar naar die kaart te turen. Ik kreeg het verschrikkelijk warm. Zij pakte mijn hand vast die al helemaal vochtig was. Dat was de eerste keer dat een vrouw mijn hand op zo'n manier vastpakte, maar ik lette er niet op. Alles wat zij met mijn hand deed, ging een beetje langs me heen, want ik moest telkens weer aan die ober denken die had gezegd dat ze steeds mooier werden gemaakt.

'We bestellen gewoon een dessert,' zei ze, 'want zolang we eten hoeven we niet te betalen.'

Dat vond ik een geniaal idee. De ober slenterde weer naar ons toe. Hij had het ook warm, dat kon je duidelijk zien. We vroegen allebei om een sorbet. Een hele grote sorbet om af te koelen.

'Wat is dit?' vroeg ze aan die man. Ze wees naar de kaart.

'Dat is champenoise.'

'Doet u dat er maar bij,' zei ze.

'Uit Spanje of uit Frankrijk?'

'Nou, doet u maar uit Spanje,' zei ze. Dat kon ze namelijk heel goed: 'Uit Spanje' zeggen, alsof ze dat iedere dag zei.

Na de sorbet bestelden we ijs, want nu moesten we gewoon door, en die fles uit Spanje hebben we langzaam opgedronken, en ze zei: 'Ik krijg hier volgens mij een pukkel, ik voel de huid echt helemaal samentrekken.' Het was inmiddels tien uur, en het was nu behoorlijk druk. Er zaten allemaal families hun vakantie te vieren, en zakenmensen. Ze pakte haar vulpen en begon op haar witte servet te schrijven. Ik zag de ober kijken, maar hij zei niets. Ik zei ook niets. Er zijn niet veel momenten in je leven dat je denkt dat je alles kunt doen wat je wilt, maar dat wist ik toen nog niet. Waarschijnlijk zei ik niets, omdat ik hetzelfde dacht als wat zij dacht. Ze schreef het hele linnen servet vol. Ze wilde dat we een contract zouden tekenen waarin we afspraken dat we nooit volwassen zouden worden. Later heb ik nog een paar van dat soort contracten getekend, maar nooit meer op een servet.

Ik heb het ondertekend met haar vulpen in de Oesterbar op 3 juli 1986. Zij wilde het mee naar huis nemen, en ik zag dat ze achter in de Oesterbar al begonnen waren met dweilen. Ik keek naar haar met haar smalle gezicht met de iets uitstekende jukbeenderen, en de kleine mond met de grote lippen, en haar ogen, die soms groen leken en dan weer bruin, en die wenkbrauwen van haar, die ze had aangezet met allerlei soorten potloden uit dat etui dat ze altijd bij zich droeg. Ik dacht eraan dat het proefwerkweek was, dat we niets hadden gedaan, dat ik toch niet meer zou kunnen blijven zitten maar zij nog wel. Ik dacht eraan dat ze in het Beatrixpark had gezegd dat ze nog altijd haar hele leven ijs kon scheppen. Op dat moment leek me dat niet eens het slechtste van alle levens die je zou kunnen leven.

'We willen nu ook naar huis,' zei de man en hij legde een schoteltje met vier pepermunten en de rekening op tafel.

Ik herinnerde me die leraar die tegen haar had gezegd: 'Schrijf dat eens op in je agenda.' Toen had ze gezegd: 'Ik heb geen agenda.' Die was uit haar tas gevallen. Later bleek nog veel meer uit haar tas te zijn gevallen, boeken en schriften en woordenboeken.

'Waar wonen jullie?' vroeg de ober. Dat wilde Rosie niet zeggen en ze wilde ook niet dat haar ouders werden gebeld, dus werden mijn ouders gebeld. Ze waren inmiddels met z'n drieën. Ze stonden niet eens te schreeuwen, ze stonden alleen maar rond onze tafel. 'Dat moeten wij weer hebben,' zei die ene, 'daar heb je de hele avond de benen voor uit je lijf gelopen.'

De bedrijfsleider was er inmiddels ook bij gekomen. We hadden voor bijna driehonderd gulden gegeten en gedronken, en zij keek naar de kreeften, en ik ook. Ze gingen mijn vader bellen, en wij moesten wachten. Ze hadden de meeste lichten al uitgedaan, en alles opgeruimd, alleen op onze tafel lag nog een tafelkleed en stonden nog vieze glazen en die lege fles champenoise. Niemand zei wat, alleen zij zei af en toe: 'Het is een klotestreek.'

Ook de obers hingen maar wat rond. Ik had met hen te doen, want de bedrijfsleider was ze aan het uitfoeteren. 'Had je dat niet kunnen zien toen ze binnenkwamen?' vroeg hij steeds weer. 'Had je dat niet kunnen zien?'

Die ene was al kaal en antwoordde niet, en pas toen de bedrijfsleider weg was, zei hij: 'Lullen, dat kan-ie.' Ook tegen ons zei hij: 'Hij kan goed lullen hoor, hij lult ze allemaal zo onder de tafel.' Dat was die man die had gezegd

31

dat ze steeds mooier werden gemaakt. We kregen nog een glas water, want de ventilatie was ook al uit, en we hadden nogal dorst van al die champenoise.

Eindelijk kwam mijn vader, met een taxi. Blijkbaar had hij al in bed gelegen, want zijn haar zat in de war, en zijn hemd zat niet goed, en hij had een rode neus van de wijn van die avond. Hij schreef twee cheques uit. Hij was veel kalmer dan ik had gedacht. Toen kwam hij naar ons toe en zei: 'Jullie zijn niet goed wijs, jullie hebben geen idee wat geld is.' Tegen mij zei hij: 'Wie ein Penner,' en die man van de Oesterbar vertelde hij: 'Tien jaar geleden was ik hier voor het laatst, met familie van mijn vrouw, toen waren jullie ook al afzetters, als mijn zoon hier nog een keer komt, sta ik erop dat jullie hem niet bedienen. Want een tweede keer kom ik hiervoor mijn bed niet uit.'

'Je komt nu meteen naar huis,' zei hij nog tegen mij, 'maar niet in mijn taxi.' Toen liep hij weer weg. Ze ruimden onze tafel af, en wensten ons nog een prettige avond.

Mijn ouders lagen nog niet in bed toen ik die avond thuiskwam. Ze zaten in de woonkamer. Of beter gezegd, mijn vader sliep op de bank, en mijn moeder zat aan tafel en dronk thee. Ik weet niet meer precies wat er toen allemaal gebeurde, maar het eindigde er in ieder geval mee dat mijn moeder de helft van het servies kapotgooide. Dat was niets bijzonders. Toen mijn zus nog bij ons woonde, werd er veel vaker servies kapotgegooid. We haddden witte porseleinen borden, ik geloof dat ze Rosenthal heetten, ze hadden in ieder geval een naam, die borden. Die gooide mijn moeder op de grond. Eerst riep ze: 'Ik kook nooit meer voor jullie.' Dan begon ze met het servies. Mijn vader riep: 'Doe het dan, dat heb je al honderd keer beloofd, houd voor één keer in je leven eens je belofte.'

Tegen mij riep ze: 'Jij bent net zo'n ongedierte als je vader, de hele familie van je vader is ongedierte, en ongedierte eet maar van de grond.' Daarna gooide ze het eten, een biefstuk met brood, dat ze voor mij had bewaard, zo over het Perzisch tapijt. Toen brak de hel pas goed los. De buurvrouw belde op om te zeggen dat ze zich nergens mee wilde bemoeien, maar dat ze gewoon wilde slapen. Ik hoorde mijn moeder door de telefoon roepen: 'Neemt u een slaaptabletje, ik heb mijn hele leven slaaptabletjes genomen, denkt u dat u doodgaat als u één nacht een slaaptabletje neemt?'

Om half vier in de ochtend werd het wat rustiger, en toen besloten ze dat ik maar voor een paar weken naar mijn zus in Israël moest. Dat was de eerste keer dat ze dat beslóten, en daarna zouden ze het nog een paar keer besluiten. Zodat ik daar tot rust zou komen. Ik geloofde eerder dat zij tot rust wilden komen. Ook dat was onzin. Ze kwamen nooit tot rust.

De hele week voordat ik naar Israël zou gaan, spraken we elke dag af op het terras van Le Berry. We dronken bessenijs en om de beurt haalden we patat. Het was zo warm dat de zakjes mayonaise in de zon poreus werden en vanzelf openbarstten. Ik moest zelfs op een middag een rondje geven aan de familie van een Fransman, omdat ik mayonaise op zijn shirt zou hebben gespoten. Toen konden we de rest van de dag niets meer drinken.

De avond van de finale Argentinië-Duitsland konden we niet op het terras zitten, omdat ze een groot scherm aan de muur van de stadsschouwburg hadden gehangen waarop de wedstrijd te zien zou zijn. Het was zo druk dat ik dacht dat we elkaar nooit zouden vinden, maar Rosie vond me toch. Ze zei: 'Ik rook je luchtje.' Ik had een paar dagen daarvoor een parfum gekocht dat ik in grote hoeveelheden over me heen had gesprenkeld. Toch geloofde ik haar niet. Die avond dronken we ergens in een café bij het Centraal Station bessen-ijs. Toen Argentinië had gewonnen, moest ik haar kussen.

Den Haag Mariahoeve

De dag voordat ik naar mijn zus zou vertrekken, zijn Rosie en ik naar Den Haag gegaan. Ook daar gingen we op allerlei terrassen zitten. Ze wilde mijn vest aan, want het was niet zo warm als we hadden gedacht. Zo kwam het dat mijn vest die avond naar haar rook. Dat weet ik nog heel goed, want ik nam het mee naar Israël, maar hoewel ik het niet waste begon het toch steeds minder naar haar te ruiken.

Ze vertelde over de vriendjes die ze had gehad; voor mij had ze een heel dik joods vriendje gehad, zei ze. Daarvoor had ze een Italiaans vriendje gehad, maar dat had niet lang geduurd. Het enige wat ze zo'n beetje hadden gedaan, was dat ze op een avond op het strand in een strandstoel hadden gevreeën. We kochten kaarten waar Beatrix op stond, die we aan zowat de hele klas verstuurden. 'Je neus is gekrompen,' zei ze plotseling. Naderhand zou ze dat nog heel vaak zeggen, midden in een gesprek, opeens: 'Je neus is alweer gekrompen, echt, hij is aan het krimpen.' Daar moesten we altijd erg om lachen, maar nooit meer zoals die ene keer in Den Haag. Ik ben blij dat na haar nooit meer iemand dat tegen me heeft gezegd. Bijna al die andere dingen kan iedereen wel tegen je zeggen, zo vaak dat je niet eens meer weet wie het tegen je zei, en waarom, en wanneer precies.

We zaten de hele middag op het terras van een ijssalon en Rosie zei: 'Tandpasta is niet alleen goed voor pukkels en muggenbeten, maar ook als je een ladder in je panty hebt. Dat kun je met tandpasta plakken, wist je dat, het is echt een soort wondermiddel.'

Ik wist niet dat het een wondermiddel was, maar vanaf dat moment dus wel. Daarna heb ik ook wel eens Elmex op mijn gezicht gesmeerd, maar ik kan niet echt zeggen dat het opzienbarende resultaten heeft opgeleverd.

'Lees jij eigenlijk blote-tietenbladen?' vroeg ze.

'Nee. Hoezo?'

'Mijn vorige vriendje las alleen maar blote-tietenbladen. Ik ben namelijk een keer met hem op vakantie geweest.'

'Oh, op die manier,' zei ik.

Toen begon ze over een of ander popgroepje. Ook van muziek wist ze veel meer dan ik. Ze schreef vaak songteksten over die ze me dan opstuurde. Eerst dacht ik dat ze ze allemaal zelf schreef. In het begin begreep ik de teksten ook niet zo. Later begon ik ze iets meer te begrijpen, omdat ze uitlegde wat er volgens haar werd bedoeld. Het was allemaal nogal vaag wat ze zongen, maar het Engels van mij was ook niet te doen. We hadden Engels van mevrouw De Wilde. Natuurlijk kwam het niet alleen door mevrouw De Wilde.

Mevrouw De Wilde had een paar boeken op een bandje staan en als we haar op donderdag het zesde uur hadden, draaide ze die bandjes. Om de paar minuten zette ze de recorder weer stil en dan riep ze dat we onze kop moesten houden, en dat ze een paar van ons het liefst uit het raam zou gooien. Meestal hoorde ik bij die paar die ze het raam uit wilde gooien. We waren al drie maanden bezig met *Bananafish,* en ik werd er echt een beetje gek van. Bovendien had ze de akelige gewoonte halverwege de les het lokaal op slot te draaien, zodat er in ieder geval nog een paar mensen binnen zouden blijven. Dan hield ze de sleutel recht omhoog, en krijste: 'Die sleutel blijft nu hier, bij mij, en nu blijven we hier met z'n allen twintig minuten langer zitten.' In die twintig minuten deden we niets, helemaal niets. Ja, een paar meisjes begonnen aan hun huiswerk, en af en toe organiseerden we een sinaasappelgevecht. Daar zei ze ook niets van, van die sinaasappelgevechten. Ze zat alleen grijnzend en op het laatst steeds lodderiger naar ons te kijken. In het begin mengde ze zich wel eens in het gevecht door met een natte spons te gooien, maar na een paar weken was ze ook daarmee opgehouden. Ze had blijkbaar ingezien dat wij gewoon beter met natte sponzen konden gooien dan zij. De rector verscheen bij ons in de klas en zei: 'Iedereen die met een natte spons in het lokaal van mevrouw De Wilde heeft gegooid, gaat een week lang papier rapen in onze kruidentuin.'

Ik zei: 'Pardon, maar mevrouw De Wilde is met de natte spons begonnen.'

'Jou zie ik straks in mijn kamer,' zei hij vriendelijk.

Ze waren altijd vriendelijk. Ze hadden ook geen hekel aan mij, ze begonnen zich in die tijd alleen zorgen om mij te maken. Eén voor één. Mijn economieleraar heeft het het langst volgehouden; hij weigerde een halfjaar lang zich zorgen om mij te maken. Tot ik ook hem op een middag hoorde zeggen: 'Ik maak me echt zorgen om jou.' Nog steeds heb ik een hekel aan mensen die zich zorgen om mij maken.

Inmiddels weet ik ook dat mevrouw De Wilde ooit een auto-ongeluk heeft gehad. Er schijnt een mevrouw De Wilde te hebben bestaan van vóór het ongeluk en een van na het ongeluk. Ik heb alleen de mevrouw De Wilde gekend van na het ongeluk. Ze was haar reukvermogen kwijtgeraakt, dat had ze een paar keer verteld, en er was ook iets in haar hoofd gebeurd. Na dat ongeluk was ze naar Amstelveen verhuisd. Ik moet ook toegeven dat ze onze klas een keer heeft meegenomen naar het Cultureel Centrum in Amstelveen om een stuk van Shakespeare te bekijken. Ik kan daar alleen niets over vertellen, want ik mocht niet mee. Een paar dagen daarvoor moest ik namelijk een proefwerk inhalen. We zaten met z'n drieën in dat lokaal, waar trouwens altijd tropische temperaturen heersten. Dat bleek ook iets met haar ongeluk te maken te hebben. Daar wist niemand het fijne van. Opeens moest ze naar de wc. Ik liep naar een van de meisjes, en vroeg: 'Is het 6A of 6B, en wat is 7?'

'Dan had je het maar moeten leren,' fluisterde ze. Ik wilde nog snel op haar blaadje kijken, maar ze ging er demonstratief met haar grote boezem op liggen. Ze was echt een trut. Het andere meisje was niet veel beter. Nog steeds begrijp ik niet waarom ik niet gewoon ben gaan zitten, en maar wat heb ingevuld, of weet ik wat, gewoon niets heb ingevuld. Maar ik liep naar het raam, waar van die gele gordijnen hingen. Ik ben op een stoel gaan staan en aan een van die gordijnen gaan hangen, dat vervolgens afscheurde. Ik weet niet waarom. Soms doe je iets, en dan denk je later: waarom deed ik dat? Ik denk dat ik die meisjes iets wilde aandoen, maar ik durfde ze niet te slaan. Ik stond daar op die stoel met dat afgescheurde gele gordijn in mijn hand, en mevrouw De Wilde kwam binnen en die riep alleen maar: 'Dit is niet te geloven, dit heb ik nog nooit meegemaakt, dit is niet te geloven.' Ze gooide niet eens een natte spons naar me. Ze rende weg, ik geloof om hulp te halen. Ik bleef maar staan, ik wist niet meer zo goed wat er gebeurde. Het ergste vond ik nog dat die twee trutten gewoon doorgingen met hun proefwerk. Dat vond ik het ergste. Dan trek je een gordijn naar beneden, dan zorg je ervoor dat mevrouw De Wilde volkomen hysterisch door het Vossius rent, en dan gaan die twee trutten gewoon door met het beantwoorden van vragen over *Bananafish*. Alsof er niets gebeurd was, alsof er dagelijks gordijnen naar beneden werden gescheurd.

Toen kwamen er twee leraren binnen die me van de stoel trokken. Niet echt hardhandig, ze waren alleen een beetje in paniek. Ik moest natuurlijk mee, maar dat gordijn ook. Ik zei nog: 'Laat dat gordijn toch hier.' Dat mocht niet. Ik moest in het midden lopen, en ze trokken me als het ware voort. Zo renden we door de gangen, met dat gordijn achter ons aan. Het was een tamelijk lang gordijn, dus het was een behoorlijk raar gezicht. 'Het wordt helemaal zwart,' zei ik, 'waarom kon het niet gewoon bij mevrouw De Wilde blijven, het is toch geen dweil?'

'Straks ga jij met dat gordijn de hele school dweilen,' zei die ene leraar.

Dat soort ideeën hadden ze op het Vossius in overvloed. Met een gordijn de school dweilen, met een prikstok kauwgumpapiertjes prikken, met een bezem bladeren vegen.

In de kamer van de rector zaten ze met z'n tweeën op me te wachten. De rector zei heel plechtig: 'We hebben je altijd een aardige jongen gevonden, maar ons beeld van jou begint nu toch langzaam te veranderen.' De conrectrix knikte. Dat vond ik jammer, want zij was best aardig. Ze had me Piet Paaltjens te lezen gegeven, toen ik een keer geschorst was.

'Wat is dat voor onzin,' zei ik, 'ik trek in een halve secon-

39

de een gordijn een beetje naar beneden, en meteen is het beeld dat jullie van me hebben veranderd.'

'In een enkele seconde kun je het beeld dat iedereen van je heeft, verbrijzelen, dat weet je toch zelf ook wel,' zei de conrectrix.

'Maar toch niet door een gordijn naar beneden te trekken?'

De rector zei: 'Een paar dagen geleden was het een natte spons, nu is het een gordijn, wat is het morgen, het is een aflopende zaak. Op die manier.'

'Maar we geloven nog steeds in je,' zei de conrectrix, 'beschaam die hoop alsjeblieft niet.'

Tot het eind, geloof ik, heeft ze gezegd dat ze nog hoop had. Tot de dag kwam dat ze zei dat ook zij geen hoop meer had, en dat alle moeite van haar voor niets was geweest. Ik ben er altijd erg goed in geweest de hoop en het geloof van andere mensen te beschamen. Nog steeds ben ik daar erg goed in. Wat was dat bovendien voor hoop? Als twee trutten gewoon doorgaan met hun proefwerk terwijl je voor hun ogen een gordijn naar beneden trekt. Had ik soms uit het raam moeten springen?

'Voor dat gordijn zullen we je een paar dagen schorsen,' zei de rector. Maar toen zat Rosie al lang niet meer op school.

De dag dat we in Den Haag waren, vonden we zo'n moderne snoepwinkel, waar je snoep in allerlei soorten en maten per kilo kon kopen. We namen allebei een zak die we helemaal vol schepten, vooral met die heel kleine framboosjes. Daar kon ik wel een kilo van eten. We kregen er lintjes omheen en betaalden met ons laatste geld.

Ten slotte belandden we op station Den Haag Mariahoeve. Het was helemaal verlaten. We gingen op een leeg perron op een bankje zitten en we aten maar door uit die zakken, want dat was het enige dat we bij ons hadden. Rosie zei: 'We hadden nu ergens kunnen eten, op een terras, het is een klotezaak, het is altijd weer een klotezaak.'

Dat was echt iets voor haar om te zeggen, want vaak als we de hele dag samen waren geweest, eindigde het ermee dat ze alles een klotezaak vond. Ze rukte mijn zak uit mijn hand en schudde hem leeg over de rails. Dat soort dingen vond ik zonde. Zij vond er niets zonde aan, zij vond heel andere dingen zonde, zei ze. Wij gingen op zoek naar een wc, maar we vonden er geen. Den Haag Mariahoeve was echt een waardeloos station, er was helemaal niets, niet eens een wc.

Toen liep ze naar het eind van het perron en ik liep achter haar aan. Daar gaf ze over. Ik wilde eigenlijk niet kijken, omdat ik dacht dat ze zich misschien schaamde. Maar ze zei: 'Houd mijn hoofd vast.' Ik wist niet precies hoe je iemands hoofd vasthoudt als hij aan het overgeven is. Daarom hield ik het maar gewoon vast en keek ik naar die enorme kantoren aan de andere kant van de rails.

Toen ze klaar was, gingen we weer zitten en lieten nog een paar treinen voorbijgaan. Van die zakken hadden we alleen de lintjes over, en die deed ze in haar haar. Tot september heeft ze met die lintjes kunnen doen. Om een staartje te maken.

Ze zei: 'Mijn vorige vriendje trok zich zelfs af met een condoom.'

'Oh ja,' zei ik.

'Ja,' zei ze, 'ik was een keer op een feest, en toen deden ze een wedstrijd wie het snelst kon klaarkomen. Dat vond ik zo kinderachtig.'

Ze stak een sigaret op. Ik rookte niet. Ze maakte haar tas open en liet me een lippenstift zien die ze net had gekocht. Ik moest zeggen of ik het een mooie kleur vond. Ik had er weinig verstand van, voor mij waren ze allemaal rood. Ik zei maar: 'Mooi.' Toen pakte ze een stuk of dertig biervilt-jes uit die tas.

'Overblijfselen van de Mazzo-correspondentieclub,' zei ze.

Ze wilde niet dat ik ze las. Uiteindelijk gaf ze me één viltje. Dat heb ik nog steeds en daarop staat: 'Lichamelijk: warm, doof, dorstig. Wat is morgen 't eerste wat je koopt?'

'Weet ik niet. Een potlood misschien.'

'Waarvoor?'

'Om op te kauwen.'

'Ben je zenuwachtig of zo?'

'Nee, ik ben radeloos. (Nee hoor, grap.)'

De andere viltjes gooide ze op de rails. Ik had even het idee dat ze die avond nog meer uit haar tas op de rails zou gooien. Gelukkig deed ze dat niet, want we waren inmid-dels niet meer de enigen op het perron. 'Flut, superkut,' zei ze, 'die hele Mazzo-correspondentieclub.'

Toen gingen we weer zitten, en ik wist niet wat ik moest zeggen. We hebben de eerste trein genomen. We maakten zelfs nog ruzie, maar niet lang, alleen op dat stuk tussen Lei-den en Nieuw-Vennep. Daarna zijn we aan zo'n verhaal be-gonnen, waarvan ieder steeds drie regels moet schrijven, en waarvan de ander dan alleen de laatste regel mag lezen. Ik moest een station eerder uitstappen dan zij en daarom heb ik haar in de trein al die dingen beloofd, al die idiote dingen.

In het huis van mijn zus woedde net een kakkerlakken-plaag toen ik kwam. Als er een kakkerlak doodging, kwamen er allemaal mieren op af die hem opaten. Door de gang liep dag en nacht een colonne mieren. 'Zij begraven de kakkerlakken,' zei mijn zus. Ikzelf lag op bed in een plas yoghurt. Ik was verbrand, en ze hadden gezegd dat ik moest worden ingesmeerd met koude yoghurt.

Wanneer ik 's middags niet kon slapen door het gekrijs van haar baby probeerde ik de kakkerlakken op de muren te tellen. Buiten, achter de zonweringen die ik zorgvuldig gesloten hield, was het vijfendertig graden. In de kamer er-naast huilde mijn nichtje. Op het plein speelden iedere dag dezelfde twee mannen backgammon onder een verbleekt zonnescherm. Evenals ik dronken ze de hele dag Goldstar, en ik vroeg me af waarom ik niet de brieven schreef die ik beloofd had te schrijven.

Toen ik weer naar buiten mocht, ging ik 's avonds naar een café om de hoek, waar ik een plaats zocht aan de bar, precies onder de ventilator. In dat café kon je dollars wisse-len en cassetterecorders kopen. De mannen die backgam-mon speelden kwamen daar ook. Verder kwamen er veel soldaten die me leerden pijltjes te gooien. Ook zat er een meisje dat er een jaar werkte. Ze kwam uit Luik. Ze vertel-de dat ze één keer heel erg dronken was geweest. Een paar maanden geleden. De avond dat ze besloten had zich te la-ten ontmaagden.

Apotheek

Na mijn vakantie ging ik werken in de apotheek van een man die ik van de synagoge kende. Hij heette meneer Hausmann en verzamelde smurfen. Mijn ouders vonden het een goed idee dat ik zou gaan werken. Zodat ik besef zou krijgen van tijd en geld, had mijn vader gezegd. Ik moest medicijnen rondbrengen naar mensen die niet meer konden lopen, of wel konden lopen, maar niet meer konden zien.

Ik kreeg overal wat fooi, maar in het bejaardentehuis kreeg ik het meest. Daar zat een vrouw die me minstens een tientje gaf. Ze wilde dat ik haar eten opat. Ik had helemaal geen zin in dat eten van haar. Het was namelijk al fijngehakt en gepureerd. Ze hoefde het alleen nog maar door te slikken. Eén keer fluisterde ze in mijn oor: 'Ik wil niet meer eten. Ik wil het niet meer.' Ik wilde dat soort dingen helemaal niet weten.

'U moet doen waarvan u denkt dat het goed voor u is,' zei ik. Toen heb ik maar haar vla opgegeten. Daarvoor kreeg ik twintig gulden, voor dat beetje vla. 'Neem het maar,' zei ze, 'ik kan het toch niet meenemen.' Dus pakte ik het aan en ik keek naar die fijngehakte koude biefstuk die op dat bordje lag en ik dacht: nee, die ga ik niet voor twintig gulden opeten, die ziet er te smerig uit. Ze hadden me wel gewaarschuwd dat ik al te grote fooien beter niet kon aannemen, maar ik dacht: ik heb er toch voor gewerkt. Daarom bedankte ik haar en zei: 'Eet maar lekker, moedertje.' En zij zei: 'God zal je belonen.'

Een paar dagen daarna vertelde meneer Hausmann me dat ik een fiets moest aanschaffen. Ik werkte veel te langzaam. Daarvoor hadden ze een jongen gehad die het wel drie keer zo snel deed. Op de fiets ging het niet veel sneller. Er waren altijd wel mensen bij wie ik bleef hangen. Er was een oude kale man met twee vogels in een kooi. Hij had van die grote luiers voor volwassenen nodig. Hij zei: 'Ze kunnen zingen, blijf even jongen, ze gaan zo zingen.' Ik wist dat ik niet weg kon voordat ze iets hadden gezongen. Ik kon natuurlijk wel weg, maar dan moest ik zonder geld weg. Bij die apotheek verdiende ik vijfenhalve gulden, en als die vogels wat zongen leverde me dat wel drie keer zo veel op. Het duurde steeds langer voor er geluid uit de vogels kwam en vaak kreeg ik zin ze in mijn handen te nemen en te sissen: 'Zing of ik knijp jullie dood.'

Het ergste was nog als hij de vogels voor ging zingen. Als hij één regel had gezongen kreeg hij een hoestbui van een halfuur. Dan moest ik hem op zijn rug kloppen en proestte hij de hele kamer vol. Bij zo'n hoestbui deed hij het ook in zijn broek. Daar rook de hele kamer dan naar. Als het allemaal achter de rug was, begon hij opnieuw. 'Zullen we ze nog wat zangzaad geven,' stelde hij voor. Dan moest ik het zangzaad zoeken. Alles plakte in die kamer, de kasten, de deuren, de vloer, de kooi, de stoelen, het zangzaad, de kranten, zelfs het geld dat hij me gaf. Het stonk er altijd naar urine. Ook het licht in de kamer had de kleur van urine.

Als ik dan eindelijk buiten kwam, moest ik eerst even bijkomen. Toen ging die ene vogel dood. Er hoefde niet meer te worden gezongen. Hij zat maar in die stoel. Een doek over de kooi. Die dooie vogel lag nog steeds op tafel. Het begon te stinken. 'Moet-ie niet weg?' vroeg ik.

'Laat liggen,' brulde hij. Ik kreeg ook geen tientje meer. Hij moest het zelf weten. Hij wilde wegrotten samen met die vogel van hem. Als ik had aangebeld drukte ik de luiers in zijn hand en rende weg.

Verder had je nog de ouwe mevrouw Cohn, die mij haatte. Ik moest altijd binnenkomen in haar woning in de Roerstraat. Ik mocht nooit bij de deur blijven staan, want dan vatte ze kou. Ook al was het dertig graden, aan de deur vatte ze kou. Eenmaal binnen moest ik gaan zitten en zo'n koekje eten. Dat wilde ze alleen zodat ze kon vragen: 'Waar is je *kippa?*' Ze wachtte niet op antwoord, want dat kende ze toch. Ze snelde naar de kast, want ze was veel kwieker dan ze zich voordeed. Daar rukte ze een keppeltje van haar dode man uit de la. Dat moest ik dan opzetten. Een groot zwart keppeltje, en dan zei ze: 'Zo, nu zeggen we samen de *beracha.*' Dat zeiden we samen, en daarna at ik dat koekje op. Met moeite, want als je het oppakte kruimelde het weg, zo oud was het. Ten slotte gaf ze me een kwartje. 'Maar,' zei ze, 'dat mag je niet houden, dat gaat in dit busje.' Dan kwam ze met haar blauwe JNF-busje aangehobbeld. Volgens mij haalde ze dat kwartje iedere keer ook weer uit dat busje. Het was een daad van barmhartigheid geweest als ik haar met dat JNF-busje de hersens had ingeslagen.

Een paar dagen later was de vrouw wier vla ik altijd at gestorven. 'Ze is vredig ingeslapen,' zei de verpleegster, toen ik er weer kwam. Hoe wist zij nou dat het vredig was? Het was trouwens wel een tegenvaller. Ik begon net goed aan die vrouw te verdienen. Voor twee tientjes wilde ik wel vijf bakjes vla opeten. 'Geef die medicijnen maar aan mij,' zei de verpleegster. Die ging ze natuurlijk verpatsen. Ik kon die verpleegsters wel begrijpen. Er zaten echt kolerelijers tussen. Zoals mevrouw Saenredam, die elke dag weer klaagde dat ik te laat was, dat ze doodging van de pijn, omdat ik zo laat was. Maar zo zag ze er niet uit. Mensen die doodgaan van de pijn kunnen niet zo schelden als mevrouw Saenredam. Niet alleen tegen mij, tegen iedereen. Zelfs tegen de kok. Zelfs tegen de schoonmaakdienst, hoewel die mensen haar helemaal niet konden verstaan. Daar trok ze zich niets van aan, zij schold gewoon door. Mij gaf ze nog geen dubbeltje, hoewel ze stinkend rijk was. Mevrouw Saenredam hoorde niet meer zo goed. Ik ken dat soort types, als de belasting komt horen ze opeens niet meer goed. Als je een beetje staat te aarzelen om een fooi te krijgen zijn ze opeens blind, of ze krijgen een hartinfarct. Mensen als die Saenredam krijgen namelijk nog liever een hartinfarct dan dat ze één cent fooi geven. Dan had je ook nog de mensen die niet in het bejaardentehuis zaten. Daar moest je wel vier keer door een heel trappenhuis brullen: 'De jongen van de apotheek, ik kom uw medicijnen brengen, uw pilletjes voor uw hart, en de neusdruppels, en de zalven voor de doorligwonden.' Dan nog riepen sommigen terug: 'Ik doe niet open, want ik verwacht niemand.' Anderen waagden het zelfs te roepen: 'Ik doe net mijn middagdutje, kom over een uur maar terug.'

Meneer Hendriks deed altijd halfnaakt open en hij noemde mij 'de medicijnman'. Hij dacht voortdurend dat hij het niet haalde. Daarom had hij bijna al zijn stoelen rondom de wc neergezet en de wc-deur ging ook nooit dicht. Hij was goed voor minstens een rijksdaalder.

Op het eind van mijn ronde ging ik altijd naar Anita. Dat was ook een oudje, maar zij had al vanaf het begin gezegd: 'Noem mij maar Anita.' Ze woonde tussen allemaal planten, het leek daar net een kas. Ze zag er van iedereen het beste uit, maar we voerden elke dag hetzelfde gesprek.

'Breng me even naar mijn man,' zei ze, als ik weg wilde gaan.

'Waar is uw man dan?' vroeg ik.

'Ver weg,' zei ze, 'heel ver weg.'

'Ik ben in dienst,' zei ik, 'ik moet mijn geld verdienen.'

'Maar ik geef je toch ook geld als je met me meegaat,' zei ze. Ze zat daar in die jurk, ze droeg altijd dezelfde jurk, een paarse met stippen. Vaak had ze nog een hoedje op ook. Eén keer heeft ze zich aan me vastgeklampt, en ze liet niet meer los. Ze had nog een enorme kracht voor zo'n klein mensje. Ze zei: 'Breng me toch even naar mijn man, het zal je niet berouwen.'

'Waar woont uw man dan?' vroeg ik weer.

'Ver weg, heel ver weg.'

Ik zei: 'Het kan niet, het kan echt niet, ik heb nog een heleboel medicijnen in mijn tas, die moet ik nog rondbrengen.'

Ze versperde de deur, ze wilde me niet laten gaan. 'Breng me toch naar mijn man,' riep ze, 'breng me hier toch weg.' Toen heb ik maar de verpleegster gebeld. Die gooide haar meteen in een stoel en zei dat ze wat kon beleven als ze me nog een keer zou lastigvallen. Vanaf die tijd durfde ze niets meer tegen me te zeggen. Ze had toch niets te makken.

De dag voordat ik ontslagen werd bij de apotheek, had Rosie er een brief afgegeven. Ik werkte alleen 's middags. Voordat ik aan mijn ronde begon, moest ik altijd thee zetten voor de dames. Een van die vrouwen vroeg: 'Speel jij soms in een muziekbandje?'

'Hoezo?' vroeg ik.

'Er is vanochtend een brief voor je afgegeven, door een

meisje.' Ze begonnen te giechelen. Ze giechelden de hele dag.

Ik zag meteen dat hij van Rosie was en stopte hem in mijn zak. Sinds ik terug was uit Israël, had ik haar niet meer gebeld, hoewel ik dat had beloofd. Ook haar brieven had ik niet beantwoord.

Toen ik 's middags terugkwam in de apotheek, stond meneer Hausmann op me te wachten. Hij zag helemaal bleek, maar dat was niets bijzonders. Hij had een ziekte aan zijn neus. Hij zei: 'Er hebben allemaal mensen gebeld die hun medicijnen niet hebben gekregen, zo gaat dit toch niet, zo gaat dit werkelijk niet.' Ik zei niets, wat moest ik ook zeggen. Ik had Rosie gebeld vanuit een telefooncel, en al het wisselgeld dat ik altijd meekreeg van meneer Hausmann had ik in die telefoon gegooid. Als het had gekund had ik ook alle medicijnen erin gegooid. Ik dacht aan die man met zijn ene vogeltje, en de lucht die nu al een week in dat huis hing.

'Hier heb je je geld voor deze week, maar kom morgen maar niet meer terug,' zei hij. Hij keek heel triest. Hij zei: 'Ik bedoel dit niet persoonlijk.'

'Dat is goed,' zei ik.

Mijn ouders zaten in de tuin en aten gebak. Mijn moeder zei: 'Jij wilt ons te schande maken voor de hele synagoge, de nagel aan mijn doodkist ben jij.'

Toen schonk ze me koffie in en ze vroeg: 'Waarom heb je me dit aangedaan, wil je me dood hebben?'

Natuurlijk werden er die avond weer een paar borden stukgegooid. Het was trouwens aan de vooravond van die herfst dat er een record aantal borden bij ons stuk werd gegooid. Volgens mij is er die herfst voor duizenden guldens servies vernietigd.

Die avond had ik met Rosie voor de Movies afgesproken.

'Houd hem tegen,' riep mijn moeder, 'houd hem tegen.'

'Ik kan hem niet tegenhouden,' zei mijn vader. Hij had al anderhalve fles wijn op en ook heel wat borreltjes en hij zat daar weer met *De Rabbi van Bacherach*. Volgens mij had hij het al tienduizend keer gelezen. Hij zat weer onder zijn bomen, die hij elke dag bekeek alsof hij ze zelf had gemaakt. Hij zei: 'Wat moet ik gezondigd hebben, wat moet ik gezondigd hebben.'

Mijn moeder had wel eens tegen me gezegd: 'Je vader is een dweil, een dweil die denkt dat hij Heine is.'

Op een avond zat mijn vader de krant te lezen. Mijn moeder kwam binnen met een pan spaghetti. Die pan spaghetti kieperde ze toen leeg, zo boven zijn krant. De hele pan.

'Waarom deed je dat nou?' vroeg ik.

'Ik wilde alleen maar laten zien wat je vader voor een dweil is,' zei ze.

Mijn vader bleef gewoon zitten, met die spaghetti op zijn krant. Hij zei: 'De wereld is gek geworden, de wereld is knettergek geworden.' Tegen mij zei hij: 'Alcohol vernietigt de hersenen, pas ervoor op.' Daarna ging mijn vader een kruiswoordpuzzel oplossen en mijn moeder ging de tafel schoonmaken, en ik ging naar de keuken om te eten.

Apollohotel

Elke maandag spraken Rosie en ik om zeven uur 's avonds af in de bar van het Apollohotel. Van bessen-ijs waren we overgestapt op Dubonnet. Het Apollohotel lag vlak bij het Vossius en bovendien precies tussen onze twee huizen in. Meestal gingen we niet aan de bar zitten, maar aan een tafeltje bij het raam dat uitkeek over het water.

Een van die avonden in het Apollohotel heeft Rosie me over meneer Eisenring verteld, de natuurkundeleraar die gevraagd was iets te zingen voor het café-chantant dat ieder jaar op het Vossius werd georganiseerd. Eerst wilde hij niet, maar ze hadden zo lang gezeurd dat hij had toegegeven.

Meneer Eisenring was een lange man met bruin haar die bij zijn slapen al kaal begon te worden. Hij kon met zijn ogen draaien. In de pauze liep hij met zijn tas naar de lerarenkamer. Zijn tas was oud, en hij gaf eerlijk toe dat hij met die tas nog naar school was gegaan. Ik weet niet of het een principe van hem was, maar meneer Eisenring leerde onze namen niet. Hij zei altijd, die daar, of jij daar, of dat meisje bij het raam, of die met die grote mond.

Eén keer heb ik hem horen zeggen: 'Als jij kauwgum onder je tafel hebt geplakt, plak ik jou onder de tafel, jongetje.' Een andere keer vroeg hij ons: 'Weet iemand van jullie wat een bakvis is?' We wachtten af. 'Dat is dat meisje daar achteraan bij het raam,' zei meneer Eisenring, 'en omdat die bakvis toch niets uitspookt kan ze beter koffie voor me gaan halen.' Daarna dronk hij zijn koffie en at zijn boterhammen, in stilte.

Ze zeiden dat Rosie wel een goede stem had, dus was het niet verwonderlijk dat hij haar vroeg mee te zingen. Meneer Eisenring had het plan opgevat een lied van Marlene Dietrich te zingen, omdat dat soort liederen bijna nooit meer werden gezongen. Zei hij. Hij wilde het lied zingen, *Johnny wenn du Geburtstag hast, bin ich bei dir zu Gast, die ganze Nacht.* Rosie moest dit refrein steeds herhalen als achtergrondkoor, en toen de repetities eenmaal waren begonnen, sloegen haar gevoelens van genegenheid om in een, wat zij noemde, verterende liefde. Ik twijfelde niet aan haar woorden, want in de tweede zijn alle liefdes verterende liefdes. En ook nog in de derde, en zelfs nog in de vierde.

Weliswaar werden de repetities wat vertraagd door haar liefde, maar toch maakten ze flinke vorderingen en op een avond besloten ze met z'n tweeën uit eten te gaan om de vorderingen te vieren. Of beter gezegd, meneer Eisenring nodigde haar uit. Hij sprak tijdens de maaltijd niet veel. Alleen bij het dessert vertelde hij iets over zijn eerste huwelijk. Hij zei: 'Ze is weggegaan toen we op vakantie waren in Frankrijk, maar ik vond het zonde om mijn vakantie daarvoor te onderbreken.' Meer wilde hij niet zeggen, hoewel ze bleef doorvragen. Na het eten bracht hij haar naar huis in zijn kleine gele auto, zo vertelde Rosie me, en in die auto heeft hij haar gezoend en zij hem.

Na de volgende repetitie gingen ze weer eten, hoewel er dit keer geen vorderingen waren geboekt. Blijkbaar had meneer Eisenring nu ook bepaalde gevoelens voor Rosie opgevat, want die avond nodigde hij haar uit om bij hem thuis koffie te komen drinken. 'Hij liet mij het hele huis zien,' vertelde Rosie, 'maar eerst zoende hij me weer in zijn auto.'

In het huis was het bijzonder netjes. Zelfs in de keuken. Hij vertelde dat hij 's zaterdags voor de hele week hetzelfde kookte en dat hij zeven variaties per jaar voldoende vond. Toen opende hij de deur van zijn slaapkamer, waar een tweepersoonsbed stond. Een kant van het bed was bedekt met een soort stof van vuilniszakken. Hier slaap ik en daar slapen mijn katten, zei meneer Eisenring.

In de woonkamer dronk hij koffie en zij water, want hij had geen thee in huis.

Toen zei meneer Eisenring: 'Zo, nu moet je maar weer naar huis, anders loopt het uit de hand.' Hij wilde een taxi voor haar bellen, maar alle taxi's waren bezet. Daarom gingen ze maar weer zoenen. 'Iedereen wil nu natuurlijk een taxi,' zei hij. Niet veel later ging ze met de tram naar huis.

Rosie vertelde mij dat ze het lied *Johnny wenn du Geburtstag hast* nog wel hebben gezongen. Vlak voor de opvoering zat meneer Eisenring zwijgend in de kleedkamer te roken. Hij had voor deze gelegenheid niet zijn spijkerbroek aan en het overhemd dat hij anders altijd droeg, maar een zwart pak. Hij had zich gekleed alsof hij naar een begrafenis moest. Hun optreden was vlak voor de pauze aangekondigd. Meneer Eisenring liep naar de microfoon die het meest vooraan stond. Hij zei: 'Dames en heren, ik ga een lied voor u zingen van Marlene Dietrich.'

Toen Rosie voor de tweede keer het refrein inzette, gingen de mensen in de zaal meezingen. Ze kenden de tekst niet, dus riepen ze alleen maar: 'Johnny, Johnny', en klapten in hun handen, en helemaal achter in de aula, waar meneer Eisenring totaal niet te verstaan was, zongen ze:

ben je vannacht weer dronken geweest. Toen het was afgelopen riepen ze allemaal: 'We want more, we want more.' Sommige meisjes zaten in de vensterbank en gooiden yoghurt op het podium en lege blikjes cola, maar niemand werd ernstig geraakt. Meneer Eisenring was al weggelopen, maar het orkest zette weer in, dus kwam hij terug en zong het nog een keer. Bij het applaus scandeerden de mensen in de propvolle aula zijn naam.

'Dank jullie allemaal,' riep hij nog door de microfoon, maar die was al uitgedraaid, omdat het pauze was.

Meneer Eisenring heeft nog een fles wijn gekregen voor zijn optreden en het schijnt dat hij die in de kleedkamer heeft opgedronken, samen met Rosie. Direct daarna moest hij alweer weg. Hij had zijn schooltas bij zich en zijn krant en hij zwaaide met zijn lange arm door de lucht om afscheid te nemen van zijn publiek. Toen hij langs het rookhalletje kwam, riepen een paar meisjes: 'We willen een kind van je.' Rosie vertelde dat ze meneer Eisenring niet meer kon aankijken zonder aan die katten te denken. Het contact verwaterde net zo snel als het was opgebloeid en meneer Eisenring was al gauw weer even zwijgzaam tegen haar als tegen zijn andere leerlingen. We hebben wel eens geprobeerd hem te herinneren aan zijn legendarische optreden, maar hij heeft nooit meer gezongen op café-chantant.

Omdat het een warme nazomer was, gingen we soms na school op een bankje in het Beatrixpark zitten. Dan zei ze niets en rookte alleen maar. Dat was prettig. Naast haar zitten en kijken hoe ze rookte en haar lippenstift bekijken.

'Nu moet jij eens iets vertellen,' zei ze voor de zoveelste keer.

De laatste twee uur had ik gym gehad en Thomas had de puisten op zijn benen uitgeknepen. Dat deed hij altijd als we gym hadden. Het pus schoot langs je oren.

'Schaam je je niet?' had ik hem wel eens gevraagd.

Hij zei: 'Nee, dat gaat vanzelf over.' En hop, daar kneep hij er nog eentje uit. Hij deed de hele gymles niets, behalve de puisten op zijn benen uitknijpen. Ik weet niet hoe hij dat klaarspeelde, dat ze ook op zijn benen zaten. Alleen in het laatste kwartier, als we mochten voetballen, hield hij ermee op.

Rosie zei niets. Zoals elke maandagavond gingen we ook die avond Dubonnet drinken. In het Apollohotel. Dat was het mooiste van de hele dag.

We zaten tussen al die ouwe mensen met hun zware parfum en hun snuivende ademhaling en die rotzooi die ze om hun nek hadden hangen. We zeiden dat we nooit zo zouden worden en dat we alles anders zouden doen. Dat beloofden we tamelijk plechtig, want toen wisten we nog niet dat al die ouwe zakken ook een keer hadden gezegd dat ze het allemaal anders zouden doen. Ze hebben het natuurlijk allemaal gezegd en allemaal hebben ze geloofd in wat ze zeiden.

We probeerden dronken te worden, maar zelfs daarvoor hadden we te weinig geld bij ons. Maar zij kon de barkeeper zo aankijken dat hij naar ons toe kwam en zei: 'Vooruit, nog eentje van mij.'

Na haar heb ik nog een paar vrouwen zo zien kijken, tot die ene die zei dat het een hele oude en goedkope truc was. Zo kun je over alles net zolang praten tot er niets van overblijft.

Toen bijna iedereen in de bar van het Apollohotel dronken was, behalve wij, vroeg Rosie wat voor baby ik was geweest. Ik keek naar de dronken mensen en het water, veel meer was er ook niet te zien, en ik dacht eraan dat mijn moeder me had verteld dat ik er met een tang was uitgetrokken door een nazi. Zo noemde mijn moeder de man die mij uit haar had getrokken, en volgens haar was het een van de slechtste doktoren die ze ooit had ontmoet, omdat hij haar aan een verzakking had geholpen. Die dokter schijnt tegen haar gezegd te hebben: 'Nou mevrouw, het is een echte clown.' Verder heeft mijn moeder nog een rapport van een kinderarts bewaard. Daarin staat: 'Ik trof een bleke schilferhuidige baby aan en een nerveuze moeder.'

Ik zei niets en toen zei Rosie dat ze vond dat we elkaar te weinig zagen en dat we daarom op reis moesten gaan als het herfstvakantie was. Al het geld dat ze had verdiend in de ijssalon wilde ze uitgeven. Ze wilde het allemaal uitgeven. Eerst wilden we naar Madrid en later naar Stockholm en ook naar Parijs en Boedapest, en naar Napels. Toen we gingen uitrekenen hoeveel geld we hadden, bleek dat we naar Antwerpen moesten of zoiets. Aan het eind van die avond gaf ze me een foto van haar, achterop stond een gedicht.

Ik vroeg wie die foto had gemaakt. Ik vond hem een beetje naakt, en ook het gedicht ontging me. Dat verbaasde me niet, want ik wist nu dat al die gedichten uit boeken kwamen en het enige van haar was de naam die ze eronder had gezet.

Toen we eindelijk een beetje dronken werden, maakte ze haar tas open en liet ze me brieven zien die ze van andere mannen had gekregen. Al die brieven konden me niets schelen. Ik beloofde alleen dat ik haar ook een brief zou schrijven en ik dacht dat ik altijd bij haar zou blijven, want ik was vijftien en ik wist alles van deze wereld.

Antwerpen

Op Grote Verzoendag zaten mijn moeder en ik, zoals ieder jaar, de hele dag in een synagoge vlak bij de Albert Cuyp en we wachtten op het eind van de dag, zoals mijn vader iedere avond wachtte op de beursberichten die de Deutsche Welle om acht uur uitzond. De Deutsche Welle werd gestoord door piraten. We hadden één televisie en veertien radio's waarop mijn vader allerlei zenders probeerde te ontvangen die niet te ontvangen waren. Naast zijn bord stond zijn radio en soms vergat hij te eten, omdat hij het zo druk had met de radio. Zo nu en dan ving hij een verdwaald beursbericht op, dat hij vervolgens noteerde op het eerste het beste papiertje dat hij kon vinden. Herhaaldelijk schreeuwde hij: 'Bandieten.'

Mijn moeder zei altijd dat ze voor de rest van haar leven gevast had, maar voor Grote Verzoendag maakte ze een uitzondering. Toen we 's avonds eindelijk terug waren van de synagoge, vertelde ik dat ik de volgende dag op reis zou gaan, met een meisje. Mijn moeder begon door het huis te ijsberen. Mijn vader draaide de radio harder om het gebrul van mijn moeder niet te horen. Ze gooide de pan met haringsla weg. We aten altijd haringsla na Grote Verzoendag. Ze liep de tuin in. Ze riep: 'Alle mensen zijn kwallen, jullie zijn allemaal kwallen.'

Mijn vader verdween naar de badkamer. Hele avonden zat hij daar. Hij had er een wijnvoorraadje aangelegd. Hij was zich daar al heel lang geleden gaan opsluiten, na de geschiedenis met de Indiaan. We hadden namelijk een tuinman die mijn moeder de Indiaan noemde. God mag weten waarom, maar hoe dan ook, na een tijdje noemde iedereen hem de Indiaan. Het was de tijd voor mijn bar mitswa, en ik kreeg drie keer per week les van mevrouw Mohnstein en haar zoon. Mevrouw Mohnstein heeft zes jaar lang geprobeerd mij Hebreeuws te leren. Ze heeft me geen Hebreeuws bijgebracht, maar ze heeft me wel geleerd hoe het is om iemand echt te haten. Dat is in ieder geval wat.

Voor mijn vader was mijn bar mitswa een nog grotere kwelling dan voor mij. Hij was al ongeveer vijftig jaar niet meer naar de synagoge geweest, en die dag zou hij weer moeten. Weken van tevoren had hij volgens mij al nacht-merries.

Een paar dagen voor mijn bar mitswa – ik had intussen een blauw pak gekregen en was naar de kapper gestuurd – hoorde mijn vader dat ook de Indiaan voor het feest was uitgenodigd. Ik heb hem vaak woest gezien, maar zelden zoals op die dag. Ik denk dat de Indiaan de druppel was. Hij riep de hele tijd: 'Of de Indiaan of ik, jullie mogen kie-zen.' Dat riep hij allemaal vanuit de badkamer, en hij wei-gerde eruit te komen tot wij hadden gekozen. Mijn moe-der moest de Indiaan bellen om te zeggen dat hij beter niet kon komen, wat volgens mij ook voor de Indiaan een op-luchting was.

Mijn vader had de dag voor mijn bar mitswa nauwelijks geslapen en hij zag er in de synagoge uit zoals prins Claus, alleen dan nog veel erger. Na de dienst was er een receptie en op de een of andere manier was er geen wodka, alleen jenever. Dus mijn vader sloeg wat jenevertjes achterover en schudde toen de handen van de mensen. Bij iedere hand vroeg hij aan mijn moeder, die naast hem stond: 'Wie is dat?'

Af en toe siste mijn moeder: 'Die hadden ook wel een groter cadeau kunnen geven.' Mijn vader was in die tijd al hardhorend.

's Avonds was er een diner. Mijn moeder had een tafellied gemaakt, ik zweer het. En het is niet bij dat ene tafellied gebleven. Toen ze voor mij eenmaal een tafellied had gemaakt, ging ze ook voor andere mensen tafelliederen maken, voor tachtigjarigen die een diner gaven, voor pasgetrouwden en voor nog veel meer mensen. Die avond zat mijn vader naast mij in zijn grijze pak dat speciaal voor die gelegenheid was gemaakt, en zei geen woord. Maar midden in een toespraak van een rabbijn trok hij me opeens aan mijn blazertje naar zich toe en fluisterde: 'Voor mij nooit meer jenever, want daarvan raak ik aan de kladderadatsch.'

De andere gasten hebben de rest van de avond mijn bar mitswa heel vrolijk gevierd. Vooral mijn moeder had de smaak te pakken. Op het eind riep ze: 'Zullen we het tafellied nóg een keer zingen?' Maar toen was bijna iedereen al naar huis. Mijn vader stond langzaam op, veegde met zijn zakdoek het zweet van zijn gezicht en zei: 'Zo, dit heeft vijfduizend gulden gekost, maar de Heer is rechtvaardig.'

Toen zijn we met z'n allen in een taxi naar huis gegaan en vanaf die tijd sloot mijn vader zich regelmatig in de badkamer op. De Indiaan is trouwens uit ons leven verdwenen, zoals alle mensen die bij ons over de vloer kwamen van de ene op de andere dag in ons leven ophielden te bestaan.

Vlak voor middernacht kwam hij eindelijk uit de badkamer. Hij zocht in zijn kast naar Belgische franken. Zijn hemd hing open en hij ademde zwaar. Hij wilde haar foto zien. Hij bekeek hem maar heel even. 'Een mooie meid,' zei hij, 'je bent niet haar eerste en je zult niet haar laatste zijn.'

Mijn moeder ging de keuken dweilen, dat deed ze hoe dan ook het liefst midden in de nacht.

'Vroeger op school hield ik altijd mijn jas aan,' vertelde ze. 'Ik wilde mijn jas niet uitdoen. Want ik was bang dat ze mijn jas zouden stelen. Tot ze me begonnen te slaan. Doe je jas uit, riepen ze, anders vat je straks kou. Karlchen wilde ook nooit zijn jas uitdoen. Wij waren de enige twee die onze jassen niet uit wilden doen. Daarom moesten we naast elkaar zitten. Hij was heel tenger. Hij fluisterde altijd in mijn oor: "Ik heb een mes in mijn jas, daarom houd ik hem aan." Maar ik had geen mes in mijn jas, ik was gewoon bang dat ze hem zouden stelen. Ik wilde met hem trouwen. Ik wilde dat we elkaar alles lieten zien. Ik heb hem ook alles laten zien. Voor een stuk worst. Toen moest hij mij alles laten zien, maar dat deed hij niet. Hij zei: "Dat kan niet, want dan zie je mijn mes, en niemand mag mijn mes zien."'

Die maandag was zo'n herfstdag dat iedereen nog snel even op een terrasje gaat zitten. Het was heel rustig op straat. Het was precies zo'n ochtend na een feest. We hadden bij Rosie thuis afgesproken, want haar moeder wilde de jongen zien met wie ze op reis zou gaan. Ze woonde vlak bij de Maasstraat.

We zaten op de bank en dronken thee en haar moeder vertelde dat ze Nederlands had gestudeerd en dat de woonkamer zo kaal was, omdat ze hem aan het verven was, zoals ik wel kon zien, en ik keek naar Rosie, en ik dacht eraan dat ik op mijn woorden moest letten. We dronken nog meer thee en haar moeder vertelde dat ze het toch wel een klein beetje eng vond, twee kinderen van vijftien alleen naar het buitenland. Ik zei dat je met vijftien geen kind meer was en dat alle moeders dat eng zouden vinden, zo waren moeders nu eenmaal. Ik wist dat ik een heel betrouwbare indruk maakte, omdat ik precies zei wat ze wilde horen. Ik zei nog veel meer, maar Rosie wilde weg. Toen we in de tram zaten, vertelde ze dat haar moeder bang was dat ze met een kind zou terugkomen, want de dag ervoor was haar oma op bezoek geweest.

In Antwerpen wisselden we eerst geld en daarna gingen we op zoek naar een hotel. Het regende, daarom gingen we een cafetaria binnen waar we wafels met slagroom kochten. Later aten we patat uit een bruin kartonnetje bij een jood met een grote baard. We waren toen al in drie hotels geweest. Het eerste was vol, in het tweede stond een juffrouw die alleen twee enkele kamers had en in het derde zeiden ze tegen ons dat we maar naar een jeugdherberg moesten. We waren drijfnat; het werd al vroeg donker en ik was bang dat we op het station zouden moeten slapen. De gel was uit mijn haar gespoeld en ik merkte dat het begon te krullen, maar Rosie zei dat dat niet erg was, dat nu even niets erg was. We gingen naar een vierde hotel.

We kregen een kamer. Hij was alleen verschrikkelijk duur, veel duurder dan we hadden gedacht.

Aan de ene kant van onze kamer stond een bed, aan de andere kant stond er nog een, en ertussenin stond een tafel met een vaas met bloemen. Er was een klein raam dat uitkeek op een binnenplaats waar allemaal vuilniscontainers stonden en waar katten aan het krijsen waren. Ze vochten met elkaar of ze neukten met elkaar, dat was niet te zien, want het was al donker en het goot. Ze ging in de vensterbank zitten en stak een sigaret op. Ik deed hetzelfde, want intussen was ik net als zij gaan roken. Ik rookte mentholsigaretten, want ik inhaleerde niet, en zo had ik in ieder geval nog wat aan smaak in mijn mond. 'Ouwe-wijvensigaretten,' noemde Rosie ze, maar zelf rookte ze ook wel eens St. Moritz Menthol.

'Het is ons gelukt,' zei ze, en ik kuste haar zo'n beetje op haar haren die naar regen smaakten en naar rook en naar shampoo van lang geleden. Zo zijn we lange tijd blijven zitten. Uiteindelijk zei ze: 'We moeten nog wel wat eten.'

Ik vond nog vijftig dollar in mijn borstzakje, die ik had gekregen voor mijn reis naar Israël. Bij een wisselkantoor wisselde ik ze, en ik dacht dat het goed was dat ik me niets had voorgesteld bij deze reis.

Iedere tien minuten rookten we een nieuwe sigaret in de pizzeria waar we al drie uur zaten, en waar het volgens Rosie naar rattengif stonk. We dronken grote mokken bier en ik wilde alleen maar nergens aan denken, niet aan Amsterdam, niet aan mijn moeder, niet aan mevrouw Haaseveld, niet aan mevrouw De Wilde en niet aan het pakket dat ik binnenkort moest kiezen, want er was geen enkel pakket op deze wereld dat ik wilde kiezen. Dat had ik ook tegen mevrouw Haaseveld gezegd.

Rosie zei: 'Misschien hebben ze deze pizza wel als asbak gebruikt.' Van de zomer hadden we een film gezien waarin iemand dat deed. We bestelden nog meer bier, en we kwamen tot de conclusie dat onze pizza inderdaad tot het vuilnisbakkenras behoorde. We hebben gezworen: 'Nooit meer pizza.'

Toen zei ze: 'Van as in bier ga je dood.'

Daarna liepen we weer door Antwerpen, omdat we nog

niet naar ons hotel wilden. Alles was dicht. Misschien liepen we gewoon in de verkeerde buurt. Opeens zei ze: 'Ik wil naar een live-show, laten we eindelijk naar een live-show gaan. Ik heb nog nooit een live-show gezien.' Ik dacht dat ze een grapje maakte, maar ze meende het serieus. We gingen een telefooncel binnen, we zochten onder de 'l' van live-show. We vonden niets. Ze sloeg zo hard met haar hand op de telefoon dat mensen bleven staan.

In onze kamer was het benauwd en vochtig. Ik deed het raam open. De binnenplaats werd verlicht door een paar schijnwerpers en mensen van de keuken gooiden emmers vol eten leeg in de containers, en nog steeds waren de katten aan het krijsen. Waarschijnlijk vochten ze om het eten. Toen ging Rosie de bedden verschuiven. Dat was nog een heel gedoe, want de kamer was piepklein. Eerst moest dat tafeltje weg. Ze duwde het tegen de deur. De vaas viel om, maar gelukkig zat er geen water in. De bloemen waren van plastic. Daarna begon ze tegen de bedden te duwen. Dat ging nauwelijks, want het waren loodzware bedden van eikenhout of weet ik wat voor hout. Ze gooide de matrassen eruit en toen ging het iets beter. Ik zat nog steeds in de vensterbank en ik vroeg of dat allemaal wel moest, die hele verhuizing. Ze zei: 'Ik heb sinds mijn dertiende niet meer in een eenpersoonsbed geslapen.' Ik geloofde er niets van. Ze zei wel meer dingen die helemaal niet konden kloppen en nog steeds weet ik niet waarom ze dat allemaal zei. Iedereen vond haar mooi, ze kon over veel dingen praten, en zelfs mensen die haar niet kenden, boden haar drank aan. In de ijssalon wilden ze haar de rest van het jaar houden, maar ook daar is ze weggegaan, want er was van alles wat haar irriteerde.

Het lawaai van de poten van die bedden die over de

grond schuurden, was zo erg dat ik dacht dat ze ons ieder moment eruit zouden gooien. Ze zei dat dat niet kon, omdat die tafel voor de deur stond. Niemand kon naar binnen of naar buiten.

We hadden ook nog een douche in de kamer, zo eentje die gebouwd was in de klerenkast, het douchegordijn was alleen niet erg nieuw, en we hadden al gemerkt dat als je douchte de hele kamer nat werd, en zoals het bed nu stond, zou het hele bed nat worden. Daarom besloten we de volgende ochtend pas te douchen. Toen we eenmaal in bed lagen, kon ze maar niet besluiten aan welke kant ze wilde liggen. Om de vijf minuten ging ze verliggen, maar uiteindelijk besloot ze de kant van de douche te nemen, zodat ze morgen als eerste zou kunnen douchen. Midden in ons bed was een enorm dal. Als je daarin viel zou je volgens mij beslist je ribben breken. We hadden die bedden net zo goed kunnen laten staan, maar dat zei ik niet. Ik hoorde de hele tijd mensen op de gang lopen, maar niemand kon naar binnen. Onze deur was op slot, de tafel stond ervoor en daarachter stond het bed.

Uiteindelijk kwam ze aan mijn kant liggen. Ze zei: 'Ik doe mijn t-shirtje even uit.'

'Ja,' zei ik. Door de gordijnen kwam het licht van de schijnwerpers op de binnenplaats. Ook die gordijnen waren niet echt nieuw en een paar mensen hadden er sigaretten in uitgedrukt, waardoor er nogal wat gaten in zaten. Haar borstjes waren klein en rond en haar tepels zo donkerrood dat het bijna paars leek, net als het kleine rondje daaromheen. Ik keek ernaar terwijl ik deed alsof ik sliep. Ik wist dat ze nooit een beha droeg. Ze had een hekel aan beha's. Ik vond dat stoer, vrouwen die geen beha droegen. Ook het staartje had ze uit haar haar gehaald, en nu had ze lange haren die tot de helft van haar rug kwamen. Ze roken nog hetzelfde als die middag, maar nu ook nog wat naar frituurvet.

Ik draaide krullen in haar haren. Als ik nerveus ben, draai ik krullen. Ze zei dat ik voorzichtig moest zijn, want dat krullen draaien pijn kon doen. Later kuste ik haar borstjes, precies zoals ik ze dat op televisie had zien doen en in de bioscoop. Ik dacht de hele tijd aan de serie *Tender is the Night*, en dat werkte heel goed. We zeiden al die dingen tegen elkaar die wel tienduizend jaar oud zijn, maar waarvan ik dacht dat we ze ter plekke verzonnen, als eersten en enigen. Ze zei: 'Je mag wel je onderbroekje aanhouden, als je dat wilt, het kan ook met onderbroekje.' Ik zei dat we onze onderbroekjes maar aan moesten houden. Na een tijd vroeg ze of het pijn had gedaan, maar natuurlijk had het geen pijn gedaan. Ik bekeek de haartjes onder haar oksel die zo klein waren dat ik er geen krullen in kon draaien.

Haar huid was veel donkerder dan de mijne, maar ik heb dan ook zo ongeveer de lichtste huid die je je kunt voorstellen, wat in dat blauwe licht van die schijnwerpers goed te zien was. Toen wilde ze dat we zo samen in slaap zouden vallen. Je valt makkelijker alleen in slaap dan samen, merkte ik al snel. Na een uurtje viel ik eindelijk in slaap, maar midden in de nacht kwam ik in dat enorme gat tussen de twee bedden terecht. Ik ben toen maar naar haar kant gekropen.

Daardoor kon ik de volgende ochtend als eerste onder de douche. Het was al helemaal licht, en nu pas zagen we wat voor enorme rotzooi we van de kamer hadden gemaakt; één poot van het bed was bijna gebroken. Ik deed mijn t-shirt uit. Ik stond voor het douchegordijn, maar in de douche kon je je niet verder uitkleden, zo klein was het daar. Daarom stak ik maar een sigaret op, die ik voor het douchegordijn ging oproken. Rosie lag nog in bed, ze keek naar me en zei: 'Je lijkt net op Koot, ken je dat niet, die ene scène.'

Die kende ik niet, en ik ging rustig door met roken. Ze moest verschrikkelijk lachen. 'Wat sta je daar nou,' zei ze, 'met je sigaretje, je bent precies Koot, als-ie zo onhandig staat te doen.'

'Ik sta niet onhandig te doen, ik rook even mijn sigaretje voor ik ga douchen,' zei ik.

'Ik ga als eerste douchen,' riep ze. Toen viel die sigaret uit mijn hand, en zij drukte hem uit in het laken.

'Ik ben solidair met het laken,' zei ze, 'in de gordijnen zitten gaten, in het douchegordijn zitten gaten, in de vloerbedekking zitten gaten, waarom moet het laken als enige zonder gaten blijven?' Toen was ik naakt en ze keek naar me op een manier waarop het leek alsof ze niet keek. Ik zag haar op dat bed, haar armen onder haar hoofd, en hoe ze een beetje spottend langs me keek. Zoals vroeger mijn zus naar mij keek, wanneer ze me vroeg in de ochtend in haar bed bang had gemaakt met een aapje waar je je hand in kon steken en dat één oog verloren had in de wasmachine.

De hele dag hebben we in trams gezeten. We zijn van het ene eind van de stad naar het andere gereden. Eerst wilden we een museum in om voor de regen te schuilen. Maar Rosie zei dat ze de afgelopen jaren in zoveel musea was geweest, dat ze nu alle musea van de wereld uit haar hoofd kende. Ik kon met haar meevoelen, want op het Vossius slepen ze je echt om de haverklap naar musea. Later zijn we in een gambling-hol gaan schuilen. Er stond zo'n machine met een stuur, waarmee je door de bergen moest rijden. Dat wilde ze per se doen. 'Laten we ons helemaal te pletter rijden,' zei ze. Toen hebben we ons te pletter gereden.

Daarna hebben we sigaren gekocht en een blote-tietenblad, en mosselen gegeten in een chique restaurant. En we dronken op Antwerpen en op ons en op wel tienduizend andere dingen.

Weer liepen we door Antwerpen. Nu waren we wel in een buurt waar allemaal cafés waren, maar we hadden niet veel geld. Ten slotte hebben we met z'n tweeën één biertje gedronken, en we keken naar al die mensen die het ene biertje na het andere achteroversloegen. Ze begon weer over een live-show, dat ze een live-show wilde zien voor ze in een vuilnisbak lag weg te rotten. Als ze in zo'n bui was, viel er echt niets met haar te beginnen. Daarom zijn we teruggegaan naar ons hotel.

Liggend op bed hebben we foto's van de geliefde van Henry Miller bekeken, en haar brieven gelezen, die waren afgedrukt in dat blote-tietenblad. Zij wilde die bedden weer tegen elkaar schuiven. Ik stelde voor om dat nu maar te laten, maar ze zei dat ze dan net zo lief helemaal niet ging slapen of op de gang voor de deur zou gaan liggen. Dus gingen de matrassen en de dekens er weer af. Ik was bang dat we niet alleen de poten van het bed zouden breken, maar dat we ook door de vloer zouden zakken. Alles in dit hotel leek gemaakt van karton, zelfs het ontbijt. Natuurlijk was er ook weer dat blauwe licht, want die schijnwerpers brandden dag en nacht, en het gekrijs van de katten was er en mijn St. Moritz-sigaretten.

Ook die avond mocht ik mijn onderbroekje aanhouden, en zij deed haar T-shirtje weer uit, maar na een paar minuten zei ik: 'Kun je alsjeblieft van me af gaan?' Ze ging van me af en stak een sigaret op. Ze blies wolkjes, dat kon ze heel goed, wolkjes blazen. De hele tijd vroeg ik me af waarom ik dat had gezegd, waarom ik dat opeens had gezegd. Ik bedacht dat ik morgenavond weer in Amsterdam zou zijn, dat het dan vrijdagavond was en dat de kaarsen zouden branden, zoals elke vrijdagavond. Toch zei ik niets tegen haar en ook zij zei niets. Ik wilde niet dat je van me af ging, had ik willen zeggen. Ik had iets anders willen zeggen, iets heel anders, maar ik wist niet hoe ik dat precies moest zeggen, of ik begreep dat het net zo zinloos was dat soort dingen te zeggen als ze te denken, of misschien was ik afgeleid door die katten.

Na een tijd ben ik aan haar kant gaan liggen, en alles was precies zoals de vorige avond. We luisterden naar wat de mensen op de gang tegen elkaar zeiden. Ook de haartjes die uit haar onderbroek kwamen, waren te klein om er krullen in te draaien. Daarna hebben we nog heel veel drop gegeten. Ze vroeg of ik geabonneerd was op de *Donald Duck*.

'Ja,' zei ik, 'drie jaar.'

We lagen daar met die puntzak drop tussen ons in.

Ze zei: 'Als we samen in een huis wonen, hebben we aan één abonnement genoeg.'

Toen vroeg ze of ik wist dat die man die de *Donald Duck* rondbracht, twee jongetjes in het Beatrixpark had vermoord. Dat wist ik, dat had mijn moeder me vaak genoeg verteld. Ik dacht dat ze dat alleen zei om me af te houden van een abonnement. We hebben de hele avond gepraat over die man, en later hadden we het over wat het mooiste is op deze wereld, en ze wilde natuurlijk weer dat we in één bed in slaap zouden vallen. Dat lukte niet, want we schopten elkaar de hele tijd wakker. Of ze begon opeens weer te praten. Dan riep ze: 'Morgen ga ik als eerste onder de douche, het is maar dat je het weet.'

De volgende ochtend ging ik weer als eerste onder de douche, en omdat we niet meer terug zouden komen in deze kamer, kon het ons niets schelen dat zelfs het behang nat werd. Ook het schilderij van die twee mensen in een korenveld hebben we flink nat gesproeid, net als het plafond en de deur. We hebben nog lang in de vensterbank gezeten, niet omdat er zoveel moois te zien was, maar omdat we tot twaalf uur voor die kamer hadden betaald, en er dus ook tot twaalf uur van wilden genieten.

De treinreis terug was zoals treinreizen terug zijn, dus daarom zeiden we niet veel. We waren ook een beetje misselijk van de wafels en de patat. Ze zei alleen: 'De volgende keer ga ik wel als eerste onder de douche.' We hebben de geliefde van Henry Miller nog eens uitvoerig bekeken. Ik geloof dat dat blote-tietenblad het enige is wat ik nog heb van die reis.

Onder de dennenboom

De weken daarna zag ik Rosie bijna alleen in café 't Lust-hof. Ze hadden er geen Dubonnet. 'Probeer maar een vi-euxtje,' zei de barkeeper, 'na een tijd smaakt alles hetzelfde.' We hadden geen geld meer voor hotels, en ook niet voor restaurants, eigenlijk hadden we nergens geld voor. Toen wist ik nog niet dat van verlangen alleen nieuwsgierigheid overblijft, en dat van die nieuwsgierigheid wel iets zal overblijven waar helemaal geen namen meer voor zijn.

Ze vroeg of ze mijn ouders eens mocht ontmoeten. Ik zei dat ze het heel erg druk hadden, en ik begon er weer over dat ik acteur wilde worden. Dat had ik al aan onge-veer iedereen verteld. Er waren een heleboel vakken die ik daarom nutteloos was gaan vinden, en dus maar niet meer volgde. Om elf uur meldde ik me ziek met barstende hoofdpijn, dan ging ik naar Wildschut, waar ik twee uur probeerde te doen met één cappuccino. Tot het tijd was om naar huis te gaan.

Dat ging twee weken goed, tot mevrouw Haaseveld dringend met me wilde praten. In ieder geval fluisterde ze in mijn oor: 'Kom straks even bij me.' We hadden net weer een aflevering van *Diepzee, literair tijdschrift voor jongeren* uitgereikt gekregen, en we moesten vragen beantwoorden over het honderdduizendste verhaal van Jan Donkers. Ik had helemaal geen tijd om bij haar langs te gaan, want ik had met Rosie afgesproken. Daarom ging ik naar de wc en kwam niet meer terug. Die middag gingen we voor het eerst naar Brinkman om daar onze boeken te verkopen. Eerst de afschuwelijkste, *Getal en Ruimte* en *Chemie in theorie en praktijk*.

Van dat geld zijn we gaan eten. Ze zei dat ze eerst niet wist of ik haar wel mocht zoenen, omdat ze varkensvlees at. Ik vertelde haar dat ik alleen maar koosjer at als mijn moeder me kon zien, en dat mijn vader net zo deed. Zo gauw hij een kans zag, glipte hij de Hema in voor worst, en om wijn te kopen. Na het eten zochten we een portiek. Ook die portieken waren niet ideaal, want er kwamen wel eens mensen uit huizen, en één keer zijn we zelfs weggejaagd door een woedende man die zei dat we zijn kinderen wakker maakten.

Een paar dagen later zat ik bij Grieks. Toen kwam mevrouw Haaseveld binnen en ze nam me mee naar haar lokaal. Ze zei dat ze alles begreep. Dat bleef ze maar herhalen. 'Ik begrijp alles, ik begrijp je best.' Ik wist niet wat ze begreep, en wat ik ermee te maken had. Ik had niemand gevraagd alles te begrijpen en mevrouw Haaseveld al helemaal niet. 'Weten je ouders dat je kerstrapport een ramp wordt?' vroeg ze.

Mijn vader was net voor twee weken naar Israël vertrokken. Mijn moeder had van de gelegenheid gebruikgemaakt en was begonnen de keuken te schilderen.

'Ze vermoeden wel iets,' zei ik.

'Er is nog niets verloren,' zei mevrouw Haaseveld.

'Ik wil acteur worden.'

'Dat is van later belang,' antwoordde ze, 'eerst moet je je school afmaken.' En toen begon ze in haar stapel papieren te zoeken, en gaf ze me mijn opstel terug.

'Ik hoop dat je iets met je talent gaat doen. Later!' Dat

stond er. Dat 'later' was wel twintig keer onderstreept. Ik wantrouwde mensen die over later begonnen. Dat doe ik nog steeds, want ze willen je omkopen met dat later. Terwijl ze daar geen moer van weten. Net zomin als ik. Er is helemaal geen tijd om te wachten op later. Zoiets heb ik ook tegen haar gezegd. Ik durfde niet te zeggen dat al hun goede bedoelingen en al hun begrip me gestolen konden worden, en dat wat ze onder mijn opstel krabbelde me nog wel het meest gestolen kon worden. Ik ging terug naar Grieks, naast me zat Martinimartin. Hij sliep. Dat was niets bijzonders. Na de zomervakantie sliep hij in bijna elke les. In het begin werd er nog wat van gezegd, maar hij antwoordde alleen: 'Ik ben zo moe.' Het was stil. Als iemand iets zei, vloog er een krijtje door de lucht. Ik zocht mijn boek, maar toen bedacht ik me dat we gisteren onze Griekse boeken hadden verkocht, en daarom ging ik ook maar slapen. Slapen mocht, praten niet. Alleen als je snurkte, moest je weg. Hij zei: 'Wie snurkt moet maar op de gang gaan slapen.' Als hij een goeie bui had, zei hij vaak: 'Wacht maar, nog een paar jaar en dan zijn jullie allemaal net zulke klootzakken als ik.'

Het lukte me niet om in slaap te vallen, dus ging ik een brief aan Rosie schrijven. Ik schreef dat ze vanmiddag bij me moest komen, want mijn moeder zou naar onze oma gaan. Het was geen echte oma. Het was een geadopteerde. We hadden van alles geadopteerd, dus waarom geen oma. Vroeger gingen we elke zaterdag bij haar op bezoek, en dan aten we taart en daarna soep en zij dronk cherry brandy.

Ik dacht aan al die dingen die we in dat lege huis zouden kunnen doen. Meestal stond het niet leeg, omdat ze me niet vertrouwden als ik alleen thuis was. Ik dacht aan al die boeken die ik had verkocht, en waarvan ik had gezegd dat ik ze was kwijtgeraakt. In ieder geval, dat zei ik op school. Thuis zei ik dat ze op school lagen in mijn kluisje. Er is weinig zo verslavend als het bedenken van verzinsels. Ook aan Rosie heb ik een heleboel verzinsels verteld, ik moest haar toch iets vertellen. Aan die jongen dacht ik, met wie ik vroeger op de lagere school had gezeten en later op het Vossius. Hij heette Michael en in de pauze gingen we altijd pruimen stelen bij Albert Heijn. Toen de winkeliers van de Beethovenstraat allemaal kerstbomen voor hun winkels zetten, hebben we op een avond vier kerstbomen meege- nomen, die we wilden verkopen, en die we maar niet kon- den verkopen, en die we toen maar op het schoolplein hebben neergezet. Sinds Rosie had ik met hem helemaal geen contact meer. Ook Eric zag ik nauwelijks meer. Vroe- ger zaten we altijd naast elkaar. Hij wilde op James Dean lijken. Toen hij vijftien was, begon hij zich al te scheren. Omdat hij ervan overtuigd was dat hij de reïncarnatie van James Dean was. Hij ging toen naar een heel dure kapper in de Beethovenstraat die hem net zo knipte als James Dean. Ik vond dat alle jongens bij mij in de klas eruitzagen alsof ze in een gesticht hoorden, en ikzelf nog wel het meest. Alleen hoefde ik niet zo nodig naar de duurste kap- per van Amsterdam. Op een dag heb ik dat allemaal aan Eric verteld, en ook dat ik het eigenlijk niet zo prettig vond iedere pauze te moeten horen hoe hij zijn sperma opat.

Sindsdien praat hij niet meer met me. Ook dat kon me niets schelen, want ik wist zeker dat ik acteur wilde worden en dat al het andere onbelangrijk was. Zoals ik later zeker wist dat ik uitgever wilde worden. Ik wist ook een tijd ze- ker dat ik een kind wilde en met Rosie wilde trouwen. En ook dat ik in Berlijn wilde wonen. Er was zelfs een tijd dat ik zeker wist dat ik dood wilde, maar nu denk ik dat de pijn niet komt doordat zij niet van jou houden, maar doordat jij niet van hen kunt houden, in ieder geval niet genoeg, niet zoals je zou willen, of zoals je zou moeten. Je kunt honderd brieven schrijven en in elke brief weer vragen waarom altijd alles kapot moet en ondergekotst, maar je zult geen antwoord krijgen. Toen dacht ik nog dat alles anders kon en dat die brieven genoeg zouden zijn om iemand aan je te binden. Misschien kun je niet veel meer doen dan namen verzinnen voor wat er niet is, zodat het makkelijker wordt erover te praten, of tenminste proberen erover te praten. Alleen het gekke is dat ik dacht dat het er wel was. Toen ik al die namen verzon, dacht ik dat ze op weg waren hierheen, en dat ze er altijd zouden zijn. Misschien is ook dat niet belangrijk en heeft die man gelijk die beweerde dat het leven hem had geleerd niet kieskeurig te zijn. Het kan best zijn dat ik die man was, of dat ik het ooit iemand heb horen zeggen, en dat ik toen dacht: dat wil ik ook zeggen, want zo is het.

Toen Rosie aanbelde, was mijn moeder er nog. Ik zei: 'Je moet achterom, en dan over het hekje klimmen, en dan moet je in de tuin onder de bomen gaan staan, en dan laat ik je wel binnen.' Het duurde heel lang voor ik haar eindelijk kon binnenlaten. Ze was helemaal verkleumd, en ze vloekte, en probeerde me uit te leggen dat het geen pretje was een uur lang onder de bomen te staan in een wildvreemde tuin. Ze wilde warme chocolademelk, maar dat hadden we natuurlijk weer niet in huis. 'Ik krijg het nooit meer warm,' zei ze, en ik moest de dennennaalden uit haar haar halen.

Toen zei ze: 'Helemaal vergeten, ik heb nog een cadeautje.' Uit haar tas haalde ze een stapel brieven. Ze schreef me zoveel brieven dat ik ze nauwelijks meer las. Ik ben ze pas later gaan lezen. Ik frommelde ze in mijn broekzak. We gingen naar boven, naar de kamer waar mijn zus had moeten wonen, maar waar ze nooit heeft gewoond. Ze is in 1982 naar Israël gevlucht. We gingen op de grond liggen op het groene tapijt en ik vroeg of dit keer het knoopje van haar spijkerbroek open mocht. De vorige keer had ik bijna mijn hand gebroken.

'Dat is goed,' zei ze, 'maar ik wil mijn hand ook niet breken.'

Ik keek naar haar en nu zag ik alles in daglicht, en ik rook de geur van haar blouse. Ze vroeg niets en eigenlijk had ik moeten zeggen dat we nu zouden moeten vluchten, al had ik geen idee waarheen, en zij waarschijnlijk net zomin. Ik had moeten zeggen dat het enige zinvolle dat je op deze wereld kunt doen vluchten is, en dat de waarheid kennen net zo oninteressant en dodelijk is als het bestuderen van de hel. De enige keer dat ik ooit heb geprobeerd weg te lopen, ben ik niet verder gekomen dan Hoofddorp, omdat ik, denk ik, niet echt de moed ertoe had. En ook die middag had ik niet de moed om dat tegen haar te zeggen. Evenmin had ik de moed haar te antwoorden toen ze zei dat ze al die mensen die aan een stuk door allemaal leuke dingen tegen haar zeiden, een beetje vermoeiend begon te vinden, omdat ze niet geloofde dat ook maar iemand iets meende van al die schattige complimenten.

Ik had moeten zeggen dat ook ik aardige dingen zei om iets liefs uit haar mooie mondje te horen en dat de mensen waarschijnlijk dachten dat ze te jong en te knap was om haar lastig te vallen met de waarheid. Daarom zou ze het moeten doen met de leugens die ze haar zouden vertellen en met de leugens die zij hun zou vertellen. Tot ze oud en afgeleefd zou zijn, want dan zou niemand meer de moeite nemen haar de waarheid te besparen. Dat moest zij mij en al die anderen maar niet al te kwalijk nemen. Als mensen eindelijk bij iemand anders zijn, willen ze vergeten wat ze hun leven hebben gedaan en wat ze de rest van hun leven nog zullen doen.

Ik zei niets. Ik had zelfs niet de moed me niet te schamen, want ook daar is moed voor nodig, en ik heb me voor ongeveer alles geschaamd. Eigenlijk was ik bang dat ze zo dicht bij me was. Dat heb ik altijd gehad en gehouden en na een tijd is het wel minder geworden, maar ze zijn nooit zo lang gebleven om mee te maken dat het helemaal verdween.

Uiteindelijk zei ze: 'Kom alsjeblieft op me liggen, want het tocht hier verschrikkelijk.' Dat was ook zo. 'Kom maar,' zei ze. Het voelde alsof ik bij het plassen te vroeg mijn rits had dichtgetrokken. Zo lagen we een hele tijd stil. Zij keek naar het plafond en ik keek naar het raam, want bij mijn moeder wist je maar nooit wanneer ze weer kwam opdagen. Pas toen begreep ik het en ze zei: 'We doen geloof ik iets doms.'

'Dat geloof ik ook,' antwoordde ik.

Niet veel later hoorde ik de fiets van mijn moeder en daarom moest ze weer door de tuin weg. Deze manoeuvre hebben we nog drie keer herhaald. Toen ik haar op een middag weer wilde binnenlaten, stond ze niet onder de bomen. Ik zocht de hele tuin af, maar de tuin was leeg. Ik riep: 'Rosie, Rosie.'

De buurvrouw vroeg: 'Zoek je je konijn?'

'We hebben geen huisdieren,' riep ik terug, 'dat weet u toch, mijn moeder is allergisch voor huisdieren, mijn moeder is allergisch voor de hele wereld.'

Ook die avond wachtte mijn vader tevergeefs op de beursberichten, en mijn moeder vertelde: 'De dood is net zo saai als dit leven, maar ik wil nog niet dood, want dat plezier gun ik jullie niet. Bovendien vertrouw ik het paradijs niet.'

4320 minuten

Rosie vertelde me de volgende dag dat ze uit de tuin was gevlucht, omdat ze dacht dat haar voeten zouden bevriezen, en dat ze er niet meer tegen kon daar steeds weer onder de dennen te staan bevriezen. Dat begreep ik, want ook ik kon er eigenlijk niet meer tegen. We hebben twee woordenboeken verkocht, en daarna liepen we weer door de stad, en in een paar verschillende portieken zijn we gaan staan. Ook in de portieken was het nu eigenlijk te koud om lang stil te staan. Het was overal te koud om lang stil te staan. Ik liep nog op de gympen die ik in Israël had gekocht, en die nu water doorlieten. Ik kon de schoenen die mijn moeder voor me had gekocht echt niet aantrekken. Zelfs als ik ontzettend mijn best deed, het ging gewoon niet.

We liepen over de Apollolaan. Op de Apollolaan zijn goeie diepe portieken, dus gingen we op de bovenste trede zitten, en we aten een zak marshmellows. We bereidden ons geestelijk voor op een longontsteking.

'Ik kan niet meer lopen,' zei ze.

'Ik ook niet, misschien moeten we hier overnachten, misschien moeten we zwervers worden.'

Ze wilde geen zwerfster worden. Ze zei dat haar broer al een soort zwerver was. Eén zwerver in de familie vond ze genoeg.

Ik zei: 'Laten we er maar over ophouden, dit is te idioot om over na te denken.'

'Weet je wat ik vind?'

'Nee.'

'Ik vind jou soms zo saai,' zei ze, 'maar dat geeft niet, want ik vind mezelf vaak ook heel saai. Ik vind school saai. Ik vind de hele wereld saai. En die broer van me, die denkt dat hij zo'n beetje als enige niet saai is, is eigenlijk nog wel het allersaaist.'

'Wij zijn de allersaaiste mensen op deze wereld,' zei ik. 'Misschien kunnen we nog geld verdienen op kermissen.'

'Vroeger dacht ik dat ijs scheppen leuk zou zijn. Maar eigenlijk stelt het niets voor. En dronken worden stelt ook niets voor. Gisteravond las ik die liedjes van Judith Herzberg, en die vond ik altijd heel mooi, maar gisteravond vond ik ze opeens ook al niets voorstellen. Mijn moeder riep dat het licht uit moest, dat ik moest gaan slapen. Maar zij is ook saai. Saaier dan toen ze nog bij mijn vader was. Weet je dat ik gewoon een ongelukje ben? Mij kan het niets schelen. Maar volgens mij ben ik daardoor extra saai geworden.'

We hadden onze rugzakken van school nog bij ons, omdat we nog niet naar huis waren gegaan. Ze bladerde wat in haar agenda.

'Laten we een afspraak maken wanneer we gaan neuken,' zei ze.

'Ja,' zei ik.

'Zaterdag 22 november,' fluisterde ze.

'Zaterdag 22 november. Oké.'

We schreven in onze agenda's onder zaterdag 22 november: 'neuken'. Verder waren ze helemaal leeg, want ik schreef niets meer op, en zij blijkbaar ook niet.

'Waar?' vroeg ik.

'We vinden wel iets.'

Zaterdag 22 november, dat was nog vijf dagen. We besloten verder te lopen, want je kon neuken toch beter zonder longontsteking doen.

Bijna alle portieken in de Apollolaan kende ik, en nog steeds zou ik de beste kunnen aanwijzen, maar waarschijnlijk is dat voor niemand meer nodig. Ik vertelde haar dat ik niet aangeraakt wilde worden als andere mensen me zouden kunnen zien. Dat vond ze raar, maar ze had er niets op tegen. Ook als niemand ons kon zien, wilde ik soms niet aangeraakt worden, en dan zei ik: 'Ik wil alleen aan je haren ruiken.' Dat vond ze ook goed. Daarom vond ik haar lief.

Toen moest ze met de tram naar huis. 'Zaterdag 22 november,' riep ze.

'Zaterdag 22 november,' riep ik terug. 'Nog vijf dagen.'

Ik liep naar huis. Ik dacht aan al die gezichten op school de volgende dag. Ik had namelijk een paar bladzijden uit het klassenboek gescheurd. Dan zou het niet zo opvallen, dat ik er een paar dagen bijna niet was geweest. Ook voor hun bestwil, die opwinding was voor niemand goed. Ik bedacht me dat er vast weer een paar van die hele leuke meisjes zouden vertellen dat ik in het klassenboek had zitten scheuren. In naam van de waarheid, of weet ik wat, in naam van wat dan ook. Ik zag al die gezichten weer voor me die me ernstig aan zouden staren, zonder ook maar één seconde iets te menen van wat ze zeiden.

Ik kon echt niet vermoeden dat ze zo overspannen waren dat ze me naar de schoolpsycholoog zouden sturen. Om een paar bladzijden uit het klassenboek! Ze wisten zich geen raad. Dat zeiden ze in ieder geval. Waarom gingen ze dan zelf niet naar de schoolpsycholoog, als ze zich geen raad wisten. De schoolpsycholoog wist zich ook geen raad. Dat zei hij wel niet, maar zo zag hij eruit. En het klassenboek lag op tafel alsof het drie kilo heroïne was. Ik overdrijf niet. Zo lag het op tafel. Ze lieten lange stiltes vallen, om me onder druk te zetten, maar ik probeerde gewoon de hele tijd aan 22 november te denken. Toen begonnen ze ook weer over de oorlog. Veel fantasie hebben ze nooit gehad. Alsof het klassenboek iets met de oorlog te maken zou hebben. Dat dachten ze. In hun hoofden was het pas echt goed misgegaan. Er ontbraken een paar bladzijden en meteen moesten we weer over de oorlog praten.

'Waar ben je geweest?' vroegen ze. 'Al die lesuren. Waar ben je geweest?'

'Ik weet het niet meer, bij God, ik weet het niet meer. Ik heb wat door de stad gelopen.' Dat was de waarheid, maar ze geloofden me niet.

'Eigenlijk moeten we je ouders een brief schrijven,' zeiden ze. 'Waarom? Ze hebben genoeg meegemaakt,' riep ik. Voor dat argument waren ze eerst niet gevoelig, later toch wel. Dit was de laatste keer dat ze geen brief zouden sturen, maar als er nog iets zou gebeuren, zouden ze wel honderd brieven aan mijn ouders sturen. Die belofte zijn ze nog nagekomen ook. Mijn ouders hebben daarna nooit meer zoveel post gehad als toen van het Vossius. Ze verveelden zich daar waarschijnlijk ook de pleuris. Mijn ouders werden alleen helemaal gek van die brieven.

Ik moest twee weken bladeren prikken. Dat heb ik natuurlijk niet gedaan en toen moest ik vier weken bladeren prikken. Ze zeiden: 'We kunnen je toch moeilijk je leven lang bladeren laten prikken.' De schoolpsycholoog wist het ook niet meer.

'We lijden onder jou,' zei hij, 'je bent zo'n begaafde jongen en je vergooit je toekomst.'

Heel goed, dacht ik, ik zal nog meer toekomst vergooien om jullie nog meer te doen lijden. Dat zei ik natuurlijk niet. Ik deed alsof ik heel erg met hen te doen had, alsof ik het verschrikkelijk vond dat ze zo onder mij leden. Nog maar vier dagen en dan zou het 22 november zijn.

Het boeken verkopen was ook afgelopen. Ze waren allemaal verkocht. Nu konden we nergens meer eten en drinken. 'Het is een cloaca,' zei ik tegen haar, 'mevrouw Haaseveld is een cloaca, de hele school is een cloaca, de Stadionweg is ook een cloaca, mijn huis is een cloaca, de tram is een cloaca, 't Lusthof is een cloaca en wij zijn cloaca's.'

Het woord 'cloaca' stond al drie weken op het bord in het biologielokaal.

Zij had een idee. In de pauze gooide iedereen altijd zijn tas in de grote hal. We konden best een paar boeken uit andermans tassen halen en die dan verkopen. Eerst vond ik het geniaal, maar uiteindelijk durfde ik het toch niet. Ik zag al twintig schoolpsychologen op een rij zitten. Artsen zonder grenzen zouden ze op me afsturen, als het moest. Om me helemaal gek te maken.

In de kleine pauze ontvluchtte ik school en dan ging ik weer naar Wildschut. Soms eerst nog langs de Centrale Viswinkel om een viskoekje te eten. Ik kon een hele dag op één viskoekje leven. Dat had ik mezelf geleerd. Zij kwam dan ook naar Wildschut.

'Nog drie dagen,' fluisterde ik in haar oor. Ik vond het leuk in haar oor te fluisteren, want dan moest ik de haren die over haar oren vielen wegschuiven.

'Nog drie dagen,' zei ze. Ik vroeg hoe lang het nog zou duren voordat alles beter zou worden. Ze dacht dat dat nog heel lang zou duren, nog wel jaren, dat het zo lang zou duren dat je er bijna niet op kon wachten. Ik dacht dat drie dagen genoeg waren om alles te veranderen. Of tenminste een beetje.

'Hoeveel minuten zijn drie dagen?' vroeg ze.

We rekenden het uit op een bierviltje. Het waren 4320 minuten.

Ze zei: 'Ik zou willen dat al die minuten een dag waren uit mijn leven die ik anders zou kunnen doen.'

'Wat zou je anders willen doen?' vroeg ik.

'Ik denk dat ik de meeste dagen gewoon in bed had willen blijven liggen. Er zijn maar een paar dagen waarvoor ik had willen opstaan.' We gingen die dagen zoeken. Eerst in haar leven en toen in mijn leven, en toen in het hele korte leven dat van ons allebei was.

'Waar zullen we afspreken, zaterdag?' vroeg ik.

'Ergens in de stad,' zei ze, 'ergens waar we nog nooit hebben afgesproken, en waar we daarna ook nooit meer zullen afspreken, ook niet met andere mensen, met niemand.'

Ik had geen idee waar, want we hadden al op zoveel plekken afgesproken. In zoveel cafés hadden we geprobeerd dronken te worden, en ik herinnerde me al die mislukte pogingen en al die straatjes in de binnenstad die we doorkruist hadden tot het leek alsof we iedere afzonderlijke tegel zouden kunnen herkennen.

Neuken

De ochtend van de tweeëntwintigste november ging ik naar de synagoge, zoals altijd op zaterdagochtend. Mijn moeder jammerde. Ik had een paar kleurspoelingen door mijn haar gegooid. Rosie had ze in aanzienlijke hoeveelheden aangeschaft. Mijn moeder dankte God dat haar ouders dit niet meer hoefden mee te maken. Ik zei dat het voor mij geen enkel probleem was niet naar de synagoge te gaan, als ik daarmee zou kunnen voorkomen dat ze beschaamd zou worden. Ze wilde liever beschaamd worden dan dat ik wegbleef.

In de synagoge kwam altijd een ouwe Hongaar naar me toe die me in mijn wang kneep en me vroeg wanneer ik nou ging trouwen. Dat vroeg hij al sinds mijn zesde. 'Je gaat toch wel trouwen voor ik doodga,' zei hij iedere zaterdag weer. 'Ik weet het niet, meneer,' zei ik, 'ik weet het niet, dat soort dingen heb je niet in de hand.'

Verder was er nog een groepje vrouwen die joods wilden worden. Ze zagen er allemaal uit alsof ze hun hele jeugd alleen maar door de wc waren getrokken. Volgens mij was dat ook zo. Ze praatten de hele tijd erover dat de joden zo goed wisten wat lijden was, maar het was duidelijk te merken dat ze bedoelden dat zíj wisten wat lijden was. Er zijn heel wat lelijke mensen op deze wereld, maar zo lelijk als die vrouwen die joods wilden worden, had ik ze in mijn leven nog nooit gezien. Volgens mij dachten ze, dat als je eenmaal joods bent, het niet meer uitmaakt of je lelijk bent. Als ik ergens een Uzi had gevonden, had ik ze neergeknald, gewoon uit medelijden. Natuurlijk ook vanuit een zeker esthetisch oogpunt.

Na afloop van de dienst was er altijd een *kiddush*. Dan kreeg je wijn en gebak, en dan zag ik ook mijn moeder weer, want mannen en vrouwen zaten gescheiden. Ze had rode ogen. Ze had de hele dienst gehuild. Ze werd ondersteund door twee vrouwen. Die wisten wel waarom ze huilde. Een zoon met geverfde haren. Ze keken naar me alsof ik een nazi was. Ik had nog nooit in een film een nazi met rode haren gezien. Volgens mij bestonden dat soort nazi's helemaal niet. Als je het mij vraagt, kon je het wel vergeten in het Derde Rijk als je rood haar had.

Ze vroegen waarom ik dat had gedaan. Wat ik ermee bedoelde. En of het henna was. Ik zei niets, ik deed alsof ik het niet begreep. Ik ging bij die man staan die altijd achteraan stond, omdat niemand met hem wilde praten. Hij was een beetje zielig, zeiden ze. Hij had in een gekkengesticht gezeten. Hij zat gedurende de hele dienst aan zijn lul te krabben. Het was me eerst niet opgevallen, pas na een paar weken. Ik bedoel, hij deed het niet zo opvallend, maar hij deed het toch maar mooi. Hij was veertig en hij woonde nog bij zijn moeder. Er was ook nog een vader in dat huis, die al twintig jaar zijn bed niet meer uit was gekomen.

Hij begon over Picasso, altijd maar weer over Picasso. Hij woonde ook in de Goudkust, dat wil zeggen, zijn moeder woonde daar. Om twee uur 's middags stond hij op. Dan at hij twee witte boterhammen met hagelslag, daarna ging hij rondjes lopen in het Beatrixpark.

'Ben je in je rooie periode?' vroeg hij. Dat soort grapjes. Aan één stuk door. En maar witte boterhammen met hagelslag eten. En maar uit zijn bek stinken. Hij dacht zeker dat het op zaterdag verboden was je tanden te poetsen.

Mijn moeder had twee van die nepjodinnen uitgenodigd voor de lunch. Daar begreep ik dus niets van, waarom mensen joods willen worden. Ze konden zich toch ook meteen ophangen, als ze het niet meer zagen zitten.

Mijn vader had de radio aan. Die moest snel uit, want eigenlijk mag je niet naar de radio luisteren op de heilige shabbat. Hij begon ze te ondervragen. Hij wilde alles weten. De nepjodinnen zaten op de bank. Ze kwamen uit Krimpen a/d IJssel of zoiets.

Ik moest de zegenspreuk over het brood uitspreken. Mijn vader weigerde iets te doen. Hij noemde zichzelf een agnosticus. Ik noemde mezelf ook een agnosticus, maar ik had er minder succes mee dan hij bij mijn moeder.

Hij maakte grapjes met die nepjodinnen. Hij was zwaar bijziend. Hij kon niet zien dat het leek alsof hun gezichten een paar jaar in zoutzuur hadden gelegen. Waarom waren ze niet bij het Leger des Heils gegaan, dan hadden ze tenminste een mooi uniform te pakken kunnen krijgen.

'En wat wil jij nou worden?' vroeg de ene.

Toen begon die ene met dat sluike haar er weer over dat joden zo goed wisten wat lijden was. God, het was niet om aan te horen. Ze hield maar niet op. Ze zocht de ware kern van het lijden, zei ze. Waarom kon er niet iemand een paar sigaretten op haar gezicht uitdrukken? Dan wist ze voor de rest van haar leven wat de kern van het lijden was, dan hoefde ze er niet meer over te praten. Voor honderd gulden wilde ik het wel doen.

Nog driehonderd minuten. Ik ging in bad liggen. Mijn vader bonsde op de deur. De nepjodinnen waren vertrokken. Er werden weer borden kapotgegooid. 'Zoek maar een andere badkamer,' riep ik. Toen ging mijn vader in de tuin zitten. Het was ijskoud, het was 22 november. Hij zat er op een stoel met zijn winterjas aan, onder zijn geliefde dennen.

Mijn moeder deed de tuindeuren open. De vogels vlogen weg, maar hij bleef zitten op zijn stoel. 'Knettergek,' riep ze, 'knetter, knetter, knetter.' Toen deed ze de deuren weer dicht. Nog 274 minuten. Ik maakte een schuimbad. Mevrouw Weinbaum belde aan, een vriendin van mijn moeder. Die kwam altijd op zaterdagmiddag. Zaterdag was echt de beste dag van de week.

Ze sprak alleen maar over ziektes. Mevrouw Weinbaum. Of beter gezegd, ze sprak alleen maar over háár ziektes. Ze had zo ongeveer alle ziektes van de wereld behalve aids. Haar dagen waren gevuld met het bezoeken van doktoren en ziekenhuizen. Daar waren haar dagen al twintig jaar mee gevuld. Toch wilde ze maar niet dood. Elke week zag ze er kwieker uit en jonger. Ze was nooit getrouwd. Mijn moeder zei: 'Ze wil met de dood trouwen.' Ik dacht: gelijk heeft ze, iemand die doodgaat, dat is iemand die wraak neemt op zijn leven. Nog 260 minuten.

Zijn haren hingen voor zijn ogen, hij had een Russische bontmuts opgezet. Mijn vader stond nog steeds in de tuin. Hij plukte verdorde bladeren van zijn bomen. Mevrouw Weinbaum en mijn moeder riepen dat hij naar binnen moest komen, maar hij verdomde het, deed of hij niets hoorde. 'U vat kou,' riep mevrouw Weinbaum, 'en ik ook.' Toen gingen de deuren weer dicht. Ik ging maar uit bad, straks zou ik nog ontvellen. Nog even en dan had mevrouw Weinbaum weer drie sherrytjes achterovergeslagen, en dan kwam ze pas goed los. Ik heb nog nooit iemand in mijn leven ontmoet die zo goed kon vertellen over het aftappen van bloed als zij. Ook haar bloed was ziek. Elke week werd er bloed afgetapt. Daar vertelde ze elke zaterdagmiddag over. Hoe de naald haar lichaam binnendrong en hoe ze een keer was flauwgevallen. Je kreeg er rillingen van. Ik heb haar wel eens horen zeggen: 'Ik heb gedroomd dat ik in een ziekenhuis woonde.'

Een paar jaar later heeft ze zich gemeld bij de portier van het AMC en ze zei: 'Ik wil dat u me opneemt.' Ze stond daar met drie koffers. Ze had al eerder pogingen ondernomen, maar ze hadden haar steeds teruggestuurd. Die ene keer konden ze haar niet terugsturen. Ze had alles van de hand gedaan, haar meubels, haar planten, haar boeken, haar woning. Toen hebben ze haar maar opgenomen, maar ze hebben haar wel meteen doorgestuurd naar de psychiatrische afdeling. Daar ligt ze nu nog. Ze heeft één zuster, die haar niet kan bezoeken, omdat ze zelf in zo'n gesloten inrichting zit. Mijn moeder heeft haar wel eens opgezocht. 'Ze zag er beter uit dan ooit,' vertelde ze, 'maar om de vijf minuten riep ze: "Ik wil worden opgenomen, anders is er niemand bij als ik doodga."

Ik zei: "Je bent nu toch opgenomen, alles is nu toch goed," maar ze zei: "Mens, dit kan je toch geen opname noemen?"'

Dat was allemaal veel later. Eerst moest ze nog haar sherrytjes drinken en vertellen over al het bloed dat ze weer in het ziekenhuis had laten verversen. We hebben nog meegemaakt dat ze voor het eerst een pruik op had.

Ik zocht mijn mooiste broek uit, maar dat was toevallig de broek die ik alweer twee weken aanhad. Ook die trui droeg ik alweer een week of wat, maar toch was dat het beste wat ik had en Rosie rook nergens naar behalve naar deodorant. Mijn vader zat niet meer in de tuin, hij wilde natuurlijk meedrinken. Ik schoor me, hoewel dat helemaal niet hoefde.

Mevrouw Weinbaum bewonderde mijn rooie haar. Ook zij verfde haar haar, in ieder geval dat gedeelte dat nog te verven viel.

Vandaag ging het over haar nieren. Mijn vader hing in zijn stoel. Hij werd ook gek van mevrouw Weinbaum. Daarom dronk hij net zo snel als zij praatte. Mevrouw Weinbaum nam een slok, nu was het mijn moeders beurt. Mijn vader opende een nieuwe fles. Mevrouw Weinbaum begon een zakdoekje te zoeken om haar handen af te vegen. Ze veegde de hele dag haar handen af, ze veegde alles af wat ze te pakken kon krijgen, met haar zakdoekjes. Zo iemand moet je niet in huis halen, vond ik, maar mijn ouders haalden haar dus iedere zaterdag in huis.

Mijn moeder zei: 'Nu ga ík wat vertellen.' Mijn vader begon zwaar te zuchten. Hij schonk het glas van mevrouw Weinbaum en het zijne weer vol.

'Vroeger was ik niet oud en lelijk,' zei mijn moeder, 'ze hadden me vroeger moeten zien. Ik was heel mooi. Ik was zo mooi dat ze allemaal achter me aan liepen. Dat begon al in de oorlog. Ik weet nog dat ik bang was, omdat we niets hadden voor de menstruatie. Dat ik me daar zorgen om maakte. Maar ik ben in Birkenau nooit ongesteld geweest. Helemaal nooit. Ik heb me dus om niets zorgen gemaakt. Ik heb ze allemaal laten lopen. De mannen. Ik ben ten slotte getrouwd met een veel oudere man. Ik was wel al verliefd. En als ik verliefd was, kreeg ik een ontzettend rood hoofd. Dan was ik bang dat ze dachten dat ik iets gestolen had. Mijn tanden zijn heel goed door de oorlog gekomen. Ik heb ze namelijk elke dag met een doekje schoongemaakt. Na de oorlog zijn ze verpest door een professor. Die was verliefd op me. Hij zei: "Ik word je tandarts." En toen heeft hij mijn hele gebit verpest. Ik was heel mooi. Iedereen wilde wel mijn tandarts worden of iets anders van me worden. Ik werd bijna nooit geslagen, weten jullie dat. Ze gooiden worst naar me toe, omdat ik zo mooi was. Hele dikke plakken.'

In De Roode Leeuw ging ik aan een van de tafeltjes zitten op het overdekte terras, zodat ik over de hele straat kon kijken. Ik was blij dat er na een tijd een ouwe kerel naast me kwam zitten, zodat ik naar hem zou kunnen luisteren en niet zou hoeven nadenken over al die dingen, want het zou nog wel een paar uur duren voordat Rosie kwam. Die man zei niets en toen herinnerde ik me weer al die blokfluiten die ze voor me hadden gekocht, omdat ze me natuurlijk een muzikale opvoeding wilden geven. De blokfluitleraar was zo ongeveer de aardigste van al de mensen die ik in die tijd heb leren kennen, met zijn grijze krullen en die idiote schoenveters die hij als stropdas droeg. Hij vertelde elke les over zijn vrouw, van wie hij wilde scheiden, omdat ze godsdienstig helemaal gek was geworden. Ze zat de hele dag te bidden. Als het uur voorbij was, zei hij: 'Nu hebben we wéér niet geblokfluit,' en dan gaf hij me een knipoog. Af en toe hadden we een uitvoering in de Bachzaal en dan moest ik helemaal achteraan zitten en alleen maar doen *alsof* ik speelde. Soms vergat ik dat even en dan blies ik toch, en dan kwam er echt een verschrikkelijk geluid uit, midden in een stuk Händel. Bij de volgende uitvoering moest ik nog meer achteraan gaan zitten, en voor de zekerheid mocht ik mijn fluit niet meer in mijn mond stoppen, en die uitvoering daarna zat ik zo'n beetje in de coulissen. Die blokfluitleraar begreep me wel, want mijn moeder kwam hem om de veertien dagen zelfgebakken taart brengen. Alleen toen ik veertien was kocht ze een hele dure tenorfluit voor me, die kostte wel duizend gulden, geloof ik. Daar werd ik zo verdrietig van, ik werd er echt verschrikkelijk verdrietig van. Ik geloof ook dat die blokfluitleraar er verdrietig van werd. Toen ging hij trouwen. Met zijn vriendin. Een paar maanden daarna ging hij met pensioen.

Haar haren waren nog nat van de douche en ze liep niet in kleren die ze al twee weken aanhad. Ze had een nieuwe jurk aan, een zomerjurk. Daardoor had ze het nogal koud, maar ze zei dat dat alleen maar zo leek. Ze had haar gezicht geverfd, zo geraffineerd als sommige mensen hun gezicht kunnen verven. En ik wist dat ze allemaal naar haar keken.

'Heb je al gegeten?' vroeg ze.

'Nee. En jij?'

Ze schudde haar hoofd, dus bestelden we soep.

De jurk had ze vanmiddag gekocht. 'Mooi?' vroeg ze. Ik knikte.

'Wat heb jij gedaan vandaag?'

'Geen nieuwe jurk gekocht.'

'Weet je, er is vanochtend ingebroken bij mijn moeder, en eerst zou ze vandaag weggaan naar haar tante in Limburg, maar nu blijft ze thuis om op te ruimen.'

'Laten we drinken op de tweeëntwintigste november,' zei ik.

Daar dronken we op.

'We moeten afspreken dat we elk jaar samenkomen op 22 november, ook als we niet meer samen zijn.'

'Laten we dat afspreken,' zei ik.

Ze zei dat we wel iets zouden vinden, dat ze daar een

goed gevoel over had, en dat zo'n gevoel haar nooit bedroog. Dus bleven we in de Roode Leeuw zitten en ze vertelde dat ze waarschijnlijk van school ging, omdat het ernaar uitzag dat ze zou blijven zitten. Ze had wel beloofd beter haar best te doen, maar dat geloofde ze zelf niet. Nog veel meer vertelde ze, maar we hadden al zoveel gesproken. We hadden altijd alleen maar gesproken, op zoveel verschillende plekken, over alles hadden we gepraat. Nu zeiden we alleen nog maar dingen die we al tegen elkaar hadden gezegd. Daarom zeiden we uiteindelijk maar niets meer. We dronken alleen, want we hadden gespaard voor deze avond. Ten slotte pakte ze mijn notitieboekje en ging tekeningetjes maken. Later schreef ik er tekstjes onder waardoor het een stripverhaal werd. Een beetje een goor stripverhaal over Piet die het met kleine jongetjes deed. Zij was erg goed in het tekenen van obscure mannetjes, en ik was erg goed in vunzige teksten.

De hele avond hebben we aan dat stripverhaal gewerkt, en we hebben bijna niets meer gezegd, tot we eruit werden gegooid omdat ze gingen sluiten. Ze wilde naar een disco. Ik had altijd geweigerd naar een disco te gaan, en dat wist ze, maar vanavond wilde ik niet weigeren. Ik wist ook niet zo goed waar we anders heen moesten. Zij danste en ik wachtte aan de kant. Ze zei: 'Dansen lucht op.' Ik dacht daar anders over en daarom gingen we weer weg. Het was gaan sneeuwen. Niet echte sneeuw. Natte sneeuw, die onmiddellijk smolt. Het was pas half twee en alles was nog open. Nog steeds zeiden we niets. Het was een behoorlijk donkere tent waar we nu zaten, dus kusten we elkaar. Daar gingen we een tijd mee door tot we een por in onze zij kregen en iemand zei: 'Vrijen doen jullie maar thuis, dit hier is een café.'

Omdat het gewoon een andere gast was, trokken we ons daar niets van aan. Dat hadden we beter wel kunnen doen, want vijf minuten later was hij terug. Hij zei: 'Kom jij uit Friesland?'

'Nee,' zei ze, 'ik kom niet uit Friesland, en donder nu maar op.'

'Jij weet zeker niet meer wie ik ben.'

'Nee,' zei ze. 'Lazer op.'

'Daar ben ik al de hele avond mee bezig,' zei hij, 'tot ik jou zag.'

'Als je wat minder patat had gegeten, had je jezelf kunnen pijpen.'

Dat was het beste dat ik die avond had gezegd. Dat vond zij ook, maar een kwartier later waren we wel nat en liepen we nog steeds buiten. Ik trilde nog steeds.

Uiteindelijk zijn we in een nachtcafé terechtgekomen.

'Hoeveel minuten nog?' vroeg ik. Ze moest niet lachen, schudde alleen haar hoofd en ging wat te drinken halen. We gingen verder met ons stripverhaal, en we rookten en praatten over van alles, behalve over dat ene. We bestelden nog een cocktail, want voordat we doodgingen moesten we toch alle cocktails hebben geproefd.

Ze kwam dichter bij me zitten en begon me een heel verhaal te vertellen. Het drong allemaal niet zo tot me door. De muziek stond heel hard en we hadden vrij veel gedronken. Wat ze vertelde was volgens mij nogal pathetisch. Ze had van die buien dat ze heel erg pathetisch werd. Op zichzelf was dat hele café pathetisch, zelfs de muziek die ze draaiden, en ook de mensen die er zaten waren pathetisch, net zoals de teksten die ze op de muur van de wc hadden geschreven, en zelfs de barkeeper tapte op een pathetische manier bier. Op de een of andere manier kon ik het niet verdragen en daarom luisterde ik maar half. Toen ze ophield met praten, was ik alles weer vergeten.

Ze vroeg: 'Heb ik nog lippenstift op?' Ik zei dat ik het niet kon zien, dat ik het echt niet kon zien, met de beste wil van de wereld niet. Ze ging naar de wc. Toen ze terugkwam, scheurden we het stripverhaal uit het boekje. Dat stripverhaal paste niet bij deze avond, net zomin als die twee die over de flipperkast hingen, die pasten er ook niet bij, en die aan de bar hingen, en die barkeeper, ze pasten allemaal niet bij deze avond, maar we konden het ze niet zeggen.

'Ik had geen lippenstift meer op.'

'Nee? Zullen we nog een cocktail nemen?'

'Ik wil een tosti.'

'Volgens mij hebben ze hier geen tosti.'

'Ze hebben hier helemaal niets. Ik wil een tosti,' brulde ze, 'hier zo, een tosti.'

De barkeeper kwam naar ons toe, we wisten inmiddels dat hij Dov heette.

'De jongedame wenst?'

'Een tosti ham-kaas, en een tosti kaas.'

'Voor wie is de tosti kaas?'

'Ja, voor mij,' zei ik.

'Dan moet ik de ham eraf peuteren, en daar heb ik eigenlijk niet veel zin in.'

'Laat maar zitten,' zei ik.

'Wil je een tosti kaas of geen tosti kaas?'

'Ik bedoel, je hoeft de ham er niet af te krabben, laat er maar lekker op zitten.'

'Ik had hem er best af willen peuteren, ik heb het wel vaker gedaan, kijk, we krijgen die tosti's voorverpakt, zo uit de fabriek.'

Ze zei: 'We gaan nu naar mijn huis. In ieder geval bedankt voor de moeite.'

We liepen de hele stad door naar haar huis, wat nog wel een uurtje lopen was, en vooral die cocktails hadden er behoorlijk ingehakt. Zij kon er beter tegen dan ik; zij was iemand die op feestjes bleef tot ze gingen dweilen. Af en toe fluisterde ik in haar oor wat ik dacht dat je in het oor moest fluisteren van je meisje als je 's nachts met haar door de stad loopt. Dat had ik nog nooit gedaan. Met haar door de stad lopen, echt diep in de nacht. Daarna heb ik het nog heel vaak gedaan, en ik heb altijd wel wat gefluisterd. Meestal waren dat dingen die ik zelfs in mijn slaap kon zeggen zonder er al te veel moeite voor te hoeven doen.

Haar irriteerde het alleen maar wat ik zei. Omdat het niet waar is dat je sommige dingen niet vaak genoeg kunt horen. Dus hield ik mijn mond, maar ook dat was niet goed, en ik voelde dat ze weer een van haar pestbuien zou krijgen. De laatste kilometer waren we echt zo'n beetje aan het strompelen en om de twee minuten stonden we stil om bij te komen. Er reden strooiwagens door de stad. We hadden echt verschrikkelijke zin om in zo'n strooiwagen te gaan liggen, maar we hadden zelfs de kracht niet om erin te klimmen. Bovendien vonden we geen leegstaande strooiwagen.

Toen waren we bij haar huis. Het was een oud huis. We moesten stil doen, zei ze. Dat begreep ik ook wel. Ik kon nauwelijks meer op mijn benen staan, van dat lopen, en van die cocktails, en van alles. Ze woonde driehoog. We deden onze schoenen uit, en ik ook nog mijn sokken. De treden kraakten toch. Ik kreeg een lachstuip, want doordat ik zo langzaam liep kraakte het nog veel erger. Het was pikkedonker, en omdat ik dit huis niet kende moest ik haar vasthouden. Ik kon haar tempo niet bijhouden, en daarom fluisterde ik: 'Niet zo snel, niet zo snel.' Zij fluisterde: 'Ik moet pissen, man, laat me los. Ik kom je anders zo wel halen.'

Ik zei: 'Als je me hier alleen laat, ga ik brullen.' Ik ging op een tree zitten en pakte haar been, en dat hield ik heel stevig vast. Zo zat ik daar een tijdje. Ten slotte zei ze: 'Ik heb in mijn broek gepist.'

Gelukkig moest ze lachen, en ik ook. Verschrikkelijk zelfs. Ik geloof dat ik nooit meer zo erg heb gelachen. Ook dat lachen mocht niet te veel lawaai maken, en daarom had ik het gevoel dat ik ieder moment zou stikken.

'Nu moet jij ook in je broek pissen,' zei ze, 'anders is het oneerlijk.'

'Hoe voelt het?' vroeg ik.

'Warm.'

Ze ging ook op de tree zitten, het kraakte, alles kraakte. Die trap was ook nog verschrikkelijk glad, blijkbaar was hij die middag geboend. Dat pissen lukte niet, want dat had ik al op straat vier keer gedaan.

'Ik kan niet meer,' zei ik, 'Rosie, ik kan niet meer, ik ga hier nu liggen, en ik ga slapen. Ik kan gewoon niet meer.'

'Ik ook niet,' zei ze, 'maar we moeten nu naar boven. Het is nog maar één verdieping. Ik wil niet dat de buren me zo vinden.'

'Nee,' zei ik, 'laat mij maar hier, ik ga niet verder.' Ik voelde me net een bergbeklimmer die het middenin opgeeft, maar dan wel in een film, met dramatische muziek erbij.

Er liep de hele tijd van dat spul in mijn mond, ik bedoel van die oprispingen. Ik slikte het wel de hele tijd door, maar het liep steeds weer terug, en ten slotte heb ik het op de trap uitgespuugd.

Het kon mij niets schelen, maar zij wilde echt niet op de trap blijven liggen. Dus gingen we verder, en over die laatste verdieping deden we wel een kwartier, want om eerlijk te zijn kropen we gewoon, voor de zekerheid.

Toen we eindelijk in haar huis waren, moesten we nog een trap omhoog, en langs de slaapkamer van haar moeder. Ik weet niet meer hoe we dat hebben gedaan.

Ze deed de deur dicht. Ze deed onmiddellijk haar kleren uit, om droog te worden. We zaten op de grond, we dronken water uit een tandpastabekertje.

'Proost,' zei ik.

'Proost,' zei ze, 'op de tweeëntwintigste november.'

Het was de eerste keer dat ik in haar kamer was, en het enige licht was dat van de straatlantaarn. Toch zag ik alles zoals ze het van de zomer had omschreven. Ik was zo moe, dat ik het liefst had willen slapen, samen met haar, en pas wakker had willen worden als alles veranderd was. Als alles echt heel anders was. Wij, de wereld, de klerenwinkels, de zon. Dat kon natuurlijk niet, dus gingen we zoenen. Ik dacht aan de caissière in die drogisterij, die precies zo'n kapsel als mijn huisarts had. Daarom ben ik naar een andere gegaan. Ook daar stond een juffrouw achter de kassa die me niet beviel. Ik durfde oude mannen uit te schelden voor begrafenisgroente, het kostte me nauwelijks moeite mevrouw De Wilde hees te maken van het schreeuwen, en ook oude vrouwen met een hond durfde ik zo aan het schrikken te maken dat ze zich een paar dagen niet meer in het Beatrixpark durfden te vertonen. Ik vond het niet moeilijk flessen gin te kopen en pruimen te stelen. Van alle afspraken die ik in mijn leven heb gemaakt, ben ik er maar een paar nagekomen. Ik heb altijd van alles moeten verzinnen, omdat ik bang was voor wat de mensen tegen me zouden zeggen als ik hun de waarheid zou vertellen. Ik had er heel veel voor over gehad om aan één iemand te kunnen vertellen waarom ik zo deed, maar dat wilden de grootste schoften natuurlijk ook. Bovendien wist ik niet waarom.

Ik zei dat alle automaten stuk waren of leeg.

'Lul,' zei ze.

Ik zei: 'Ja.' We zaten op de grond, en ik zag die lege flesjes bier op tafel en de boeken die over de vloer verspreid lagen, en een open camouflagestift in een wijnglas, en die haren van haar die voor haar ogen hingen en waaruit druppels vielen.

Eerst vloekte ze een tijdje, toen hield het langzaam op en ik keek naar haar naakte lichaam dat nog nooit zo weinig naakt voor me was geweest als nu.

'Laten we vechten,' zei ze.

'Nee,' zei ik, want nog altijd liep dat spul in mijn mond. Ze pakte mijn hoofd en drukte het tegen de grond. Ik zag haar voet en de aders, die niet van de mijne verschilden, en haar teennagels, die ooit rood waren geverfd. Ik was te moe en te dronken om iets terug te doen.

'Je bent een lapzwans,' zei ze, 'weet je wat dat is?'

Zonder op antwoord te wachten schopte ze met haar voet een paar keer tegen mijn borst. Ze stond voor me met haar kleine trillende lichaam en vroeg alleen maar: 'Waarom doe je niets terug?'

Ik zag die wiebelende voetjes, die camouflagestiften in een wijnglas, de tandpastabekers en glazen. 'Ik ga naar huis,' zei ik.

'Ga maar,' zei ze, 'je moeder roept je.'

Op haar kin zat een moedervlek waarvan ik altijd had gedacht dat ze die met een potlood maakte. Sinds die avond wist ik dat het een echte was. In mijn hoofd zaten al die woorden die mensen tegen elkaar zeggen als ze elkaar pijn willen doen. Meestal lukt ze dat nog ook, hoewel die woorden volgens mij minstens zo oud zijn als die drie aartsvaders van ons.

'Portieksletje, klein miezerig portieksletje,' zei ik, en: 'zus van Lucinda'. Bijna niemand heeft Lucinda gekend, maar ik heb Lucinda gekend, en zij heeft Lucinda gekend, en ik kan iedereen verzekeren dat ze duizend keer liever een portieksletje wilde zijn dan een zus van Lucinda.

Toen pakte ik een van de sigaretten die daar lagen, en ik moest eraan denken dat ik vroeger altijd in een oranje emmertje plaste met een wit hengseltje, omdat ik 's nachts niet naar de wc durfde. Dat vertelde ik haar en ze zei dat we nu ook niet naar de wc konden omdat haar moeder alles hoorde. Daarom gingen we een emmertje zoeken. We vonden er geen, we vonden alleen een plastic doos waarin poppen lagen. Die heeft ze eruitgegooid en toen hebben we allebei maar in die doos geplast.

Nadat we geneukt hadden, ging ze zichzelf van binnen met zout water spoelen. Ik stond voor het raam en keek uit over het plein waar ze woonde.

We konden nog twee uur slapen. Om acht uur moest ik weg, omdat haar moeder dan opstond. Naast me viel ze in slaap. Ik rook allemaal geuren door elkaar heen en ik keek naar alles wat ik kon zien in het licht van die stomme straatlantaarn, want ik wilde zo veel mogelijk onthouden.

Had ik maar echt iets uitgevreten in mijn leven, dacht ik, had ik maar iemand echt de hersens ingeslagen in plaats van altijd alleen maar te fantaseren hoe het zou zijn om iemand de hersens in te slaan. Dan was tenminste alles echt goed kapot. Nu was het allemaal zo half.

Even Shoah kijken

De zondagochtend was grijs en auto's reden de hele dag met hun lichten aan. Bij de tramhalte stonden al mensen, drie jongens die ook de hele nacht feest hadden gevierd. Dat kon je zien aan hun gezicht en dat kon je horen aan wat ze tegen elkaar zeiden. Er stond ook een vrouw met een koffer. Ze vroeg me of dit de goede kant was naar het Centraal Station. 'Ja,' zei ik.

We stapten in de tram. Hij was bijna leeg. Ik ging achter de vrouw met de koffer zitten. Ze had heel zware parfum op. Ik probeerde een beetje te inhaleren.

Mijn moeder dacht dat ik dood was. Ze vroeg waarom ik mijn ouders dit aandeed. Ik had geen zin in gesprekken. Ik had al een paar jaar geen zin meer in gesprekken. Ze was klein in die rode ochtendjas, nog kleiner dan ik. Ze waren allemaal kleiner dan ik en ik was toch echt niet groot. Die ochtendjas was al twintig jaar oud. Ze kocht namelijk geen nieuwe kleren. Ze wilde niets nieuws. 'Voor wie zou ik nieuwe kleren moeten kopen,' zei ze, 'er kijkt toch niemand meer naar me.' Alleen schoenen kocht ze nog wel eens. Haar leven was afgelopen, zei ze, haar leven was al veertig jaar afgelopen. Daarom moest ik haar haren knippen. Een kapper vond ze ook zonde van het geld. Ik knipte haar haren als ze voor de televisie zat. Ik vond het leuk haar haren te knippen. Mijn vader vond het verschrikkelijk. 'Hij takelt je toe,' riep hij, 'je ziet eruit als een kaalgeplukte kip.'

Die ochtend nam ik me voor mijn moeder nooit meer te knippen, en dat heb ik ook nooit meer gedaan.

Ik dacht aan Rosie en aan de vrouw die ik in de tram had gezien, en dat het goed was geweest naast Rosie te liggen en haar haren te strelen die hard waren van dat spul dat ze er iedere dag in smeerde. Nu zou het wel weer een paar eeuwen duren voor ik naast haar zou liggen. Misschien was het wel goed de haren van iedere vrouw te strelen die maar naast je wilde komen liggen, omdat het er toch niet toe deed wat ze tegen je zeiden en wat jij tegen hen zei, en misschien deed het er ook niet eens toe waarom ze naast je waren komen liggen.

Mijn vader strompelde zijn kamer uit. Ik deed snel de deur van de badkamer op slot. 'Ik moet plassen,' riep hij.

'Beneden is ook een wc,' brulde ik terug. 'Nicht zu glauben,' hoorde ik hem zeggen, 'nicht zu glauben.'

Ik keek in de spiegel. Het was nu 23 november. Nu was alles dus anders. Ik liep naar de stad, overal was het uitgestorven. Ik nam de tram naar het Amstelstation, omdat dat de eerste tram was die kwam. Ik had geen geld voor de snackbar, dus ging ik in de wachtkamer zitten. Er zaten nog een paar kerels van wie je zo kon zien dat ze op geen enkele trein zaten te wachten. Ik had gezegd dat ik ergens ging werken aan mijn werkstuk. Ik zei altijd 'ergens'. Als je zegt waar, kunnen ze je vinden, of ze ontdekken dat je niet bent waar je had gezegd te zijn.

Over een paar dagen zou mijn vader jarig zijn en ik zou vragen: 'Hoe oud ben je geworden?', en hij zou antwoorden: 'Ik ben achttien geworden, we vieren mijn achttiende verjaardag, mijn zoon.' Dat antwoordde hij ieder jaar. Voor die gelegenheid zou mijn moeder dat ene tafellaken uit het

dressoir halen, en we zouden aan tafel zitten, en mijn vader zou de hele middag en de hele avond drinken tot alle
gasten weg waren. Dan zou hij roepen: 'Hannelore, Hannelore, zijn alle gasten weg?'

'Ja,' zou mijn moeder zeggen, 'ze zijn allemaal weg.'

'Haal dan het eten maar naar binnen,' zei hij dan.

Op zijn verjaardag aten we altijd rundertong.

'Als ik denk dat dit een tong is geweest in de mond van
een koe, word ik eigenlijk misselijk,' zei hij, 'maar ik denk
er gewoon niet aan, en daarom word ik niet misselijk.'

'Hoe oud ben je nou echt?' vroeg ik.

'Stel geen domme vragen,' zei mijn vader, 'jouw moeder
stelt al genoeg domme vragen.'

Ze kwam binnen met de tong. 'Waarom zei je nou dat je
een cowboy wilde worden,' vroeg ze, 'daar ben je nu tach
een beetje te oud voor?'

'Een revolverheld om precies te zijn.'

'Luister,' zei mijn vader, 'jij wordt nooit een cowboy, ik
ben ook geen cowboy geworden.'

Mijn moeder zei: 'Mijn keel-, neus- en oorarts is onder
de tram gekomen.'

'Wat?'

'Mijn keel-, neus- en oorarts, meneer Samuel, is onder
de tram gekomen.'

'Was hij joods?' vroeg mijn vader. 'Ook dat nog. Zie je
wel, de dood slaat ons nooit over.'

'Je hebt nog een stuk tong op je bord liggen,' zei mijn
moeder.

Mijn vader ging voor de tuindeuren staan.

'Kijk,' zei hij, en wees op een voetafdruk in de aarde, 'dat
is het voetje van God, God was hier, het is alleen jammer
dat ik niet thuis was.'

'Wat?' vroeg mijn moeder. 'Begint je vader weer over het voetje van God, vertel die jongen geen onzin.'

'Hij komt altijd als we niet thuis zijn, dat is echt iets voor God.'

'Ik wil de koning van de Amsterdamse onderwereld worden en op een dag zal ik aan een meisje vragen: "Wil jij de koningin van de Amsterdamse onderwereld worden?" Dan geven we een groot feest, en voor jou, vadertje, zijn er wodkaatjes en grote Bretzel,' zei ik.

'In onze familie komen geen koningen van de onderwereld voor,' zei hij, 'hoogstens keizers van het riool en straatprinsessen, en krankzinnig geworden tantes die in lompen handelden en krantenverkopers die samen met hun kranten in brand zijn gestoken, en nog meer straatprinsessen die zich verkochten om hun leven te redden en die alles gered hebben behalve hun leven, en bakkers die geen meel hadden om brood te bakken maar toch brood bakten, en kaalkoppen die achter in hun huis zelf wodka stookten, en grafdelvers die voor hele dorpen graven hebben gemaakt behalve voor zichzelf, en kroegbazen die net zoveel van de wodka hielden als van de thora, en natuurlijk, je vader, de keizer van het riool.'

'Wat is er met al die straatprinsessen gebeurd?'

'God knikkert met ze,' zei hij, 'omdat Hij alleen is.'

Zo zaten we daar tot het tijd werd om naar bed te gaan.

Op 10 december zijn Rosie en ik 's middags in The Corner gaan zitten. Dat is zo'n café tegenover de Rai, waar altijd dezelfde mannen zitten en van die tapijten op de tafel liggen.

Rosie zei: 'Ik vind je zo lief, ik vind je zo lief.'

Ik keek naar haar gezicht en naar het tapijt dat op tafel

lag, en ik rook de geur van haar bruine haren die ze rood had geverfd, en die ik niet meer zou ruiken.

Als er een of andere God was, dan moest elke liefde die je misloopt wel een belediging voor hem zijn, en elke liefde die je misloopt uit angst moest wel de allerergste belediging voor hem zijn. Zoiets had ik tegen haar willen zeggen, want toen geloofde ik dat nog.

'Je komt toch wel op mijn verjaardag,' zei ze.

'Ja,' zei ik, 'natuurlijk kom ik.'

Ik vroeg om een cola. De mannen nodigden me uit aan de bar te komen zitten, en nog een paar biertjes te drinken. Ze vroegen hoe ik heette en waar ik vandaan kwam.

Ik zei: 'Luister, ik wil echt over van alles met jullie praten, maar niet over blokfluitles. Op het laatst was ik namelijk de enige. Toen zei die man: "Het heeft toch geen zin jou les te geven." Toen begon hij te vertellen over zijn huwelijk. God, wat was dat een klotehuwelijk. En op een gegeven moment zaten we in de Bachzaal voor een uitvoering en naast me zat een meisje. Na afloop van de uitvoering nam dat meisje me mee naar de meisjes-wc en daar begon ze in mijn gezicht te spugen, echt verschrikkelijk in mijn gezicht te spugen. Dat je iemand tegen een muur zet en hem een kwartier lang onder gaat spugen, dat is toch niet normaal. Ik had trouwens een hekel aan die uitvoeringen in de Bachzaal. Ik had een hekel aan die hele muziekschool.

Weet je dat ik haar de volgende uitvoering een verschrikkelijk oorvijg heb gegeven? Midden in de Bachzaal. Ze zat helemaal vooraan. Wat was dat een uitslover, dat kind zeg. Godallemachtig, wat was dat een uitslover. Net als haar ouders. Die waren ook van die uitslovers. Mijn tennisclub heette trouwens N W T L, Niet Winnen Toch Lol.'

Die avond ging ik weer naar The Corner. Twee dagen later had ze een nieuwe vriend. Omdat zijn ouders heel veel op reis waren, konden ze zich helemaal suf neuken. Dat hebben ze ook gedaan.

De maandagochtend daarna zouden we weer *Shoah* gaan kijken, dat was een ideetje van de geschiedenisleraar. Even *Shoah* kijken. Hij had mij bij zich geroepen, en hij had gezegd: 'Als je wil, mag je wegblijven, als we Shoah kijken.' Ze hadden me net daarvoor een dag geschorst, omdat ik zoveel spijbelde. Ze schorsten me om de haverklap. De volgende dag ben ik daarom expres vroeg opgestaan. Ze zaten allemaal naar die slaapverwekkende film te kijken. Op het eind begon een trut zelfs te janken. Ik zweer het. Ze begon te janken. De volgende keer ben ik toch maar gewoon weggebleven. Ik verdacht de leraar ervan dat hij óók een potje zou gaan zitten janken, zo bij de aftiteling. Hij was ertoe in staat. Zo'n type was het. Aan het eind van het jaar kwam ik hem nog een keer tegen.

Hij zei: 'Ik heb je nooit meer in mijn les gezien.'

Ik zei: 'Nee, dat klopt, ik dacht dat jullie nog steeds met die Shoah bezig waren.'

Mijn vader was intussen terug uit Israël en het eerste wat hij deed, was mijn moeder naar de psychiater sturen. Het gerucht was inmiddels ook tot hen doorgedrongen dat er op mijn kerstrapport maar één voldoende zou staan, en mijn moeder was een soort klopjacht op mijn verdwenen schoolboeken begonnen. Ze dacht dat ze gestolen waren. Ze dacht dat de werkster mijn schoolboeken stal. Ik had met de werkster te doen. Ik probeerde mijn moeder uit te leggen dat de werkster niets aan mijn schoolboeken had, maar dat geloofde ze niet. 'Het zijn allemaal vuile dieven,' riep ze, 'en nu is zij ook al een dief.' Gelukkig kende de werkster mijn moeder al vijftien jaar, dus vond ze het niet meer zo erg om van diefstal te worden beschuldigd.

Mijn vader rende de dag van het kerstrapport meteen naar de Hema en mijn moeder moest naar de psychiater, het liefst diezelfde dag nog. Toen ze terugkwam, zei ze: 'Het is een ouwe demente man, bovendien wil hij dat jíj meekomt.' Mijn vader werd woedend. Hij schreef aan de psychiater: 'Ik ga al vijftien jaar nergens met mijn vrouw naar toe, en nu ga ik zeker niet met mijn vrouw naar een psychiater.'

Mevrouw Haaseveld is nog bij me thuis geweest. Op een woensdagmiddag. Ik kwam net van de psycholoog. Mijn moeder bood haar taart aan, en mijn vader allemaal borreltjes. Het was in de tijd dat hij vanaf een uur of vier alleen nog maar in slowmotion sprak. Om half zes was ze nog niet weg. Vanaf ongeveer zes uur begon hij Duits te praten, maar dat heeft ze niet meer mogen meemaken, want toen zat ze alweer bij haar man en haar kind en haar lieve katten.

Ook die avond zaten we aan tafel. Mijn vader viel steeds weer in slaap en dan sloeg mijn moeder met haar lepel op zijn hoofd. 'Er rust een vloek op deze familie,' zei hij, nadat ze hem weer wakker had geslagen. Mijn moeder leeft in een wereld waarin het dag noch nacht is en waarin geen mensen meer voorkomen, mijn vader wacht op beursberichten die volgens mij al twintig jaar niet meer worden uitgezonden en mijn zus is getrouwd met een man die drie gebeden per dag zegt: het ochtendgebed, het middaggebed en het avondgebed en tussendoor werkt hij voor een verzekeringsmaatschappij.

Mijn moeder wilde weten wat ik toch de hele dag in die cafés deed. Dat had Haaseveld haar namelijk verteld. Ik wist het zelf ook niet. Je moet toch ergens zitten. Je kunt toch niet de hele dag als een gek door de stad rennen. Aan dat soort antwoorden had ze niet veel. Daarom zei ik maar dat ik er voor de meisjes zat.

'Laten we op de meisjes drinken,' zei mijn vader opeens.

'Op de meisjes,' zei ik.

'In Mauthausen waren ook veel meisjes,' zei mijn moeder, 'maar ik was 't mooiste, zelfs zonder mijn haren was ik mooi, ook de ss vond me mooi, ik was het koninginnetje.'

In mei hebben ze me toch nog van school geschopt, een paar dagen nadat ik een alternatief schoolblaadje had proberen te verkopen. Dat was me nog aardig gelukt ook. Zelfs alle leraren hadden er een gekocht. Een dag later werd ik bij de rector geroepen. Het zou vol obsceniteiten staan. Natuurlijk stond het daar vol mee. Ik werd weer eens geschorst, het enige wat ze nog konden.

Na een paar dagen hoorde ik dat ik nooit meer terug hoefde te komen. In de hal beneden stond mevrouw Haaseveld. Ik wilde haar een hand geven, maar ze siste: 'Al die moeite van mij voor niets.' En ze riep me nog na: 'God, wat ik allemaal voor je heb gedaan, jongen, als je dat eens wist!'

Ik had haar willen zeggen dat ze eigenlijk heel tevreden over mij kon zijn, omdat ik haar liefdadigheid had overleefd, en ook de liefdadigheid van het handjevol psychologen en van al die andere mensen. En dat is zo ongeveer het moeilijkste dat er te overleven valt op deze wereld. Dat zei ik niet tegen haar. Ik geloofde niet dat het belangrijk was wat ik nog tegen haar zou kunnen zeggen.

Daarom zei ik ook niet tegen haar dat Rosie zo ongeveer

het enige meisje is geweest op wie ik verliefd was zonder de hele tijd er van alles bij te denken. Ik bedoel, zonder de hele tijd te denken dat ik me als een man moet gedragen, en dat ik moet zoenen als iemand die al ongeveer twintigduizend meisjes heeft gezoend, als iemand die zo ongeveer is begonnen met zoenen nog voordat hij kon lopen.

Ik liep naar huis. Ik dacht aan Rosie, en aan alles wat we hadden gedaan, en vooral aan wat we niet hadden gedaan, en aan mijn vader, die de beurskoersen bestudeerde alsof het mystieke getallen waren die zouden kunnen onthullen waarom we al dat servies hadden kapotgegooid, waarvan de vernietiging al net zo zinloos was geweest als van al dat andere. Ik hoopte dat ik niet te veel mensen zou tegenkomen, want ik dronk nogal veel jonge jenever en daarvan raakte ook ik aan de kladderadatsch. Ik had geen zin om in het Beatrixpark onder een boom te gaan zitten. Gelukkig droeg ik een lange jas.

Er is een mooi liedje van Bob Dylan. *I was so much older then. I'm younger than that now.*

Walk like an Egyptian

'Houd maar op, zei ze, het heeft geen zin,' zei de man naast me. Vanuit mijn ooghoeken hield ik mijn vader in de gaten. Hij zat aan het tafeltje achter ons. Voor hem stond een glas bier, waaruit nauwelijks was gedronken. Vroeger sloeg hij het zo achterover, maar tegenwoordig dronk ik er wel vijf in de tijd dat hij er eentje naar binnen werkte.

'Ik heb hem in de tuin begraven,' zei de vrouw aan de andere kant van me. Als ze niet naast me had gezeten, had ik haar een dronken loeder genoemd. Een dronken Beethovenstraat-loeder, want ook dronken loeders heb je in soorten en maten.

'Wie?' vroeg de man.

'Mijn kat,' zei ze, 'hij is tweeëntwintig geworden.'

'Dat is oud,' zei ik.

'Hij was nog van mijn eerste man,' ging ze verder, 'maar die heb ik ook al begraven. En zijn zus ook, ik bedoel van die kat. Zij ligt ook achter in de tuin. Nu liggen ze naast elkaar.'

'Krijg ik een kusje, vroeg ze,' zei de man. Toen viel mijn vader uit zijn stoel. Ik liet me van mijn kruk glijden. 'Kan iemand helpen?' vroeg ik. Het dronken loeder stond al naast me. In de staat van dronkenschap waarin zij verkeerde kon van helpen geen sprake zijn. Er kwam een ober naar ons toe. 'Problemen?' vroeg hij.

'Mijn vader moet even overeind worden geholpen,' zei ik.

De ober pakte mijn vader op en zette hem weer in zijn stoel.

De lange, bijna gele haren van mijn vader waren voor zijn ogen gegleden en voor zijn mond, zo lang waren ze. Ook zijn bovengebit zat niet meer goed, zag ik, maar dat had eigenlijk nooit goed gezeten. Aan de haren kon ik iets doen, aan zijn gebit niet. Ik pakte de borstel uit de plastic tas die aan zijn stoel bungelde, als altijd wanneer we gingen wandelen.

'Wat was dat nou, wat was dat nou weer?' vroeg ik aan mijn vader.

'Een aardbeving,' zei hij.

'Wat zegt-ie?' wilde het dronken loeder weten.

'Een aardbeving.'

Ze begon te giechelen. Ze was echt ver heen.

Ik bestelde nog een biertje.

'Kom,' zei ik, 'drink eens op.'

Mijn vader zat voor zijn bier en keek ernaar alsof het puur vergif was. Zo zat hij voor al het eten en drinken dat voor hem stond. Ik pakte het glas bier en zette het aan zijn lippen. Het meeste druppelde langs zijn kin op zijn broek, maar zijn broek zat toch al onder de vlekken. Met zijn zakdoek veegde ik zijn kin schoon. Sinds hij zichzelf niet meer schoor, gebeurde dat niet meer goed. We hadden wel een hulp in de huishouding, die heette Roy en die kwam iedere dag mijn vader scheren. Dat deed hij met zo'n elektrisch scheerapparaat terwijl hij half de krant las. Voor die tijd moest ik elke ochtend mijn vader scheren, maar daardoor kwam ik steeds te laat op kantoor en toen besloot mijn moeder Roy in huis te halen. Het was niet gemakkelijk hem te scheren. Toen ik het nog deed, moest ik er wel een halfuur eerder voor opstaan. Ik legde zijn hoofd dan op

een stapel kussens en drukte het oplaadbare scheerapparaat tegen zijn wangen en bewoog het wat op en neer.
Meestal zette ik de radio aan, want mijn vader was al tientallen jaren verslaafd aan de radio en alleen al om die reden vond ik dat de *Arbeidsvitaminen* en zijn machteloze
gebrul bij elkaar hoorden. Terwijl mijn vader riep dat ik
hem pijnigde zong ik mee met *the sun always shines on
tv* of wat ze daar anders elke ochtend draaiden, en met
mijn vrije hand tikte ik het ritme op de rand van zijn bed.
Mijn vader lag achter een hek, zodat hij niet uit bed zou
vallen.

Er waren dagen dat hij niet tegenwerkte, maar die waren
zeldzaam. Meestal schreeuwde hij: 'Ik wil mezelf scheren,
stelletje idioten.' Of: 'Ik wil nat geschoren worden.' Nat
schoren we hem alleen op zondag, omdat mijn moeder
daarna zowat de hele kamer moest dweilen. Zijn stoppels
waren wit en wat ook allemaal trager was geworden in zijn
lichaam, de baardgroei niet.

Roy woonde in Almere en reed in een reusachtige Mercedes. Hij droeg een lange zwarte baard en toen hij drie
weken bij ons was, nodigde hij ons uit voor de katholieke
variant van de bar mitswa-viering van zijn twee dochters.
Die dag paste ik op mijn vader, zodat mijn moeder ernaar
toe kon gaan. We zaten in de tuin en sliepen allebei. Om
zes uur kwam mijn moeder terug en vertelde dat het gebak
erg lekker was, maar een beetje weinig, en dat zijn dochters
schattige negerinnetjes waren in witte jurken. Hun vader
schnabbelde dus wat bij door elke ochtend mijn vader te
scheren, maar toch kon ik me niet voorstellen dat hij van
dat beetje scheren die enorme Mercedes kon betalen, die
iedere ochtend weer voor onze deur stond. Sinds ik op
kantoor werkte, wist ik dat zo'n Mercedes een geile auto

was. Dat verbaasde me, want ik vond broeder Roy niet het type voor geile auto's.

Eigenlijk zou ik nu met mijn vader door het Beatrix-park moeten wandelen. Dan kwam hij wat in de buiten-lucht, en had mijn moeder een paar uurtjes voor zichzelf. Meestal belandden we niet in het park, maar in een van die cafés in de Beethovenstraat. Daar bleven we dan hangen tot het tijd was voor het avondeten en we weer naar huis moesten. Of totdat mijn vader in zijn broek had gepoept en het begon te stinken.

'Kom, drink eens op,' zei ik weer. Mijn moeder was blij met alles wat hij dronk, of het nou water, bier of sinaasap-pelsap was.

'Waar is het schijthuis?' vroeg mijn vader.

Sinds die ziekte vroeg hij om de haverklap naar het schijthuis. Voor die tijd gebruikte hij dat soort woorden nooit. De dokter had iets gemompeld over persoonlijk-heidsverandering, maar naar wat de dokter mompelde luisterde ik al een paar maanden niet meer.

'We gaan zo naar het schijthuis,' zei ik zacht. 'Maar eerst nog één biertje, en drink jij de jouwe nou op, anders krij-gen we ruzie met mama.'

Ik ging weer aan de bar zitten, tussen het dronken loe-der en die man met zijn gepommadeerde haren.

'Mijn dochter is het huis uit, samen met haar vriend,' vertelde ze, 'ze hebben een tijdje bij ons gewoond met z'n tweeën. Vond ik best gezellig.'

Nog één whisky-ijs en ze zou me alles vertellen, ze zou me haar hele leven vertellen, en ik zou hier niet meer weg-komen. Zo waren dat soort dronken Beethovenstraat-loe-ders. Volgende week zou ze het allemaal weer vergeten zijn en zou ze me het hele verhaal nog een keer vertellen.

Ik keek naar buiten en zag weer die paartjes langs de etalages slenteren, in hun te grote windjacks en met hun handen in elkaar geklemd alsof ze al sinds de Eerste Wereldoorlog zo liepen, en in spijkerbroeken die ze die ochtend nog hadden staan strijken. Dit had ik al vijfhonderd keer gezien, want zoveel zondagen kwam ik hier volgens mij al, in plaats van met mijn vader te gaan wandelen in het park, omdat een frisse neus halen voor hem zo goed zou zijn.

'Waar vind je,' zei die man, 'op mijn leeftijd nog een leuke vrouw? En niet een met allemaal kwaaltjes.'

'Waar is het schijthuis?'

Ik ging naar hem toe. Mijn vader moest oppassen met wat hij riep, in zo'n etablissement als dit.

'Gaat het,' vroeg ik, 'gaat het?'

'Waar is mama?'

'Mama is thuis,' zei ik. 'Vertel haar straks maar dat we in het Beatrixpark waren, dat we zo heerlijk hebben gewandeld, zo godvergeten heerlijk hebben gewandeld.'

Ik goot nog wat bier in zijn mond. 'Even slikken,' riep ik, 'even slikken, dan ben je ervan af.' Hij slikte en ik aaide over zijn hoofd over de kale plek. Ik vroeg om nog een laatste biertje.

'Je moet hem niet dwingen te drinken,' zei de ober en hij zette het bier voor me neer. 'Dat is niet goed.'

'Hij wel,' zei ik, 'hij moet gedwongen worden.'

Ik dronk het halve glas in één teug leeg. Dat hielp. Niet veel, maar toch iets. Zo'n stelletje kwam binnen, met van die doodgestreken spijkerbroeken aan. Ze gingen aan een tafel bij het raam zitten en zeiden niets. Ik keek naar de billen van het meisje en kreeg een erectie. De allerergste geilheid is die als je aangeschoten bent. Niet als je dronken bent, want dan heb je er geen last meer van. Juist als je zo'n beetje aangeschoten bent, kun je echt van helemaal niets opgewonden raken. Van te grote billen in een te blauwe spijkerbroek. Van een beha onder een witte blouse, of van een rare stem, van slecht geverfde nagels, van meeëters, van uitgelopen mascara, en misschien zelfs van spataderen, maar dat had ik nog niet uitgeprobeerd, en ik bestelde nog maar een biertje.

'Doe mij er ook nog een,' hoorde ik het dronken loeder lispelen. Ze had haar handtas inmiddels geopend en was bezig haar lippen te verven. Kon ze dat niet in de wc doen? Bovendien zat ze de hele tijd naar haar eigen borsten te kijken. Als ik ergens een hekel aan heb, dan zijn het wel vrouwen die om de haverklap naar beneden kijken of hun borsten er nog wel zijn. Ik kreeg de neiging te roepen: 'Kijk nou eens ergens anders naar, daar is niets te zien.'

'Waar is mijn bier?'

Ik keek om, mijn vader zat gelukkig nog in zijn stoel.

'Dat staat voor je,' riep ik, 'voor je neus. Drink het in godsnaam op, want ik word niet goed.'

Hij legde zijn hoofd op tafel. Ik liep vlug naar hem toe om te kijken of zijn stoel op de rem stond. Dat was ik één keer vergeten en dat wilde ik niet nog een keer meemaken.

'Ga je een dutje doen?' vroeg ik.

Hij gaf geen antwoord. Hij had zijn ogen open. Zijn linkeroog zat een beetje naar boven gedraaid, maar dat had hij de laatste tijd altijd als hij zo op tafel ging liggen.

'Wordt het niet tijd om naar huis te gaan?' vroeg de ober.

'We gaan zo,' zei ik, 'hij moet dit nog even opdrinken.'

Ik had nog altijd een erectie en zo wilde ik niet naar huis wandelen.

'Zondag is eigenlijk de enige dag dat ik alleen ben,' zei de man aan mijn linkerkant, 'dat is eigenlijk de enige dag dat ik denk: gôh, had ik maar een wijf.'

'Proost,' zei ik.

'Santé,' zei de man.

'*Lechaym*,' zei het dronken loeder. 'Nu zijn alle katten van mijn eerste man dood. Hij was gek op de katten en zij op hem.'

Op weg naar de wc liep ik langs mijn vader. 'Gaat het nog?' vroeg ik.

'Ik wil naar bed,' fluisterde hij.

Ik liet het urinoir links liggen, ging de wc binnen, en maakte alleen mijn gulp open. Er hing de doordringende lucht van iemand die zich hier kort geleden met eau de cologne had besprenkeld. Ik dacht aan al die zondagen dat ik me hier had afgetrokken en aan al die vrouwen aan wie ik had gedacht, en dat ik aan de meesten van hen nooit meer zou denken, omdat ik hun gezicht en hun naam vergeten was, en ik dacht aan de meisjes die altijd in het rookhalletje van het Vossius zaten en die af en toe een been uitstaken als ik langsliep en ik dacht dat traditie een mens houvast gaf. Dus ook als mijn vader dood zou zijn, zou ik op zondag door de Beethovenstraat wandelen en me in de wc van dit café aftrekken. Ter nagedachtenis aan zijn leven, waarvan ik bijna niets wist en waarvan ik nu nooit meer iets te weten zou komen, en aan het mijne, en aan onze zondagen die we hier hadden doorgebracht zoals alle dagen de laatste maanden van zijn leven. Met veel bier, slechte muziek en lelijke vrouwen, en vooral met de hoop dat het avondeten niet zo erg zou worden als gisteren, dat het avondeten nog ver weg was, en broeder Roy en zijn Mercedes en zijn zalvend stemgeluid alsof hij je de biecht kwam afnemen, dat die allemaal nog ver weg waren, en dat we ons nog door heel wat bier zouden heendrinken voor we naar huis zouden wandelen, en dan zou het allemaal niet meer zoveel uitmaken.

Het dronken loeder kwam binnen. 'Mannen-wc,' zei ik.

'Ik leer het ook nooit.'

'Geeft niet.'

'Motek,' fluisterde ze, en streek over mijn wang. Toen deed ze de deur weer dicht.

In dit café had ik op een avond met Rosie zalmforel gegeten. Een paar dagen voordat we naar Antwerpen vertrokken. Het ergerde me dat ik me niet kon herinneren waar we die avond over hadden gepraat. Alsof dat er iets toe deed.

Ik maakte de remmen van zijn stoel los.

'Kom, we gaan,' zei ik.

Hij bleef met zijn hoofd op tafel liggen.

'Zo kan ik je niet naar huis rijden.'

'Ik ben de keizer.'

Kregen we dat weer. Voor die ziekte was hij alleen de keizer bij bepaalde gelegenheden, als er meer drank dan anders was gevloeid. Hij was een matig, maar consequent drinker. Behalve op verjaardagen, joodse feestdagen en avonden dat er bezoek kwam, dan dronk hij wel drie keer zijn normale quotum.

'Ik ben een genieter,' zei hij regelmatig van zichzelf. Maar waar hij nou precies van genoot, was me nooit helemaal duidelijk geworden.

Ik wilde hem juist naar achteren duwen, toen ik het dronken loeder hoorde roepen: 'Ik heb er nog eentje voor je besteld.' Nog eentje dan. Ik legde mijn vader weer met zijn hoofd op tafel, fluisterde: 'Slaap maar lekker,' en ging weer aan de bar zitten.

'Je vader is een beetje moe, hè,' zei ze.

'Ja,' zei ik, 'hij is een beetje moe.' Ik keek naar dat gezicht van haar, dat misschien ooit mooi was geweest, en dat misschien nog steeds mooi was geweest als het dronken loeder wat minder stevig had ingenomen.

'Mijn ouders zitten in een aanleunwoning in Noord.' Dat was die man weer. Konden die twee niet een nummertje maken in het toilet, dan hoefden ze niet zoveel te ouwehoeren.

Ik pakte het geld uit de binnenzak van mijn vader en betaalde. Het was weer aardig opgelopen, voor zo'n middagje, zo'n zondagmiddagje.

'Kom, we gaan,' zei ik tegen hem, 'we gaan nu echt.' Ik tilde zijn hoofd van tafel en probeerde het rechtop te zetten.

'Als je je romp niet recht kunt houden, komen we nooit thuis,' siste ik. Want dat had ik ook al eens meegemaakt.

Eindelijk ging hij recht zitten. Zijn hoofd week de laatste tijd af naar links, net als mijn lid, alleen was dat niet van de laatste tijd. Ik legde zijn haren op zijn hoofd, op de plaats waar ze hoorden, veegde zijn mond schoon en reed naar buiten. 'Ajuus,' riep ik, vlak voordat ik met veel moeite de drempel nam.

Het weer was opgeklaard. Mokkels maakten in ski-jack aan de hand van hun vriendje hun zondagse ommegang. Oude mannen deden hetzelfde met hun minstens zo oude wijven. Niet alleen mijn vader was doodop, maar ik ook. Dus niet meer langs de AKO, meteen naar huis. We gingen na het café bijna altijd langs de AKO, op de hoek van de Gerrit van der Veenstraat, waar ik op mijn veertiende mijn eerste seksboekje had gekocht. Ik legde het tussen *De Juwelen van Bianca Castafiore* en *De schat van Scharlaken Rack-*

ham. Blijkbaar meende mijn moeder ook tussen de Kuifjes te moeten stoffen en op een avond, toen ik terugkwam van de bioscoop, zei ze: 'Ik heb iets verschrikkelijks gevonden.'

Mijn moeder vond altijd verschrikkelijke dingen. Ze zei: 'Zo maak je voor later je hele seksleven kapot.' Ik wilde alles kapotmaken, dus waarom niet mijn seksleven.

'Kun je mijn tanden eruit halen?'

'Straks,' zei ik.

'Nee, nu,' zei mijn vader.

Ik liep stevig door. Gelukkig had ik houvast aan zijn wagentje.

'We waren dus in het Beatrixpark.'

'Ik zeg niets,' zei mijn vader, 'eerst moeten mijn tanden eruit.'

Toen ik de Stadionweg wilde oversteken, kwam ik mevrouw Weinbaum tegen. Ik kon haar niet meer ontwijken. Alleen was het me nog wel gelukt, maar ik zat aan dat wagentje vast.

'Hoe is het nou met hem?' vroeg ze. 'Is-ie herstellende, zit er een beetje vooruitgang in?'

Ik voelde me net een moeder met baby in kinderwagen.

'Hij is herstellende,' zei ik.

Mevrouw Weinbaum boog zich over de wagen.

'Hoe gaat het nou met u, gaat het al wat beter?'

'Haal mijn tanden eruit,' zei mijn vader.

Mevrouw Weinbaum keek me met een zorgelijk gezicht aan. 'Hij wil zijn tanden eruit halen.'

'Ja,' zei ik, 'we zijn nu op weg naar huis.'

Ik had een puistje vlak achter mijn oor opengekrabd. Er zat bloed aan mijn vingers.

'Heeft hij misschien een nieuwe prothese nodig?' stelde mevrouw Weinbaum voor.

'Ik zal het er met mijn moeder over hebben, in ieder geval bedankt voor de tip.'

Toen sprong het licht op groen en ik racede met mijn vader over de Stadionweg. Mevrouw Weinbaum riep me nog iets na. Het zal wel 'de groeten aan je moeder' zijn geweest.

'Goed, we waren dus in het Beatrixpark,' zei ik, 'denk eraan, anders wordt mama weer gek.'

'Ze is gek,' zei mijn vader.

We liepen nu in het stille gedeelte van de Beethovenstraat. We moesten die brug over, maar ik had het gevoel een colletje te beklimmen van de allerzwaarste categorie. Morgen was het maandag, dan moest ik weer om kwart over negen op kantoor zijn. Ik werkte halve dagen, voor een uitgeverij van adresboeken. Eerst van negen tot twee, maar omdat ik altijd een kwartier te laat kwam, tegenwoordig van kwart over negen tot kwart over twee. Niet dat het hielp, ik kwam nu gewoon om half tien binnen, maar het ging om het idee. Het was toch hun geld niet, en daarom waren ze opgehouden er iets van te zeggen. Ik werkte er nu alweer een jaar. 'Je mag blijven zolang je wilt,' had de manager gezegd, 'maar misschien wordt het tijd dat je in je leven ingrijpt.'

In je leven ingrijpen. Dat zeiden altijd mensen die zelf *niet* in hun leven hadden ingegrepen. Mensen die zodra ze dronken waren, begonnen te roepen: 'Wat heb ik met mijn leven gedaan, wat heb ik er in godsnaam mee gedaan.' Wat was dat trouwens, in je leven ingrijpen? Kon iemand me vertellen hoe dat eruitzag? Je van school laten trappen, op een kantoor gaan werken terwijl je niets kunt en daar ook niets hoeft te doen, was dat soms niet in je leven ingrijpen? En wat had die dokter ook alweer gezegd? Negentig procent overleeft niet langer dan twee jaar, maar dat had hier niets mee te maken. We stonden nu op de brug. Ik had het heet.

'Ik moet plassen,' zei mijn vader.

'Ik moet ook pissen.'

Ik keek naar acht jonge eendjes en een moedereend. Van die acht zouden er ongeveer drie overleven, de rest werd door de ratten opgevreten. Ik kende het Beatrixpark al vanaf mijn vierde.

'Zal ik je de brug af laten rijden,' stelde ik voor.

'Ga niet gek doen.'

'Dan ben je sneller thuis.'

'Als je gek gaat doen, ga ik brullen.'

Misschien hoorde dat ook wel bij ingrijpen in je leven, het karretje van je vader de brug af laten rijden. Ik was nu negentien, een mooie leeftijd om in je leven in te grijpen, inderdaad.

Op deze plaats van de brug gooide ik altijd mijn rijstwafels in het water, die mijn moeder me meegaf naar school. Later nam ik alleen nog maar een appel mee, die gooide ik niet in het water. Ik gaf hem weg of verkocht hem voor een kwartje. Naar kantoor nam ik niets mee. Daar werden tussen de middag altijd broodjes bij delicatessenzaak Pasteuning gehaald. Het kwam er meestal op neer dat ik ze ging halen. Daar deed ik wel anderhalf uur over, want ik ging altijd nog even langs café de Gruter, waar ik koffie dronk en de krant las. Ik at meestal een roggepuntje met emmentaler. Vanaf half tien keek ik al uit naar dat roggepuntje emmentaler, net als al mijn collega's, die in het adresboekwezen waren beland.

De leukste dagen op dat kantoor waren de dagen waarop ik naar de Bijenkorf werd gestuurd om panty's te kopen voor de manager. De manager had mij aangenomen op een maandagochtend in maart. Tien maanden daarvoor was ik van school geschopt. Ik vertelde de manager dat ik dichter was, maar desondanks geld nodig had. De manager vertelde mij dat hij ook een dichter was en toen zei hij: 'U bent aangenomen.' Ik kwam terecht op de telefoonafdeling op eenhoog. Ik zat bij het raam en keek uit over het tuinencomplex van de Willemsparkweg.

Na een paar weken riep de manager, meneer Neustadt, me bij zich. Hij vertelde dat steen bij hem altijd gerijmd had op alleen, en rood op dood, en bloed op moed, en dat hij er toen maar mee gestopt was. Hij keek me aan, maar ik wist niet wat ik moest zeggen. 'Toen ik uw leeftijd had,' zei hij, 'zat ik hele dagen in het bos om mijn kwaliteiten als schrijver en poëet te toetsen, en probeerde ik alle nuances van de kleur groen in woorden te vatten. Het is me niet gelukt. Daarom heb ik mijn carrière in dat genre niet voort durven zetten en me gestort op het adresboekwezen.'

Hij nam een slok van de espresso die ik altijd voor hem moest maken.

'Maar eens komt er een boek van mij,' fluisterde hij en legde zijn hand op mijn schouder, 'het kleine boek van de grote afwijzing, of het grote boek van de kleine afwijzing, daar ben ik nog niet uit.'

Wanneer hij dat zei, wist ik dat ik die dag weer naar de Bijenkorf zou worden gestuurd, voor panty's, parfum of champagne.

Inmiddels werken we allebei niet meer op dat kantoor. Eén keer in de drie maanden eten we samen in Scala della Pasta een pizza. Hij is wat grijzer geworden en loopt rondjes in het Vondelpark om iets aan zijn buikje te doen. Ik vind al lang niet meer dat hij grof over vrouwen spreekt, of überhaupt ergens grof over spreekt. Hij vertelt over zijn lieve vrouw en we wisselen privé-adressen uit, en waar ze je niet wassen en onze andere ervaringen op dat gebied. Het zijn, kortom, bijzonder gezellige avonden.

De laatste keer dat ik hem ontmoette, zei hij: 'Harnoncourt, een of andere dirigent zei in een interview: "Wij kunstenaars schrijven geen telefoonboeken, maar gedichten." Daar schrok ik van. Mijn hele leven maak ik al telefoonboeken, en toch ben ik gek.'

'Waar is je vader?' riep mijn moeder.

'Ik heb hem in de voortuin gezet.'

'Waarom breng je hem niet binnen?'

'Omdat ik aan het plassen ben.'

'Hij vat kou.'

'Hij vat geen kou.'

Nu kwam het moeilijkste gedeelte. Over twee houten planken moest ik mijn vader een hoogteverschil van ongeveer vijftig centimeter laten overwinnen. Hiervoor moest ik hem aan zijn wagentje vastbinden met een stuk touw dat we daarvoor speciaal hadden gekocht. Het was namelijk wel eens gebeurd dat mijn vader bij een mislukte poging voorovierviel. We konden hem natuurlijk ook naar boven tillen, maar daarvoor hadden we broeder Roy nodig en die kwam alleen 's ochtends.

'Daar gaan we,' zei ik.

Ik nam een aanloop. Zonder aanloop kon je het helemaal vergeten.

'Ik wil eindelijk naar de wc,' riep mijn vader, 'en naar bed.'

De eerste keer mislukte het. De wagen gleed van de plank. Toen stonden we weer in het gras. Door de klap waarmee we in het gras waren beland, hing het hoofd van mijn vader buitenboord. Ik zette het weer recht. Nam voor de tweede keer een aanloop, dit keer een iets grotere.

'De renners beginnen aan de zwaarste beklimming van deze etappe,' riep ik.

'Houd op,' zei mijn vader.

Ik rende over het tuinpad. Het hoofd van mijn vader slingerde heen en weer, maar de rest zat goed vastgebonden.

Ik reed het wagentje de planken op. Op het hoogste punt gleden we bijna terug, maar met een soort kopstoot in de richting van de voordeur duwde ik hem de gang in en reed hem in één ruk naar de woonkamer. Daar stond sinds een paar maanden dat idioot grote ziekenhuisbed op de plek waar vroeger het wijnkarretje van mijn vader had gestaan. Het had een luchtmatras, dat zich om de vijf minuten zelf oppompte. Dat oppompen ging gepaard met nogal wat lawaai, waardoor de woonkamer soms net een vliegtuig leek. Bovendien hielp het niets. De doorligwonden op de rug van mijn vader waren ontelbaar en op sommige plaatsen was het vlees gaan ontsteken en daar hadden zich gele blaasjes gevormd.

'De etappe is wederom gewonnen door Arnon en zijn vaste bijrijder; ook na deze bijzonder zware koers blijft hij drager van de gele trui. Hij staat nu op het erepodium en krijgt weer bloemen en vier zoenen.'

'Ik moet plassen,' riep mijn vader.

In de keuken stond mijn moeder. Ze kraakte walnoten. Ze maakte een papje, met allemaal vitaminen en andere dingen waar hij, volgens mijn moeder, sterk van werd. Meestal moest ik hem het papje voeren, mijn moeder deed de rest van het avondeten. Boven in de badkamer slikte ik tweeënhalve paracetamol.

'Geef je vader zijn papje,' brulde mijn moeder.

Het papje zat in een ronde oranje doos van tupperware. Mijn moeder hield van traditie. Daarvoor kreeg hij dat papje in het ziekenhuis. Het kwam erop neer dat ik het papje naar het ziekenhuis moest brengen, waar ik hem om een uur of vier ging voeren. Mijn moeder kwam me om zes uur aflossen. We waren hem de hele dag aan het voeren. Mijn moeder dacht echt dat het ziekenhuiseten niet genoeg was. Dat hij verhongerde. Uiteindelijk is hij trouwens niet verhongerd, maar gestikt. Verdronken in het eten. Dat zei de dokter: 'U moet zich voorstellen, het was een verdrinkingsdood.'

'Loeder, onmens, geef je vader zijn papje.'

Nog maar een paracetamol. De kritieke hoeveelheid lag op negen per dag, dus ik kon nog wel even doorslikken. Het was hard nodig, want zoals ik me nu voelde kon ik niemand een papje geven, laat staan mijn vader. Vroeger gebruikte mijn moeder dat oranje doosje om geraspte appel voor mij in te bewaren, want ik schijn toen ik jong was maanden achter elkaar diarree gehad te hebben. Mijn besnijdenis moest zelfs worden uitgesteld, zo erg was het. Daarom ben ik niet besneden na acht dagen, zoals het hoort, maar pas maanden later.

Ik liep naar beneden, pakte het tupperwaredoosje en kraaide toen ik de kamer binnenkwam: 'Hier is de kroonprins met het papje, we gaan een lekker papje eten.'

Hij wendde zijn hoofd af. Ik drukte gewoon net zolang in zijn wangen tot hij zijn mond opendeed en dan stopte ik vlug de lepel in zijn mond.

'Ik voel me vandaag niet zo goed,' zei ik.

Hij zei niets.

Nog een keer stopte ik de lepel in zijn mond. In ieder geval hoefde ik niet meer in zijn wangen te knijpen.

'Het is voor je bestwil,' fluisterde ik.

Op wie was ik gaan lijken, op wie was ik in godsnaam gaan lijken.

Ik zag dat ik vergeten was hem los te maken. Ik knoopte het touw los en gooide het op de grond. Ik moest altijd zijn bovenlichaam én zijn benen vastbinden, want zijn lamme been bleef nog wel eens haken als we de houten planken beklommen.

'Wat vind jij van in je leven ingrijpen?' vroeg ik, toen we de helft naar binnen hadden gewerkt.

'Geen papje meer,' zei mijn vader, 'en nu wil ik naar bed.'

Dat vond ik wel een verhelderend antwoord.

Mijn moeder kwam binnen met de insuline. Sinds een paar weken kon ze zelf injecties geven en hoefde de wijkverpleegster het niet meer te doen.

'Hebben jullie een beetje fijn gewandeld in het park?' vroeg ze.

'Heerlijk,' zei ik en bracht de lepel weer naar de mond van mijn vader.

'Nee,' zei hij.

'Jawel,' zei ik.

Toen kneep mijn moeder met haar vrije hand net zolang in zijn wangen tot hij zijn mond wel open moest doen en ik pleurde snel wat pap in zijn mond.

'Haal mijn tanden eruit,' zei mijn vader.

'Nee,' zei mijn moeder, 'we gaan nu een biefstukje eten.' Toen ging de bel.

'Ook dat nog,' riep ze, 'of ze komen te vroeg of ze komen te laat.'

We konden mijn vader niet alleen in bed tillen en daarom kwamen er dames van de wijkverpleging. 's Ochtends deed broeder Roy het.

Ik liep naar de deur. Ik voelde dat het zo langzamerhand tijd was voor iets sterkers dan bier. Er stond een grote zware negerin voor de deur.

'Is dit hier het huis van Grunberg?' vroeg ze.

'Ja,' zei ik, 'dat is het.' In de garage had mijn vader nog een fles whisky staan.

'Ze hebben me gezegd dat ik iemand in bed moet tillen.'

'Ja,' zei ik, 'dat klopt, dan moet u hier zijn.'

'En verschonen en wassen. Dat moest ik ook doen.'

'Klopt als een bus. Doet u uw jas uit, en komt u binnen.'

Ik vroeg me af hoeveel paracetamol ik zou moeten slikken voor ze eindelijk zouden beginnen te werken.

De negerin liep achter me aan. Mijn moeder zei dat ze even een biefstukje ging bakken en dat er vooral goed op de doorligwonden moest worden gelet. Toen deed ze de keukendeur dicht.

De negerin gaf mijn vader een hand. 'Ik ben Marga, ik ga u in bed stoppen.'

'Hallo,' zei mijn vader, 'kun je mijn tanden eruit halen?'

'Maar eerst ga ik u lekker wassen,' zei Marga.

'Lekker,' zei mijn vader, 'maar ik moet naar de wc.'

'Dat kan niet, papa,' zei ik. Toen zag ik die open fles wijn van gisteren en schonk me een glas in.

'Ben jij de zoon?' vroeg Marga.

Ik knikte.

'Dat is de kroonprins,' riep mijn vader.

Marga was nu met zijn schoenen bezig. 'Wat zegt u, meneer Grunberg?'

'Geil varkentje,' zei mijn vader.

Ik nam een grote slok wijn en deed de radio aan.

'Studeer je?' vroeg Marga.

'Nee,' zei ik, 'ik werk op een kantoor. Voor halve dagen.'

'Ik dacht dat je studeerde.' Ze deed nu zijn hemd uit. Zijn haren hingen weer voor zijn ogen. 'Zo, nu moeten we even gaan staan, meneer Grunberg, dan doen we uw broek uit.'

'Dat kan hij niet,' zei ik. 'Hij kan niet zelf staan.' Ik schonk mijn glas nog maar eens vol. Wijn hadden we toch genoeg in huis.

'Kun je even helpen?'

Ik knikte. Aan deze tafel had Rosie gezeten, wist ik, maar wat er die drieënhalf jaar daarna was gebeurd, wist ik eigenlijk niet meer. Ik rukte mijn vader uit zijn stoel. Hij stond nu op één been, maar vooral leunde hij tegen mij aan. Zijn lamme arm hing slap over mijn nek. Ik begon de wijn en het bier aardig te voelen. 'We dansen cheek-to-cheek,' fluisterde ik in zijn oor. Hij begon te lachen. Hij lachte met een halve mond, want de andere helft werkte niet meer. Het was een komisch gezicht hem zo te zien lachen. Het kwijl dat op mijn т-shirt druppelde vond ik alleen minder komisch. 'Doe geen gekheid,' zei hij. Van gekheid kon geen sprake zijn. Ik had het gevoel ieder moment tegen de vlakte te kunnen slaan. Ik kon amper mijn eigen gewicht overeind houden, laat staan het gewicht van mijn vader erbij.

'Zo, zet hem maar weer in zijn stoel,' zei Marga.

Dat deed ik. Mijn vader was nu naakt.

Ik ging weer zitten, dronk nog wat wijn. Marga waste zijn benen. Ze waren dun, wit en knokig. Op de radio speelden ze *Walk like an Egyptian*, en ik herinnerde me dat ik op dat nummer ooit gedanst had. Dat moest dus in de tijd zijn geweest dat ik nog danste.

'Dat moet u niet doen, meneer Grunberg, dat vind ik helemaal niet fijn,' hoorde ik Marga opeens zeggen. Ze kwam overeind en zei tegen mij: 'Hij kneep in mijn borsten.'

'Hè, wat vervelend,' zei ik. En tegen mijn vader: 'Dat moet je niet meer doen.' Ik keek eens goed naar haar borsten. Iedere borst paste in een emmer. Mijn vader was blijkbaar niet meer zo kieskeurig wat borsten betreft.

'Vindt u dit een goed nummer?' vroeg ik ten slotte maar, om de gespannen sfeer een beetje weg te nemen.

'Had je het tegen mij?'

Ik kon niet antwoorden, omdat ik een hoestbui probeerde in te houden. Ik wist zeker dat als ik nu een flinke hoestbui zou krijgen, dat dat zo'n hoestbui zou worden die over zou gaan in spugen en misschien nog wel erger, en dat was het allerlaatste dat ik op dit moment kon gebruiken.

'Of u dit een goed nummer vindt, *Walk like an Egyptian?*'

'Nee,' zei Marga, 'daar vind ik niets aan.'

'Ik ook niet,' zei mijn vader.

'Ik ga u nu een fijn nieuw broekje aandoen.'

'Geil varkentje!' zei mijn vader.

'Hoor je dat,' riep Marga van onder de tafel, 'hoor je dat?'

'Wat,' zei ik, 'wat is er aan de hand? ' Opeens drong het tot me door dat donkere mensen geen rode pukkels hadden, maar zwarte. Ze deden me denken aan paaseitjes. Marga richtte zich met moeite op. Ze keek me aan alsof ik haar beledigd had.

'Ik moet naar de wc,' zei mijn vader. 'Snel. Waar is het schijthuis?'

'Hoorde je wat-ie zei?'

'Waar is het schijthuis,' zei ik.

'Nee, daarvoor.'

'Ik luisterde naar de radio.'

'Hij zei: "Geil varkentje," ' riep Marga.

'Geil varkentje,' zei mijn vader.

'Dat hoef ik toch niet te pikken, dat hoef ik toch zeker niet te pikken.'

Het zag ernaar uit dat ze het inderdaad niet zou pikken. Dat leek me niet verstandig, want dat vond mijn vader alleen maar leuk.

De fles wijn was alweer leeg. 'Houd op,' riep ik tegen mijn vader, 'dat is geen geil varkentje, dat is Marga, dat is een aardige mevrouw, die je in bed komt helpen.'

'Zo kan ik niet werken,' zei Marga.

Ik vroeg me af of die lading paracetamol die ik had geslikt, ooit zou gaan werken, maar het zou me niets verbazen als paracetamol nooit meer zou helpen. Dan moest ik misschien maar de slaaptabletten van mijn moeder proberen. Ik voelde me eigenlijk behoorlijk belabberd en daarom antwoordde ik: 'Luistert u, ik ben ook maar zijn zoon, begrijpt u.' Ik spuugde zo onopvallend mogelijk overtollig speeksel in een leeg glas dat op tafel stond.

'Ik ga hem in bed stoppen.'

'Uitstekend,' zei ik.

Ze trok hem overeind. Smeerde met haar vrije hand de doorligwonden op zijn rug in. Een sterke vrouw, dacht ik.

'Ik moet naar de wc.'

'Je kunt niet naar de wc,' zei ik, 'wacht even tot Marga je broekje aan heeft gedaan.'

Mijn vader had van die broekjes die ook wc waren.

'Geil varkentje.'

'Houd hem even vast,' zei Marga.

'Hij is ziek,' zei ik, 'laat dat meewegen in uw oordeel.' Die laatste regel kwam behoorlijk moeizaam uit mijn mond.

Ik nam mijn vader weer van haar over. Hij stond naakt tegen me aan en ik leunde tegen het dressoir om tenminste ergens tegen te kunnen leunen. 'We dansen weer cheek-to-cheek,' zei ik. Ik had namelijk ingezien dat je de schaarse vrolijke momenten die dit leven je toebedeelt, wel moest uitbuiten. Zoals ik ook vond dat je van de weinige momenten in dit leven die gevuld waren met naakte levende vrouwen een klein feestje moest maken. En wie weet gold dat ook wel voor naakte vaders.

'Ik ga dit met je moeder bespreken,' zei ze.

Tegen mijn vader praatte ze blijkbaar al niet meer.

'Hij heeft een persoonlijkheidsverandering ondergaan, heeft de dokter verteld,' probeerde ik nog.

'Persoonlijkheidsverandering, me reet. Ik ga dit met je moeder opnemen.'

'Is dat Coby?' vroeg mijn vader.

Coby was een andere wijkverpleegster. Ik kreeg opeens verschrikkelijke zin te zingen: *Was ik maar bij Coby, de piepers van Coby.*

'Nee, dit is Marga. Je moet een beetje aardiger zijn voor haar.' 'Hij is handtastelijk,' zei Marga. Toen brulde ze in zijn oor: 'U bent handtastelijk, meneer Grunberg.'

Mijn vader lachte met zijn halve mond een beetje onschuldig voor zich heen en er druppelde weer wat in mijn nek.

'Luister, hij is halfverlamd. Halfverlamde mensen zijn niet zo gauw handtastelijk. Dat zijn reflexen. Fantoompijn, weet u wel.'

'Ik ga dit met je moeder opnemen.'

'Doet u dat,' zei ik, 'doet u wat u denkt dat u moet doen. Mijn moeder is in de keuken.'

Dit was een zondag om te lachen, dat was nu wel duidelijk.

'Ik moet naar de wc,' zei mijn vader.

'Straks,' zei ik, 'was dit nou echt weer nodig, moest je er weer een klein helletje van maken?'

'Ik moet naar het schijthuis,' zei hij, 'snel.'

'Het schijthuis komt vanzelf naar je toe,' zei ik.

Toen kwam mijn moeder binnen, gevolgd door de wijkverpleegster.

'Wat heeft hij gezegd?' vroeg ze aan mij.

Voor ik iets kon zeggen, antwoordde Marga: 'Geil varkentje, en niet één keer, wel tien keer. Zó kan ik niet werken, mevrouw Grunberg.'

'Ellendeling,' riep mijn moeder, 'tegen mij heb je dat nooit gezegd. Nooit. Je hebt mijn hele leven kapotgemaakt. Omdat je nooit naar de dokter wilde, je hebt het allemaal aan jezelf te wijten.'

'Daar gaat het niet om,' brulde Marga, die ook aardig kon brullen, 'waar het om gaat is dat ik nu naar huis ga, en dat ik hier nooit meer terugkom. Want ik wil geen geil varkentje worden genoemd.'

'Kan iemand me helpen,' riep ik, 'ik houd hem niet meer.' Mijn hoofd werd als een heipaal het parket in geslagen.

'Ik moet naar het schijthuis,' riep mijn vader, 'ik moet poepen.'

'U moet uw man beter opvoeden,' brulde Marga, 'zo kan ik niet werken. En ik kan u vertellen dat geen van mijn collega's zo behandeld wil worden. Als uw man doorgaat ons geil varkentje te noemen, zetten we de hulpverlening stop.'

'Ik kan u vertellen dat ik u niet eens meer in dit huis wil zien,' antwoordde mijn moeder, 'zelfs als u me zou smeken of u mijn man naar bed mocht brengen, dan nog zou u er niet in komen, u en uw familieleden, die komen mijn huis niet meer in.'

'Als u denkt dat u me kunt beledigen, heeft u het mis, want u bent bij ons bekend als een rooie hond.'

'Ik moet naar het schijthuis,' brulde mijn vader.

'Ik houd hem niet meer,' brulde ik net zo hard.

Ze luisterden niet, want ze waren elkaar aan het uitschelden. Toen poepte mijn vader, als een paard. Op zijn Perzisch tapijt en op mijn schoenen en een beetje op mijn broek. Het duurde natuurlijk maar een paar minuten of nog minder, maar in mijn herinnering poepte hij wel drie uur lang.

Ik moest denken aan die keer dat Charles Chaplin was overleden en hij me meenam naar Tuschinski. Daar draaide *Modern Times*. Het was de winter van 1978 of van 1977. Toen de film was afgelopen, moest ik de hele tijd denken aan de gans in dat restaurant en die dansende mensen, en die gans boven die dansende mensen, en die man die op zijn gans wacht, maar er zijn te veel dansende mensen en de ober komt er niet doorheen met de gans, en ten slotte blijft die gans aan een kroonluchter hangen. Na de film zijn we in een café gaan zitten. Ik geloof dat het Schiller was. We zaten achterin en mijn vader praatte met een mevrouw en ze dronken wijn. Ik heb na *Modern Times* nog vele films gezien en ik ben nog vaak in Tuschinski 1 geweest, maar ik heb nooit meer zo zeker geweten als die middag dat ik wilde doen wat Charles Chaplin deed in die film. Die middag dat mijn vader met een mevrouw praatte, van wie hij later vertelde dat ze de kaartjes scheurde in de bioscoop, en ik ijskoffie dronk die ik net zolang roerde tot er een zwarte drank ontstond die ik met een rietje opdronk. Later nam mijn vader me mee naar Tati en naar Buster Keaton, en toen wilde ik worden als Tati en later als Buster Keaton, maar toch nog liever als Tati, want zoals hij

tenniste heb ik niemand meer zien tennissen. De schoolarts zei tegen mijn moeder dat ze moest oppassen omdat
ik blijkbaar moeite had fantasie en werkelijkheid uit elkaar
te houden. Toen we daar waren, zei ze tegen me dat ik me
moest aankleden. Ik kon me niet aankleden, want mijn
moeder kleedde me altijd aan en uit. Daarom deed ik alleen mijn sjaal aan en mijn schoenen. Zo kwam ik uit het
hokje. De schoolarts zei niets, ze begon alleen te schrijven
als een bezetene, en mijn moeder pakte me op en kleedde
me aan. Ook die woensdag ging ik met mijn vader weer
naar Buster Keaton of Tati of de Marx Brothers, en als er
helemaal niets anders was, Louis de Funès.

Toen hij eindelijk klaar was, zei ik: 'Ik moet je nu op de
grond leggen, want ik houd je echt niet meer.'

'Leg me niet op de grond.'

'Het moet,' zei ik, 'anders val je en dat is nog veel erger.'

'We zijn hier in het schijthuis, zie je dat?'

'Ja,' zei ik, 'dat zie ik,' en ik legde hem voorzichtig op de
grond. Dat viel niet mee, want ik wilde hem niet in de
poep leggen. Toen pas zagen de negerin en mijn moeder
hem, maar ik moest naar boven. Wel twintig minuten heb
ik boven de wc gehangen. Op het laatst kwamen er alleen
maar gele zure druppeltjes uit. Ik spoelde mijn mond met
water en liep naar beneden.

'De keizer ligt in bed,' riep mijn vader toen hij mij zag.

'Waar is de negerin?'

'Die heeft je moeder weggestuurd.'

Alleen een grote gele plek op het tapijt en mijn gepoet-
ste schoenen herinnerden nog aan de gebeurtenissen van
een halfuur geleden. Met een borstel viste ik de haren voor
zijn ogen vandaan. 'Ik ga nu, houd je taai,' zei ik.

'Haal mijn tanden eruit.'

'Nee,' zei ik, 'je moet nog eten.'

Ik kuste hem. Hij rook naar talkpoeder.

'Blijf je niet eten?' vroeg mijn moeder.

'Nee, ik moet weg,' zei ik.

'Ik heb hem zelf in bed getild. Ik ga vast door mijn rug, maar het kan me niets schelen. Het kan me allemaal niets meer schelen.'

Mijn moeder haalde de biefstuk voor mijn vader door de gehaktmolen, omdat hij hem anders helemaal niet zou kunnen eten.

'Help me alsjeblieft hem even eten te geven,' zei mijn moeder nog, maar ik liep weg. Ik zou door de stad lopen tot ik dacht dat het avondeten zou zijn afgewerkt.

Ik herinnerde me een vriend van mijn vader die hij ontmoette in cafés, toen we nog samen op reis gingen. Hij heette Nicola en toen mijn vader niet meer op reis ging, zocht Nicola mijn vader thuis op. Ze zaten aan de grote tafel en zeiden niet veel. Mijn vader had kaartjes laten drukken, waarop stond: 'De familie Grunberg wenst u een aangename verpozing'. Die deelde hij uit als we visite hadden.

Het gezicht van Nicola leek gemaakt van oud leer en zijn neus was een soort ontvelde vleestomaat. Hij zei dat hij op een dag tegen een boom was gereden en in de fik was gevlogen. In het begin kon ik bijna niet naar hem kijken, maar later wende het.

Op een middag zat ik met hem alleen aan tafel, omdat mijn vader naar de Hema was voor de wijn. Nicola noemde mij 'Laternchen'. Zijn borst en zijn buik leken van hetzelfde soort leer gemaakt als zijn gezicht, alleen zaten op zijn buik en op zijn borst ook nog allemaal blaasjes. Hij droeg een korte broek, zijn benen waren normaal, zoals benen van mensen zijn.

Hij zei: 'Wat zou je ervan denken als ik straks pannenkoeken met zure room zou maken?'

Ik zei dat het daarvoor te heet was. Hij dronk thee met rum, want hij was altijd verkouden, en hij vertelde: 'Ik ben in Boedapest geboren en daar heb ik in een kapsalon gewerkt, maar eigenlijk ben ik kok, ik was in het leger, en ik kan je vertellen, de soldaten die van mijn eten hebben geproefd verlangen nog steeds naar mij. "Onze moedertjes kunnen wat van je leren," zeiden ze. Aan het eind van de middag hoorde ik voor wie ik die dag niet meer hoefde te koken. En ik dacht: ze komen in ieder geval met mijn eten in het paradijs. Je moet er toch niet aan denken dat je je de hele dag hebt zitten verheugen op een karbonaadje, dat het water je in de mond loopt bij de gedachte alleen al aan een kippepootje, en dat je dan verrot wordt geschoten. Ik kan je vertellen dat ze ook in het paradijs nog wat van mijn kookkunst kunnen leren.'

Hij zei: 'Nu maar zonder thee.' Toen vertelde hij: 'Jij bent niet de enige, die ik Laternchen heb genoemd. De eerste vrouw die ik ooit begeerde, heb ik ook Laternchen genoemd, want zo heette ze nu eenmaal. Ze werkte net als ik in de keuken. Dat soort verhalen vervelen je vast.'

'Nee,' zei ik.

Hij krabde aan een blaasje. 'Het jeukt,' zei hij, 'het doet geen pijn, het jeukt alleen, het jeukt als de pest, sorry.'

Hij nam een grote slok, en ik ook. Zo moest je rum drinken had hij me geleerd.

'Met Laternchen ging ik altijd langs de gewonden van die dag,' zei hij. 'Sommigen hadden geen handen meer. Of ze hadden ze nog wel, maar ze konden ze niet meer gebruiken. Die moesten we voeren. We zagen wel dat een beetje soep niets meer zou helpen. Dat we de soep beter hadden kunnen sparen voor die mensen bij wie het nog wel zou helpen. Maar moet je een stervende een beetje soep weigeren? Dus goot Laternchen de soep in hun mond." Ze zei altijd: "Hij houdt van me, de stommeling." Dan had ze het over mij. Toen werd ze overgeplaatst. Met liefde is het net als met soep. Ik heb er gekend die het met de liefde van hun moeder hebben moeten doen. Ze crepeerden zonder ooit een meisje te hebben aangeraakt. Er waren wezen bij en misschien is Laternchen wel de enige die ze ooit gekust heeft. Anderen waren getrouwd, hadden soms zelfs kinderen, maar riepen toch om hun moeder toen ze bij ons werden gebracht. Er waren er die in mijn oor een boodschap fluisterden voor hun meisje, maar al die dialecten kon ik niet verstaan. En vaak waren ze dan al zo ver heen dat ze niet eens meer wisten wie ik was. Er waren er ook die foto's van wel vijf verschillende vrouwen bij zich hadden, anderen liepen met een brief van hun zus rond. Ze hebben allemaal mijn soep gegeten en mijn pannekoeken. Als ze geen pen meer vast konden houden, schreef ik nog wel eens wat voor ze op. Uiteindelijk leken de meeste van die brieven op elkaar als de linkerborst op de rechter, of het nou voor hun zus was, of hun vrouw, of hun moedertje. Later ben ik vrouwen tegengekomen in de steden, die zeiden: "Geef me een kilo meel." Ik heb ze die kilo gegeven, want een kilo viel niet zo op bij ons, en ik heb ze bemind. Soms minder dan een kwartier, soms een hele nacht. Soms in de buitenlucht, of in een onttakeld huis, soms in een woning waar nog suiker op tafel stond en kopjes thee van de bewoners, maar ik wist nooit of het ook de suiker was van die vrouw. Ik heb vrouwen bemind die dertien kinderen hadden gebaard, maar ik heb ook meisjes bemind die mijn dochter hadden kunnen zijn. Ik heb van bruinharige vrouwen gehouden en van grijze vrouwen. Ik heb roodharigen in mijn armen gehad, ik heb het bed gedeeld met vrouwen die zich een paar weken niet hadden kunnen wassen, maar zelfs ongewassen bleven ze vrouw. Ik heb van vrouwen gehouden die zo lelijk waren dat ik nooit gedacht had dat ik ook van hen zou kunnen houden. Er waren er die mij foto's van hun kinderen lieten zien en anderen toonden mij foto's van hun man. En ze vroegen of ik hun man misschien had gezien, en ze beschreven hun man tot in de kleinste details, maar ik had zoveel mensen gezien. "Vind je het niet zonde," vroegen sommigen, "wij krijgen ze voor niets." "Ach," zei ik, "liever had ik niet voor ze betaald, ik had ook liever niets voor deze rum betaald, en ik kan jullie verzekeren dat mijn moeder, die deze leren schoenen voor me heeft gekocht, ook liever niets voor deze schoenen had betaald." Ik heb in een tijd geleefd dat de liefde steeds goedkoper werd. Toen Laternchen bij ons wegging, was een kwart kilo genoeg en soms zelfs alleen wat soep. Er waren mannen bij ons voor wie zelfs ik bang was, die net zo makkelijk je ogen uitstaken als een konijntje neerschoten. Ook alle menselijke varkens houden op varken te zijn, zodra ze op sterven liggen. Niet omdat ze berouw hebben, maar omdat ze niet anders meer kunnen. Dus hebben wij ook in hun mond soep gegoten. Zoals ook mooie vrouwen niet meer lijken op mooie vrouwen als ze op een kleine mijn hebben getrapt.

Er was er eentje die scheen van allemaal de mooiste te zijn. Dat weet ik alleen maar uit de verhalen van de mannen die haar kwamen brengen. De allermooiste, zeiden ze, ze bezwoeren het me, de mooiste vrouw van het dorp, een schoonheid alsof ze niet van deze wereld was, over een maand zou de bruiloft zijn. Ik zei: "Wie van jullie is de bruidegom?" Er stapte een man naar voren. Ik zei: "Jij mag wat soep, maar de rest niet, anders hebben we niet genoeg voor de gewonden." Ik heb die schoonheid die niet van deze wereld was, alleen door elkaar gehusseld gekend, en zelfs door elkaar gehusseld niet langer dan twee uur, want toen stierf ze. Ze heeft nog wat van mijn soep gegeten. De jongen is de hele nacht bij haar gebleven. Zijn gejammer en zijn geschreeuw waren zo erbarmelijk en luid dat we er niet van konden slapen. De volgende dag zouden we verder trekken. Daarom hebben we vroeg in de ochtend de bruid buiten gehoorafstand gelegd, en daar is ze de volgende dag ook begraven.'

Toen kwam mijn vader van de Hema en Nicola zei: 'Soms lijkt het mij ook wel prettig om in een klein graf te kunnen liggen, maar de dood heeft al genoeg handlangers op deze wereld, dus wacht ik rustig af.'

Toen ik om elf uur thuiskwam was het avondeten nog in volle gang. En nog altijd keek mijn vader ernaar alsof het vergif was.

De meisjes

Houtlijm

In de bar van het Okura bestelde hij koffie en ik een wodka. We vroegen ons af of dat een animeermeisje was, daarnaast die Japanner. We konden ons dat moeilijk voorstellen, een animeermeisje in een Schotse rok. Waarschijnlijk kwam dat omdat we er gewoon heel weinig van wisten en liepen er wel honderden animeermeisjes rond in een Schotse rok.

'Ik ben dus chauffeur geworden,' zei hij en roerde in zijn koffie, 'ik ben de chauffeur van mijn vriendin.'

Hij reed drie keer in de maand in een oude Opel Kadett naar Polen en terug. In die auto zat houtlijm die zijn vriendin in Polen verkocht en van de winst hield zij hem in leven. Over een halfuur zou hij weer vertrekken. De laatste keer deze maand.

De Japanner en het meisje in de Schotse rok stonden op.

'Ze is om elf uur bij de grens,' zei hij, 'met de papieren. Ik denk dat ik ergens in Duitsland ga slapen, even een uurtje op een parkeerplaats.'

Ik bestelde nog een wodka.

'Pas op, hè,' zei hij, 'van twee wodka hier koop je bij Gall & Gall een fles.'

De Japanner gaf zijn kamernummer op. Het meisje had haar jas al aangedaan.

'Nee,' zei ik, 'dat is geen animeermeisje. Als dat een animeermeisje is, dan is mijn moeder er ook een.'

'Jij weet niets van animeermeisjes,' zei hij, 'en vooral

weet je niets van de smaak van Japanners wat animeer-meisjes betreft.'

'Die Japanner heeft een uur lang tegen haar aan staan praten, waarom gaat hij een uur lang tegen een animeer-meisje aan staan praten?'

De man naast me maakte een gebaar met zijn hand. Het was duidelijk dat hij geen zin had er nog verder over te praten.

'In de toiletten draaien ze Mozart,' zei ik toen maar.

'Ik had nooit gedacht dat ik chauffeur zou worden,' antwoordde hij, 'ik vervoer houtlijm.'

Hij bestelde nog een koffie en toen de barkeeper de koffie voor hem neerzette, zei hij: 'Ik vervoer houtlijm, meneer,' maar de barkeeper reageerde niet.

Er kwamen een man en een vrouw binnen die allebei een zwart overhemd droegen met bruine violen erop. Ze gingen aan de andere kant van de bar zitten. Ze dronken bier.

'Ik ben een solitair,' zei hij.

'Nee, dat ben je niet, anders zou je hier niet zitten.'

'Ik zit hier, omdat ik straks met een lading houtlijm naar Polen moet. Om elf uur staat ze bij de grens met de papieren. Daarom zit ik hier. Omdat ik naar Polen toe moet met een lading houtlijm. Voor mijn vriendin.'

'Houd je van haar?'

'Stel alsjeblieft geen ingewikkelde vragen, ik moet de hele nacht doorrijden.'

Ik bestelde nog een wodka.

'Dat is dan anderhalve fles bij Gall & Gall,' mompelde hij.

'Als je nog een keer over Gall & Gall begint...'

'Ja, wat dan.'

'Niets.'

'Ik hoop niet dat het glad wordt.'

'Wat zeiden ze?'

'Dat het glad zou worden. Ik heb vanmiddag een achteruitkijkspiegel bij een autosloperij gekocht voor negentienenhalve gulden, want de vorige is er afgebroken, toen ik daar in Polen wilde inparkeren.'

Hij vroeg om een pilsje. 'In het Okura moet je alleen pilsjes drinken,' zei hij.

De mensen met die bruine violen op hun overhemd zaten nu te zoenen. 'Animeermeisje?' vroeg ik zacht. Hij sloeg op zijn voorhoofd. 'Jij weet niets van animeermeisjes,' zei hij, en dronk zijn glas leeg.

'Een achteruitkijkspiegel voor negentienenhalve gulden is een koopje, dat is een godvergeten koopje, weet je dat, normaal kosten die dingen boven de tweehonderd gulden, maar ik kan gewoon niets zien door die houtlijm, het staat helemaal vol met die verrekte houtlijm. Nog een pilsje?'

Er kwamen weer een paar Japanners binnen.

'Misschien moet je wel gewoon een transportbedrijf beginnen, misschien dat je dat wel lukt.'

Hij keek me even aan.

'Is dat een nieuwe deodorant of heb je net je schoenen gepoetst?'

'Nee,' zei ik, 'ik heb net mijn schoenen gepoetst.'

'Mijn vriendin in Polen is helemaal gek op parfum, op Franse parfum, die maakt daar de blits met Coco of hoe het ook heten mag. Om haar gelukkig te maken neem ik altijd wat parfum mee.'

'Nog één wodka.'

De barkeeper kwam mijn glas vullen. Hij vroeg niet meer of er ijs in moest en dat was een goed teken.

'Dat is dan twee flessen bij Gall & Gall,' mompelde hij en tikte met de muziek mee op de bar. 'Zullen we dan maar naar Gall & Gall gaan?' stelde ik voor. Ik werd er helemaal gek van.

Hij vroeg aan de barkeeper hoe laat het was en zette zijn horloge gelijk.

'Ik hoop niet dat die houtlijm gaat schuiven.'

Hij deed zijn jas aan.

'Dinsdagavond ben ik terug. Dan kom ik hier een pilsje drinken. En donderdagavond ga ik er weer naar toe, want ze zijn helemaal gek op die houtlijm daar in Polen. Op de terugweg eet ik altijd zuurkool met worst in de buurt van Hannover, ik houd van traditie, begrijp je, ik houd van traditie.'

Ik knikte dat ik het begreep. Hij wilde voor me betalen. Ik zei dat dat niet nodig was, maar hij drong aan.

'Dat is allemaal op kosten van mijn vriendin. Ik ga haar gelukkig maken met een paar liter parfum. Er zijn mensen die er meer voor moeten doen.' Hij lachte.

'Gaat het vannacht nog vriezen?' vroeg hij toen aan de barkeeper.

'Geen idee, meneer.' De barkeeper droeg een roze strikje. Hij wilde zich alweer omdraaien.

'Luister, ik vraag of het vannacht gaat vriezen, dat is toch een normale vraag. Gaat het vannacht vriezen, hoe lang werk je hier al?'

'Drie jaar, meneer.'

'Is er in die drie jaar nog nooit iemand geweest die aan jou gevraagd heeft of het vannacht ging vriezen, nou, of heeft het in die drie jaar gewoon nog nooit gevroren? Bij jouw weten?'

'Volgens mij vriest het in uw hoofd, meneer.'

Hij ging weer naast me zitten.

'Ik rijd diesel, dat scheelt een stuk, dat scheelt meer dan de helft. En de motor maakt ook minder lawaai, gelijkmatiger, weet je, zo toef toef toef, dat is bijna muziek, moet je nog een lift?'

'Nee, ik blijf hier nog even,' zei ik.

Hij liep naar buiten, maar vijf minuten later was hij weer terug.

Hij wees naar iemand die aan de andere kant van de bar was gaan zitten.

'Animeermeisje,' zei hij, 'dertig flessen bij Gall & Gall.'

Hij pakte een schaaltje met noten van de bar, gooide het leeg in zijn jaszak en liep weg.

Tina

Het was vier uur en ik wist dat mijn moeder al een paar uur geen brood meer at en dat ik eigenlijk ook geen brood meer zou mogen eten, maar ik had honger. En ik wist dat ik vanavond bij haar op bezoek zou gaan en dat we weer zouden vertellen hoe we slaven waren geweest in Egypte, en de tien plagen zouden ter sprake komen, en we zouden dat lied zingen, waarom deze avond anders was dan alle andere avonden. God, ik werd niet goed als ik eraan dacht. Daarom bestelde ik nog een biertje. Ik zat naast de Pool en vanavond was ik weer alleen met mijn moeder, want er zouden geen gasten komen. Ze had een heleboel mensen uitgenodigd, maar niemand wilde komen, en ten slotte had ze mij opgebeld.

'Je laat me toch niet alleen op seideravond?'

'Nee,' zei ik, 'ik laat je niet alleen.'

'Wat is de soep van de dag?' hoorde ik een vrouw vragen.

'We hebben geen soep van de dag, we hebben alleen een soep van het jaar.'

Leo draaide zich om en zei: 'In dit café hebben ze de soep van de eeuw.'

'De soep van de eeuw is gaskamersoep,' zei ik, 'hebben jullie in dit café ook gaskamersoep?'

Ik had de hele dag niets gedaan, dan zeg je dat soort dingen. Bovendien luisterde er toch niemand naar me, daarom kwam ik hier iedere dag. Om tussen mensen te zitten met een mond en twee oren. Volgens de Pool werden die steeds zeldzamer, mensen met een mond en twee oren. 'Je ziet ze nauwelijks meer,' zei hij, 'alleen nog op de kermis.'

Ik ben uiteindelijk naar mijn moeder gefietst. Ze was ziek. Dat ook nog. Ze hoestte en rochelde. Af en toe riep ze: 'Ik krijg geen lucht.' Dat riep ze al zolang ik haar kende.

We gingen aan tafel zitten. Ze wees naar de zwarte draaistoel. 'Twee jaar geleden zat je vader daar nog,' zei ze. Ik had een hekel aan dat soort sentimentaliteit. Daarom zei ik: 'Hij zat daar niet, hij hing er, en al het eten liep uit zijn mond, zijn hele lichaam liep leeg, uit alle gaten die het maar had.'

'Doe toch niet zo cynisch,' zei ze, 'daar houd ik niet van.'

Ik zei niets cynisch, ik zei de waarheid. Het is alleen jammer dat de waarheid vaak zo cynisch klinkt, daarom kun je beter liegen. Als je tenminste wilt dat de mensen je aardig vinden.

We deden alles wat we moesten doen die avond. We doopten radijs in zout water, we vermengden *maror* met *charosseth*, we vertelden over het brood van de vernedering dat onze voorouders hadden gegeten en we zongen het lied over de zee die vluchtte en de bergen die sidderden als rammetjes en de heuvels als lammetjes. Ze beefden voor God die de rots veranderde in een meer en de kei in een waterbron. Daarna zongen we dat we volgend jaar in Jeruzalem zouden zijn. Ook de voorgeschreven vier glazen wijn dronken we, maar mijn moeder mocht niet drinken. Ze was weer aan de slaappillen. Daarom dronk ik voor haar. Dat was geen enkel probleem.

Om een uur of twaalf ben ik naar huis gegaan. Ik heb haar gekust en gezegd dat ze gezond en vrolijk moest blijven. 'Hoe kan ik dat?' vroeg ze, maar daarop wist ik ook geen antwoord.

De volgende ochtend moest ik vroeg op, omdat ik weer boeken ging sjouwen voor een paar tientjes. Ik verdien ook wel eens geld met het maken van leesrapporten, maar omdat mijn hoofd net zo'n steen was waarop gedanst werd, had ik al een tijd niets gelezen, dus moest ik wel sjouwen. Ik bedel ook wel eens bij mijn moeder om geld, maar eerlijk gezegd sjouw ik me dan nog liever helemaal kapot.

Toen alle boeken weer in het magazijn lagen, at ik een stuk taart en daarna kocht ik *De Telegraaf*. Ik deed er wel een halfuur over om alle advertenties te lezen. Het waren er heel veel. Ik wist eerst niet welke ik moest kiezen. Uiteindelijk koos ik voor de knappe, lieve vrouw die privé ontving. Knap, lief en privé, dat leek me het beste. Ik draaide haar nummer. Soms zeg ik door de telefoon: 'Pardon, ik hoor niet meer zo goed, kunt u wat harder praten.' Dat doe ik om ouder te lijken. Dat deed ik dit keer ook. Het werkte. Ik vroeg wat haar tarieven waren. Dat was honderd gulden per uur. Dat viel me reuze mee. Ik had verwacht dat het veel meer zou zijn. Ik had driehonderd gulden van de bank gehaald, dat was alles wat ik nog had. Ik vroeg of ik voor vanmiddag nog een afspraak kon maken. Dat kon. Om vijf uur, want om zes uur hield ze op met werken. Ik hing op, maar ik was vergeten haar adres te vragen. Dus moest ik haar weer bellen, ik schaamde me dood. Het was de Brederodestraat. Ik wist niet eens waar de Brederodestraat was. Toen moest ik naar mijn krantenmannetje om een plattegrond van Amsterdam te kopen. Gelukkig was de Brederodestraat niet ver weg, aan de andere kant van het Vondelpark. Ik nam een douche, poetste mijn tanden zorgvuldig, en deed schone sokken en een nieuwe onderbroek aan. Er een beetje fatsoenlijk uitzien en niet uit je mond stinken. Dat was toch het minste dat je kon doen. Ik dronk nog een paar glazen wijn maar toen moest ik echt weg.

Eerst liep ik door het Vondelpark. Dat ging nog wel. Ik kwam uit aan het begin van de Brederodestraat, en ik moest aan het eind zijn. Het nummer kwam steeds dichterbij. Het liefst was ik gewoon doorgelopen, zoals al die mensen die op dat moment in de Brederodestraat liepen. Ik zei tegen mezelf: 'Wees een man.' Dat had ik nog nooit tegen mezelf gezegd, dus ook dat maakte ik nog mee.

Ik belde aan. Er hing een zwart doek voor de ramen in plaats van gordijnen, maar voor de rest leek het een gewoon huis. Ze deed open, en ik wist niet of ze lief was, daar kon ik nog niets over zeggen, maar ik wist heel zeker dat ze niet knap was. Alles behalve knap. Mijn ouders hadden vroeger een werkster, die mevrouw Kanon heette. Vaak trok ze me aan mijn haren en dan zei ze: 'Wat heb je een mooie krullen, had ik maar zulke krullen, boy.' Ze noemde me altijd 'boy', en ze was zo oud dat ze nu in een bejaardentehuis zit.

We kwamen in een soort wachtkamer bij een dierenarts. In ieder geval, daar leek het op. Het was een halletje met een telefoon en zelfs een kleine computer. Ik wilde de eerste de beste deur opentrekken die ik zag. 'Ho ho,' zei ze, 'ik weet beter waar we naartoe moeten.'

'Ja, natuurlijk,' zei ik, 'pardon.'

We gingen een kamer binnen, en daar was alles blauw. Blauw licht, een bed met blauwe lakens, een blauwe wastafel, blauwe vitrage, alleen een zwarte bank en een groene plant, maar misschien was die van plastic.

'Ik ben Tina,' zei ze.

Ik stelde me voor en ze vroeg wat ik wilde drinken. Wijn had ze niet. Alleen maar Spa, cola of thee. 'Doe maar thee,' zei ik.

'We werken hier met z'n tweeën,' zei Tina, 'straks komt het andere meisje zich voorstellen en dan mag je kiezen bij wie je wilt blijven.'

Ik bleef alleen achter op de bank. Aan de muur hing een foto, maar het licht was te blauw om te zien wat er op die foto stond. Aan een haakje hingen twee blauwe ochtendjassen en verder stond er nog een cassetterecorder waar muziek uit kwam. Het was muziek die ze in cafés draaien waar te weinig mensen zitten, en zij die er zitten zijn zo oud dat ze te doof zijn om er naar te luisteren.

Toen kwam het andere meisje binnen. Ze was zo mogelijk nog lelijker dan Tina, en volgens mij was het een kwestie van een paar maanden en dan mocht ze een roze strippenkaart kopen. Ik stond op, gaf haar een hand. 'Arnon Grunberg,' zei ik, 'hoe maakt u het?'

'Nooit je achternaam zeggen.' Ze siste naar me alsof ik haar een onredelijk voorstel had gedaan. 'Neemt u me niet kwalijk,' zei ik. Toen ging ze weer weg.

In de kamer heersten tropische temperaturen. Ik kon niet anders, ik moest mijn jas wel uitdoen. Ik ging er maar op zitten. Ik dacht: voor je het weet, nemen ze hem mee, handel is handel.

Tina kwam terug. 'Ik blijf bij u,' zei ik, want bij haar mocht ik tenminste mijn achternaam houden en dat was me toch heel wat waard.

Ze kwam naast me zitten op de bank. We dronken samen thee. Het begon gezellig te worden.

'Ben je al eens eerder in een huis als dit geweest?' vroeg ze.

'Lang geleden,' zei ik, 'in het buitenland, zo lang geleden dat ik niet meer weet wat de codes zijn.'

'We moeten maar niet over codes praten, dat wijst zich allemaal vanzelf.'

Ze kwam dichterbij. Ik moest denken aan die dichtregel van Gottfried Benn: 'Ein schöner Gedanke, zwischen den Beinen, eines Mädchen zu liegen.' Opeens begreep ik niet waarom ik die regel ooit zo mooi had gevonden.

'Doet u dit iedere dag?' vroeg ik ten slotte maar, toen ze zo dicht bij me zat dat haar been het mijne raakte. 'Als u vindt dat ik vervelende vragen stel, moet u dat zeggen.'

'Nee, nee,' zei ze, 'ik doe het iedere dag, maar ik ben eigenlijk alleen maar telefoniste en portier en uitsmijter, maar na vijf uur gaat een meisje weg, en dan val ik nog wel eens een uurtje voor haar in.'

'Aha,' zei ik.

'Wat voor werk doe je?'

'Ik ben correspondent voor de *Berliner Morgenpost*,' zei ik.

'Oh, op die manier.'

'Het is jammer dat er geen muziek van Jacques Brel op staat, vindt u niet?'

'Jacques Brel vind ik meer iets voor privé,' zei ze, 'maar je moet "je" zeggen. Als we straks intiem worden is het wel zo gemakkelijk als je "je" zegt. Ben je trouwens joods, als ik dat mag vragen tenminste.'

'Natuurlijk mag dat. Dat zie je zeker aan mijn grote neus.'

'Nee, meer aan je manier van doen. Ik ben trouwens ook joods, voor een achtste. En moet je mijn neus zien.'

Ze liet me haar neus zien. Een haakneus, inderdaad. Ik nam een laatste slok van mijn thee.

'Mijn grootvader was joods,' zei ze.

'Oh,' zei ik, 'nou, dat is mooi.'

'Het is Pesach, weet je dat.'

'Ja,' zei ik, 'dat weet ik, het is Pesach.'

Ik keek naar die foto op de muur en kon maar niet zien wat erop stond, daarna keek ik naar het bed, waar die handdoek lag die al net zo blauw was als het laken.

'Het is gebruikelijk dat we nu het financiële gedeelte afhandelen.'

'Ja natuurlijk,' zei ik. Ik zocht de honderd gulden in de binnenzak van mijn jas.

'Wij moeten ook eten,' zei ze. Het leek wel alsof ze zich verontschuldigde.

'Natuurlijk, u moet eten, ik moet eten, we moeten allemaal eten.'

'*Jij*,' zei ze, 'jij, moet je zeggen.' Toen ging ze naar buiten om het geld weg te brengen en ik probeerde me te herinneren hoe Rosie eruitzag toen ik haar voor het eerst naakt had gezien, maar het lukte niet.

Ze kwam terug. 'Ben je met de auto?' vroeg ze.

'Ik heb geen auto, ik ben door het Vondelpark komen lopen.'

We zaten weer naast elkaar op de bank. Nu rook ik voor het eerst haar parfum, omdat ze heel dichtbij was komen zitten. Ze wreef over mijn been. 'Zal ik de spulletjes dan maar pakken?' vroeg ze.

'Ja,' zei ik, 'pak de spulletjes maar.'

'Wat vind je het lekkerst?' vroeg ze.

'Ja,' zei ik, en veegde met de rug van mijn hand mijn neus af.

'Ja?'

'Ik wil u niet bruuskeren, maar als u me wilt pijpen, dan ben ik reuze tevreden.'

'Zeg maar gewoon wat je lekker vindt,' zei Tina, 'moet ik je pijpen, wil je niet intiem worden?'

'Nee,' zei ik, 'vandaag wil ik liever niet intiem worden.'

Ik wilde eigenlijk ook niet gepijpt worden, ik wilde helemaal niets, ik wilde alleen blijven zitten op die bank en wat praten tot het uur om was, maar dat durfde ik niet te zeggen.

'Laten we ons uitkleden.'

'Ja, laten we dat doen.'

Ze was heel snel naakt, maar ook ik was tamelijk snel naakt. Ik was verbaasd, want ik voelde geen enkele gêne die ik meestal wel voel als ik me uitkleed waar andere mensen bij zijn. Daar stonden we aan het voeteneind van het bed en het bleef een tijdje stil en ten slotte vroeg ik maar: 'Heeft u huisdieren?'

'Nu gaan we ons wassen,' zei ze.

Ik keek naar haar gerimpelde buik en haar borsten die naar beneden hingen als verlepte bloemen en ik liep achter haar aan naar de wastafel. Ze waste zich met het blauwe washandje. Haar kut en ook haar billen. Dat beloofde niet veel goeds. Ik wilde al het andere washandje pakken om mezelf te wassen, maar ze zei: 'Nee, nee dat doe ik wel.'

Ik legde het weer neer. 'Dat is mooi,' zei ik, 'ik ben sinds mijn zevende niet meer gewassen.'

'Maar je bent na die tijd toch wel onder de douche geweest, hoop ik.'

'Jawel, maar ik bedoel dat ik *mezelf* altijd heb gewassen.'

Ze waste me heel grondig, net als mijn moeder vroeger.

'Je moet ook nog even je handen wassen,' zei ze, en ze pakte mijn linkerhand en spoot er vloeibare zeep op, en nog altijd klonk die jengelende muziek.

'Ga maar liggen,' zei ze.

Ik ging liggen op het bed, mijn hoofd op het blauwe kussen en ik vroeg me meteen af hoeveel hoofden op dat kussen hadden gelegen.

'Wil je je bril niet afdoen?' vroeg ze.

'Ik houd hem wel op.'

'Je wilt zeker alles zien hè.'

'Ja,' zei ik, 'ik wil alles zien,' maar ik dacht: als ik hem afdoe ben ik hem kwijt.

'Sla hem alleen niet van mijn hoofd,' stelde ik voor.

'Wat heb je toch voor een rare ideeën over ons,' zei Tina, terwijl ze over mijn buik wreef. Ik moest denken aan mijn huisarts die ook vaak zo over mijn buik wreef en die al net zulke koude handen had als Tina. 'Het vooroordeel zegt wel dat wij mannen haten, maar dat doe ik echt niet.'

Dat geloofde ik wel, dat zij geen mannen haatte, in ieder geval niet meer dan ik.

Ze tikte nu met haar wijsvinger tegen mijn piemel, alsof ze er stof uit wilde kloppen. Ik lag met mijn armen onder mijn hoofd en praatte aan één stuk door, terwijl ik naar het plafond keek, alsof daar de engel zou verschijnen die zou roepen: 'Laat het mes vallen, Abraham.'

'Kietelt het?' vroeg ze.

'Ja,' zei ik, 'het kietelt een beetje.'

'Mijn grootvader is nooit teruggekomen,' vertelde ze.

Ze was nu met mijn lid bezig. Ze kneedde het, en ook mijn ballen kneedde ze.

Ik zei: 'Dat spijt me, reuze vervelend,' en ik dacht dat het allemaal veel makkelijker was dan ik had vermoed. Gewoon liggen, gewoon praten zoals je met iedereen praat, een beetje naar het plafond kijken, zoals je overal naar plafonds kijkt.

'Ga maar op je buik liggen,' zei ze, want nog altijd had ik geen erectie. Ik schaamde me niet, maar vond het wel sneu.

'Ik zal je lekker masseren, vind je dat goed?'

'Ja, dat is goed.'

Dus ging ik op mijn buik liggen, en ze ging op me zitten leek het wel en ze masseerde me met een bodylotion die een klein beetje naar Dreft rook. Toen ze met mijn schouders bezig was werd mijn gezicht in het blauwe kussen geduwd en rook ik nog meer onbestemde geuren.

'Doe je nog veel aan je joods-zijn?' vroeg Tina.

'Nou, dat valt reuze mee, en jij?'

'Vroeger wel, maar nu helemaal niet meer. Ik was een tijd heel actief.'

Ze masseerde nu mijn nek en vroeg of ik dat lekker vond. Ik vond er niets aan.

'Gaat wel,' zei ik.

'Vind je dat de Palestijnen een eigen staat moeten krijgen?'

'Geef ze vijfendertig staten,' zei ik, 'ik weet het niet, politiek interesseert me niet zoveel.'

Ik mocht weer op mijn rug liggen. Ze kuste mijn gezicht. Dat had ik niet verwacht, dat ook mijn gezicht zou worden gekust. Toen begon ze aan mijn tepels te zuigen. Ik staarde nog altijd naar het plafond en naar die foto en ik merkte dat de handdoek was verschoven, zodat ik nu op het laken lag waar ze natuurlijk allemaal op hadden gelegen, en ik vroeg me af hoe vaak ze dat laken verschoonde. Nog steeds was ze met mijn tepels bezig.

'Vind je dat lekker?' vroeg ze. Ik durfde geen nee te zeggen, want ik had op dat soort vragen al een paar keer 'nee' gezegd, en 'liever niet'.

'Heerlijk,' zei ik en ik hoorde die rare Jackson *Heal the World* zingen en ik moest opeens denken aan die man in dat café, want die vond dat echt een te gek nummer.

'Randy Newman, dat is goed,' zei ik.

'Ja,' zei ze, 'Randy Newman is goed. Maar je moet niet zoveel praten, je moet niet alles willen beredeneren.'

'Ik ben niets als ik niet praat.'

'Ontspan,' zei ze, 'ontspan.' Het was een bevel, maar je kunt niet op bevel ontspannen. Ik in ieder geval niet.

Toen ging ze met mijn piemel spelen, net zolang tot hij stijf was. Dat deed ze heel professioneel, want ik had niet gedacht dat het haar zou lukken mij deze eeuw nog een erectie te bezorgen, en toen deed ze, hup, zo het condoom eroverheen. Daarna deed ze alsof ze me pijpte, maar ik had mijn bril op, dus ik kon alles zien. Ze trok me alleen maar zo'n beetje af.

Gelukkig stond er ook nog een leuk liedje op dat bandje van haar, en dat zei ik ook, maar ze zei: 'Rustig maar, rustig maar, je praat al veel minder.'

Ik rook mijn eigen okselgeur, want ik lag daar maar, met mijn armen onder mijn hoofd op dat blauwe kussen.

Tina was niet lelijk, in ieder geval niet als ze in een lunchroom had gewerkt. Dan was dat anders geweest. Nu was ze gewoon onappetijtelijk, en waarschijnlijk was ik ook onappetijtelijk voor haar. Ze was al een kwartier bezig me af te trekken. Er was niets gebeurd. Ik dacht nergens meer aan, misschien even tussendoor aan Randy Newman, want er zat een liedje van hem in mijn hoofd.

Ten slotte keek ze me aan. 'Ben je wel eens met een vrouw geweest?'

'Ja,' zei ik.

'De hoeveelste ben ik?' vroeg ze lachend.

Ik zei: 'Op de kop af de tweeëntwintigste.'

Ze was de tweede, en ik probeerde aan de andere te denken, maar ook dat lukte me niet. Ik dacht dat Tina inderdaad de tweeëntwintigste had moeten zijn, of de laatste, of de achtennegentigste, maar niet de tweede. Ze vroeg of we niet toch misschien intiem mochten worden. Dat mocht.

'Wat fijn,' zei ze.

Waarom moest ze dat soort dingen zeggen, niemand had haar daar toch om gevraagd?

'Je moet maar doen wat je wilt,' zei ik.

'Jij,' zei ze, 'het gaat erom wat jij wilt.'

'Dat weet ik juist niet.'

Ze ging op me zitten. Ze leidde me naar binnen, maar er was weinig verschil tussen binnen en buiten.

'Heb jij ook veel mensen verloren in de oorlog?' vroeg ze.

'Geen een,' zei ik, 'ik ben van na de oorlog.'

'Ik alleen mijn grootvader.'

Toen begon ze op en neer te bewegen en ik zag die borsten van haar alle kanten opspringen als bloemen in een herfststorm, en haar buik met de twaalf onderkinnen, die aan mijn buik grensde als vlees bij de slager.

Ze hield al heel snel weer op en toen zat ze nog alleen maar op me.

'Nu moet jij maar op mij komen liggen.'

Dat deed ik. Maar als ze had gezegd dat ik in de kast moest gaan hangen, had ik dat ook gedaan. Want het was me nu wel duidelijk dat ik de zaak hier niet op de spits moest drijven.

Ze pakte mijn piemel en duwde hem weer bij haar naar binnen. Het voelde alleen maar warm en een beetje vochtig. Zo voelde het eigenlijk in de hele kamer.

Ik bekeek haar gezicht, en nu rook ik haar parfum nog beter dan daarnet.

'Ga door,' riep ze toen opeens, 'oh ga door, oh ga door, oh ga door.'

Ik had willen zeggen: 'Houd u alstublieft op, ik heb er geen geluid bij nodig', maar dat durfde ik niet, want het was ook voor haar vast geen pretje de hele tijd te roepen: 'Ga door, ga door', en zeker niet als je bedacht dat ze dat al vanaf vanochtend tien uur had moeten roepen. Op de klok naast de bank zag ik dat het al vijf over zes was, en opeens bekroop me het gevoel dat ze me niet zou laten gaan voor ik was klaargekomen. Dat was waarschijnlijk haar eer te na. Al moest ze door tot zeven uur. Daarom keek ik naar de muur, en ik pakte haar hoofd vast, haar krullen, zo'n permanent dat er al half was uitgewassen, en ik zette mijn nagels in haar hoofd en drukte het tegen mijn borst en ik rook twintig kapsalons tegelijk. Ik keek naar de muur, maar ook daar verscheen geen engel. Ik dacht aan Rosie, aan Rosie dacht ik en toen kneep ik mijn ogen dicht en ik dacht nog steeds aan Rosie. Daarna kwam ik klaar. Toen hield ze eindelijk op met roepen: 'Ga door, oh ga door.'

'Weet je wat ik het beste liedje vind van Randy Newman,' zei ik, *'everybody knows my name, but it's just a crazy game, it's lonely at the top.'*

'Je moet nu van me afgaan,' zei ze, 'anders word je zo zwaar.'

Ik ging naast haar liggen. 'Je kan veel van me zeggen, dat ik poedelhaar heb of dat ik een grote neus heb, maar niet dat ik zwaar ben.'

Ze lachte. Ik wilde me alweer aankleden, maar ze zei: 'Nee, nee, wacht even, ik moet je nog wassen, ik laat je niet vies weggaan.'

'Wat een service.'

Ze deed mijn condoom af en ze waste me voor de tweede keer. Ik hoopte maar dat ze het goede washandje te pakken had. Ik zag dat de handdoek helemaal van het bed was gegleden, maar het licht was gelukkig zo blauw dat het laken bijna onzichtbaar was.

Ik kleedde me aan.

'Vind je het goed dat ik me niet opnieuw aankleed, dat ik mijn badjas aanhoud?' vroeg ze.

Ik knikte. Ze zat in haar blauwe ochtendjas naast me en ik trok mijn trui aan.

'Ik vind Randy Newman helemaal niet goed,' zei ze.

'Nee? Maar daarnet zei je nog dat je hem zo goed vond.'

'Dat was daarnet.'

Ik keek weer naar haar gezicht dat me nu veel minder tegenstond dan toen ik hier pas binnen was.

'Mag ik mijn schoenen hier nog aantrekken, of moet ik dat buiten op het stoepje doen?'

'Wat denk je toch slecht over ons.'

'Zo denk ik niet alleen over jullie, zo denk ik over de hele wereld. Het is hier trouwens verschrikkelijk warm, weet je dat.'

'Dat komt zeker door mij.'

Ik dacht dat ze een grapje maakte, maar aan haar gezicht zag ik dat ze het serieus meende. Of dat ze wilde dat ik dacht dat ze het serieus meende. Daarom zei ik: 'Ja Tina, dat komt door jou.'

En ik legde mijn hand op haar been, maar ik merkte dat ze het nu niet meer prettig vond dat ik mijn hand op haar been legde. Daarom trok ik hem snel terug.

'Heb je nog een doekje voor mijn bril?' Dat had ze.

'Wat een service,' zei ik weer, 'het Hilton kan er niet tegenop.' Ik beloofde haar deze week nog een bos bloemen te brengen. Toen stonden we op. Ik keek naar de plant, het bed, de muur.

'Wat ga je vanavond eten?' vroeg ik.

'Bij mijn moeder. Lof. En jij?'

'Ik ga seideravond vieren. Ook bij mijn moeder. En daarna moet ik nog naar een familie met vier dochters.'

Tina zei: 'Nou, je viert nu vast veel rustiger seideravond.'

'Ja,' zei ik, 'veel rustiger.'

Ik gaf haar een handkus. We liepen naar de deur, en ik keek of ik het andere meisje nog ergens zag, maar die was waarschijnlijk al naar huis.

'Saluut,' zei ik, en bracht mijn hand naar mijn hoofd, zoals soldaten doen.

'Jij bent echt een beetje gek,' zei ze.

Ik gaf haar nog een handkus, en nu ze niet op hakken liep, was ze kleiner dan ik, en ik zei: 'Dag Tina, het was een bijzondere ontmoeting.'

'Je bent in de verkeerde tijd geboren,' zei ze, 'je zou met zo'n cilinderhoed door de straten moeten lopen.'

'We zijn allemaal in de verkeerde tijd geboren,' zei ik.

'Kom je nog eens terug?' vroeg ze.

'Ja,' zei ik, 'heel graag, bleib gesund, bis hundertzwanzig, Gut Jom Tov, en een koosjere Pesach.'

Toen liep ik alweer over straat en in mijn mond had ik de smaak van zeep. Alle vrouwen die ik tegenkwam, had ik willen vragen: 'Hoe duur ben jij nou?' Dat was weer zo'n ander cliché, maar het was wel waar. Ik ging niet naar huis, hoewel ik had willen douchen. Ik ging naar het café waar ik drie witte biertjes bestelde. Natuurlijk zat de Pool er weer en naast hem stond een man met een bierbuik te oreren, maar de Pool deed alsof hij niets hoorde en daarom haatte ik hem. Dat meisje stond er weer, van wie de Pool altijd zei dat ze op Renée Soutendijk leek, maar volgens mij leek ze op niemand.

'Heb je met je hoofd in de toiletspray gestaan?' vroeg de Pool.

'Nee,' zei ik.

'Wat heb je dan gedaan?'

Ook aan dat meisje had ik willen vragen wat haar tarieven waren. De lust om dit soort vragen te stellen was al minder dan tien minuten geleden en over tien minuten zou het nog minder zijn. Ik had haar nog willen zeggen dat Tina stukken goedkoper was dan het eten in de Oesterbar, maar wel weer precies even duur als die kaviaar die ik ooit voor een meisje had gekocht en die ze alleen heeft opgegeten of samen met haar vriend. En dat het Pesach was. En dat je op Pesach helemaal geen bier mag drinken. Ik durfde dat niet te zeggen, hoewel ik me niet kon herinneren dat ik ooit zo graag had willen praten als nu. Ik wist dat ik dat soort dingen beter tegen Tina kon zeggen, omdat het haar niets kon schelen, en omdat ze toch niet zou weglopen voor het uur om was.

'Je praat niet veel, hè?' zei de dronkaard tegen de Pool.

'U.'

'U praat niet veel hè, wil je me weg hebben, willen jullie me weg hebben?'

'Luister,' zei ik, 'toen ik op de lagere school zat, was er een liedje dat ze in die tijd heel vaak speelden. Ik ben de melodie vergeten, ik weet alleen de tekst nog. Het gaat zo. *Wat zullen we drinken zeven dagen lang, wat zullen we drinken wat een dorst, er is genoeg voor iedereen, dus drinken we samen zeven dagen lang, ja drinken we samen niet alleen.* Kun je dat voor me zingen, dat liedje?'

'Nee,' zei de Pool, 'ik ken het wel, maar ik kan niet zingen, ik heb geen stem.'

'Niemand kan hier zingen,' zei die dronkaard.

In mijn mond smaakte het nu minder naar zeep en meer naar citroen en oud bier. Over anderhalf uur zou de tweede seideravond beginnen, ik wilde nog douchen.

Ik bedacht me dat Tina waarschijnlijk helemaal geen joodse grootvader had gehad. Ze was gewoon heel goed. Dat was alles. Als er een Amerikaan bij haar was geweest, had ze natuurlijk gezegd dat haar man in Vietnam was gesneuveld, en tegen een Nederlander had ze verklaard dat haar opa op de Grebbeberg was gevallen, en voor een Duitser zal dat wel Stalingrad zijn geweest. Waarschijnlijk was het ook helemaal niet waar dat ze vond dat ik in een andere tijd geboren had moeten worden. Ze zei gewoon wat ik wilde horen, want zo waren alle Tina's op deze wereld. Ik vroeg om nog een wit biertje om de laatste resten zeepsmaak uit mijn mond te spoelen.

Dat ik aan Rosie had gedacht was net zoiets. Alle mannen die op dat blauwe kussen hadden gelegen, hadden natuurlijk allemaal aan hun Rosie gedacht. Allemaal dachten ze zoals ik, dat ze anders waren dan al die anderen. Zij waren immers veel hoffelijker, zij behandelden Tina niet als een hoer, ze beloofden haar zelfs bloemen en ze kusten haar op haar hand, en tegen niemand van haar klanten praatte Tina zoals tegen hen. Net zoals ik gingen ze daarna natuurlijk allemaal in het Vondelpark plassen en daarna in een café zitten en ze dachten dat ze de enige waren, precies zoals ik dat dacht, de enige die anders was, anders dan al die andere hoerenlopers. Nu, in dit café, vroeg ik me af hoe hoffelijk je eigenlijk kon zijn tegen iemand waar je voor honderd gulden overheen mocht.

Nu ik bij Tina was geweest, leek maar weinig me nog moeilijk. Je sloeg een paar borrels achterover en je zei tegen jezelf: 'Wees een man.' Dat was alles. Dan was het waarschijnlijk ook niet moeilijk iemand dood te schieten, want dat ging natuurlijk net zo. Of om iemand in stukjes te hakken, of om van het Okura af te springen. Het was gewoon een kwestie van een paar borrels en tegen jezelf zeggen: 'Wees een man.'

Ik kocht bloemen voor mijn moeder, en we deden weer alles wat we gisteravond hadden gedaan. Na het eten moest ik naar de familie met de vier dochters. Met de oudste, Deborah, had ik in dezelfde klas gezeten op het Vossius, lang geleden. Toen was ik ook nog op haar verliefd, en haar ouders hadden me toen die plaat van Randy Newman laten horen. Deze avond vroeg ik of ik die plaat nog een keer mocht horen, maar ze konden hem niet meer vinden.

Ze waren al klaar met eten toen ik kwam. Ze hadden bijna geen gasten. Ik moest naast een zus van Deborah zitten. Ze had twee zussen, Zotka en Nitka. Zo heetten ze niet echt. Zo noemde ik hen in het geheim. Ik zat naast Zotka. Ze keek de hele tijd naar me, maar ik keek niet terug.

Na een tijdje vroeg ik of ik op de bank mocht gaan liggen, want ik was zo moe. Zei ik. Ik deed alsof ik sliep, en ik hoorde ze zacht fluisteren of ik het wel leuk vond, seideravond. Ik vond het heel leuk, ik vond het verschrikkelijk leuk.

Ik dacht aan Rosie. Dat het goed was. Ook dat ze me nooit meer had geschreven, en dat ik haar niet meer zou zien. Het was allemaal goed, en ik wist nu ook dat ik haar niet meer zou bellen, want ik had haar niets te zeggen.

Waar we ook zouden afspreken, ik zou haar alleen maar in een blauwe ochtendjas zien. En wat ze ook tegen me zou zeggen, ik zou haar alleen maar horen zeggen: 'Zal ik de spulletjes dan maar pakken?' En ik zou antwoorden: 'Ja, pak de spulletjes maar.'

Een gebed voor Marcella
(spreek uit: Marshalla)

Ik nam de trein van zeven uur naar Zandvoort. Ik had een thermosfles met wijn bij me, maar die was niet meer zo koud, want ik liep er al de halve nacht mee te sjouwen. Het was de eerste echt warme nacht van de lente geweest en mijn badkuip liep niet meer leeg.

Ik was bij mijn Poolse vriend op bezoek gegaan, maar ik was vergeten dat het al drie uur was toen ik bij hem aanbelde. Ook hij kon niet slapen en we gingen schaken. Hij warmde soep op, zodat we niet dronken zouden worden, zei hij, maar de soep hielp niets. Om vijf uur zei hij dat hij weer in bed wilde kruipen.

Ik wist dat een loodgieter al gauw een paar honderd gulden zou kosten. Daarom besloot ik naar het strand te gaan. Ik fietste naar huis, waar ik die thermosfles vulde. Ik deed een poging mijn badkuip leeg te scheppen met een emmer, maar het water liep de hele tijd weer terug. Het begon te stinken.

Toen ging ik naar het station. Er reden nog geen treinen. Er stonden wat mensen voor de ingang te wachten, maar ik had geen zin naast hen te gaan staan. Ik zag dat gezicht weer, en ik dacht dat ik het nog wel een hele tijd zou blijven zien. Er zijn gezichten waar de schoonheid langzaam uit verdwijnt, er zijn andere gezichten waaruit alle schoonheid is geramd en er zijn ook nog gezichten waaruit de schoonheid zál worden geramd. Het prettige aan die slecht verlichte cafés is niet alleen dat je er goed kunt drinken, maar ook dat je dat allemaal niet meer hoeft te zien. Volgens mij zou het heel aangenaam zijn als niet alleen die cafés, maar ook de rest van de wereld wat slechter verlicht zou zijn.

Ik liep langs de eilanden ten westen van het station. Dat is een mooi gebied, zeker als het nog vroeg is, en er niemand loopt. Op het Prinseneiland opende ik mijn thermosfles voor de eerste keer, maar toen was de wijn al lauw.

Het strand was nog leeg toen ik kwam. Ik huurde een strandstoel. Het was een mooie koninginnedag geweest, las ik in de krant. Verder kwam ik niet, omdat ik toen in slaap viel. Ik werd pas wakker toen het strand helemaal vol was. Daar kreeg ik dorst van, dus opende ik mijn thermosfles weer. Een cadeautje van mijn moeder, die thermosfles. Ik dacht aan mijn moeder en aan koninginnedag en ik probeerde me te herinneren waarom ik uitgever had willen worden, lang geleden. Ik had er heel veel verschillende verhalen over verteld en ik wist nu zelf niet meer welke waar waren. Waarschijnlijk wist ik echt niet meer waarom ik dat ooit wilde, want ik wist ook niet meer waarom ik dat meisje al die brieven had geschreven, of waarom ik ooit de gordijnen in het lokaal van mevrouw De Wilde naar beneden had getrokken, en waarom ik die afspraak met Tina had gemaakt op een dinsdag in april. Sommige dingen deed je gewoon, en pas later kon je daarover nadenken. Alleen die psychologen die me behandeld hadden, hadden prachtige verklaringen voor mijn gedrag. Die waren zo mooi, dat de tranen je in de ogen zouden springen als je ze zou horen.

Maar goed, ik heb die gordijnen naar beneden getrokken, ik ben van school geschopt, en toen ben ik op een kantoor gaan werken. Nadat ze me ook daar ontslagen

167

hadden, ben ik boeken gaan uitgeven, en niet lang daarna ben ik failliet gegaan.

Vandaag kon ik me niet herinneren waarom ik al die dingen ooit gewild had. Een paar weken geleden had ik een brief gekregen van een drukker. Ik liet hem eerst een paar dagen ongeopend liggen. Sommige brieven maak ik pas open als het wat beter met me gaat. Op een avond las ik: 'Geachte heer, u zegt dat u geen middelen heeft om uw schuld te betalen. Ik zeg u dat iemand met een bijstandsuitkering en een beetje goede wil f 355,- (inmiddels met kosten f 450,-) kan betalen. U maakt zich dus schuldig aan flessentrekkerij. Binnenkort komen wij het persoonlijk bij u halen. Als ik u was, zou ik maar zorgen thuis te zijn en het geld bij de hand te hebben, want de ervaring leert dat de kosten anders veel hoger worden. Groeten. Lou.'

Er waren heel wat drukkerijen die nog geld van me kregen, maar nog nooit hadden ze geschreven dat ze persoonlijk bij me langs zouden komen om het te halen.

De volgende dag ging ik naar mijn moeder, en ik zei dat ik dringend driehonderdvijfenvijftig gulden nodig had, omdat ze anders de ramen bij me zouden ingooien.

Ik borg het geld op in mijn onderste bureaula. Ik zou die avond bij die vriend op bezoek gaan, om wijn te drinken en knoflookworstjes te eten die hij elke keer uit Polen meebracht, als hij daar zijn houtlijm afleverde.

De hele dag had ik geprobeerd te lezen, maar het lukte niet. Ook 's avonds lukte het niet. Daarom ging ik maar weer die advertenties lezen. Eerst wilde ik niet bellen, alleen maar lézen. Ik had Siciliaanse wijn die lekker wegdronk. Na een tijd belde ik toch, want in mijn onderste bureaula zat dat geld.

De dame vroeg wat ik wilde.

'Wat heeft u?' zei ik.

'Nee,' zei ze, 'wat wilt u?'

'Iets Europees.'

Dat leek me nog het neutraalste antwoord.

'Hoe bedoelt u?'

'Blond.'

Ik zei maar wat.

'Ik ga ze even proberen op te piepen, ik bel u zo terug.'

'Dat is goed,' zei ik, en ik ging weer verder met de Siciliaanse wijn.

Na vijf minuten belde ze terug.

'Meneer Groenberg?' zei ze. 'Heeft u ons net gebeld?'

'Ja,' zei ik, 'dat ben ik, goeienavond.'

'Ja, het is heel druk door koninginnedag.'

'Dat begrijp ik.'

'Alle blonde meisjes zijn al aan het werk, of ze beginnen
later. Maar ik heb hier nog wel een bloedmooi halfbloedje
voor u. Echt het mooiste meisje dat we hebben.'

'Een bloedmooi halfbloedje.' Ik nam nog een slok. 'Dat
is uitstekend,' zei ik.

'Moet ik het meisje nog even voor u beschrijven?'

'Nee, nee,' zei ik, 'dat zie ik allemaal wel.' Ik dacht aan Tina en aan nog veel meer.

'Dan stuur ik haar nu naar u toe. Een prettige avond en
veel plezier, meneer Groenberg.'

'Ja, bedankt, u ook.'

Ik spoot deodorant onder mijn oksels, keek in de spiegel en drukte een puistje uit. Toen trok ik me af boven de
prullenmand. Dat doe ik wel vaker. Boven de prullenmand. Met mijn hoofd leun ik tegen de muur en dan kijk
ik wat er allemaal in de prullenmand ligt. Daarna ging ik
weer achter mijn bureau zitten en las de brief van die

drukker nog een keer. Daarna verscheurde ik hem maar.

Ze had gezegd dat het meisje om elf uur zou komen, maar toen ze er om elf uur nog niet was, dacht ik dat ze niet meer zou komen. Wat me eigenlijk niet eens zou verbazen. Integendeel.

Om vijf over elf ging de bel. Er stonden een jongen en een meisje voor mijn deur. Ik schatte ze achttien of negentien. Ik meende de jongen ergens van te kennen. Ik wist niet meer waarvan.

'Kom binnen,' zei ik.

'Mag ik even met je afrekenen,' zei de jongen, toen we in de gang stonden.

'Ja, natuurlijk.'

Ik liep naar mijn bureau. Toen wist ik weer waar ik die jongen van kende. In de herfst, toen mijn moeder in het Schwarzwald zat voor een kuur, liet ik steeds pizza's bij me thuis bezorgen.

'Tot over een uur, Rick,' zei het meisje.

'Dag,' zei hij en gooide de deur dicht. Nu was ik met haar alleen.

'Kom binnen,' zei ik.

'Laten we ons even voorstellen.'

'Ja,' zei ik, 'natuurlijk, laten we dat even doen. Ik ben Arnon.' Nu pas kon ik haar bekijken, want in de gang was het daarvoor te donker geweest.

'Ik ben Marshalla,' zei ze. Ze gaf me een hand.

We gingen aan tafel zitten en ik vroeg wat ze wilde drinken. 'Wat heb je?'

'Wijn, water, bier.'

'Water,' zei ze.

Ik schonk haar in. Uit haar schoudertas haalde ze sigaretten. Dunhill rood.

'Heb je vuur?' vroeg ze. 'Ik heb geen vuur.'

Dat gaf ik haar en voor mezelf schonk ik nog wat Sicili-aanse wijn in, waarvan ik een hele doos had gekocht.

Ze kon vierentwintig zijn, maar ook zestien. En ze was inderdaad verschrikkelijk mooi.

'Marcella,' zei ik.

'Marshalla,' zei ze, 'wacht, ik zal het voor je opschrijven.' Ze pakte mijn pen en schreef.

'Oh Marcella,' zei ik.

'Marshalla. Wat een boeken hier.'

'Ja,' zei ik, 'mag ik vragen hoe oud je bent?'

'Hebben ze niet gezegd dat ik achttien ben?'

'Nee,' zei ik, 'dat hebben ze niet gezegd, ik heb er ook niet naar gevraagd. Bovendien, dat zeggen ze toch altijd?'

'En jij?'

'Tweeëntwintig. '

'Dat is jong,' zei ze, 'dat is echt heel erg jong.'

Ze droeg een witte blouse waar ze een knoop in had ge-legd, zo bij haar buik, en een zwarte korte rok, daaronder panty's en grote laarzen die tot haar knieën kwamen, met allemaal gespen. Ik had nog nooit laarzen met zoveel ges-pen gezien.

'Wat doe je?'

'Ik ben journalist,' zei ik, 'en jij? Hoe lang doe je dit al? Ja, als je vindt dat ik vervelende vragen stel, moet je het zeggen.'

'Ze zijn niet vervelend, ze zijn alleen *altijd* hetzelfde. Jij bent mijn vierde.'

'Viel het mee?'

'De eerste wel. Dat was een man van vijfendertig. Dat klikte wel. Maar er was er ook een die wilde dat ik in zijn mond ging plassen. Er zijn grenzen, vind je niet?'

'Ja,' zei ik, 'er zijn grenzen.'

Toen wisten we allebei niets meer te zeggen en schonk ik nog maar wat wijn in.

'Had je geld nodig, had je schulden?'

'Nou gewoon,' zei ze, 'dat gaat zo. Mijn moeder was aan de coke...'

'En je vader heeft je mishandeld.'

'Hoe weet je dat?'

'Het klinkt me zo bekend in de oren, alsof ik het al duizend keer heb gehoord. Wil je echt niet wat wijn?'

'Nee,' zei ze.

Dus schonk ik mezelf maar in, want hij dronk lekker weg.

'Heb je een leuke koninginnedag gehad?' vroeg ik.

'Heel leuk. Veel gelopen. En jij?'

'Ook leuk.'

Weer was het stil.

'Wat zullen we doen?' vroeg ik.

'Hier zitten en praten,' zei ze.

'Ja, dat is ook heel leuk.'

Ze knikte.

'Ik geloof dat ik met je wil vrijen.'

'Ja, geloof je dat?' vroeg ze.

Ik had te veel wijn gedronken om goed te kunnen liegen. Toen we in de gang stonden, zei ze: 'Weet je wat grappig is, in deze straat heb ik een keer in een pleeggezin gezeten, en nu ben ik er weer terug.'

'Grappig,' zei ik, 'heel grappig.'

We liepen de trap op en ze mompelde: 'Als je iets uit medelijden doet, vindt God het goed.'

'Pardon,' zei ik.

'Dat komt uit de bijbel. Ken je dat niet? Heb je geen bijbel?'

'Nee, niet hier.'

'Je hebt zoveel boeken, en je hebt niet eens de bijbel. Geloof jij niet in God?'

'Nee,' zei ik, 'niet in de god waarin jij gelooft, ik geloof meer in een uit het nest gevallen vogeltje.'

'Het is hier koud,' zei ze toen we boven waren.

'Mijn badkuip is stuk en de verwarming ook.'

We gingen op de bank zitten en ze deed haar laarzen uit.

'Ik kan me niet meer zo goed concentreren,' zei ze.

'Best,' zei ik. Misschien begreep ik haar verkeerd.

Ik raakte haar haren aan. Haar mooie bruine haren, die naar hetzelfde parfum roken als de hele kamer, sinds zij er was binnengegaan.

'Ik kan het niet,' zei ze opeens, 'wil je niet liever een ander meisje?'

'Wat?'

'We hebben zoveel gepraat. Dan kan ik het niet. Als ik met iemand zoveel heb gepraat. Je kunt een ander meisje krijgen. Echt. Ik kan het niet. Begrijp je. We hebben zoveel gepraat. Neem een ander meisje. Stuur me weg.'

'Nou ja, zoveel hebben we ook weer niet gepraat,' zei ik.

Het was goed dat ik eraan had gedacht de fles wijn mee naar boven te nemen.

Ik nam een grote slok en ik dacht aan wat die man me had verteld, dat temeies alleen maar kunnen liegen. Daarom zei ik: 'Nee, Marcella, ik wil jou. Wees maar niet bang. God kijkt naar ons. God is liefde. Dat weet je toch. Kleed je alsjeblieft uit.'

Ze ging voor me staan en ze ging zich uitkleden. Ik zat op de bank en dronk Siciliaanse wijn. Ze schopte haar kleren door de kamer. Ik weet niet of ze dat allemaal doen, hun kleren door de kamer schoppen. Of dat zij de enige was die zich zo uitkleedde.

Ik dronk de wijn nu uit de fles. Ze was naakt op haar onderbroek na. Ze stond daar voor het raam, en ik dacht: misschien had ik de gordijnen moeten dichttrekken, maar daar had ik op dat moment geen zin meer in.

Ik liep naar haar toe. Ik zette de fles op de grond.

Ik drukte haar tegen me aan. Ik legde mijn hand op haar onderbroek, ik schoof haar een klein beetje opzij, en ik voelde haar haartjes, die niet anders voelden dan haartjes van andere vrouwen. Ik dacht nergens aan. Alleen aan haar, en aan haar huid die zo licht was, zo licht lichtbruin, en glad en gaaf zonder één enkel litteken. Ik rook de geur van haar lichaam, en ik voelde hoe warm ze was, want levende mensen zijn nu eenmaal warm als je hen tegen je aan drukt.

'Doe ik je dit aan?' vroeg ik.

'Nee,' zei ze, 'dit doe ik mezelf aan. Kleed jij je nu ook maar uit.'

We gingen weer op de bank zitten en ze zei dat het toch wel koud was in de kamer. Ik kleedde me langzaam uit.

'Ik vind het niet erg,' zei ze, 'ik vind het echt niet erg. Weet je waarom niet?'

'Nee,' zei ik, 'maar ik wil het ook niet weten. Je bent in ieder geval het mooiste meisje dat ik ooit heb ontmoet.'

'Dat moet je maar niet tegen me zeggen.'

'Dit soort dingen had je niet van me verwacht, hè?'

Ze knikte.

'Ik ook niet. Ik zweer het, ik ook niet.'

'Ze hebben het iets te vaak tegen me gezegd, kun je je dat voorstellen?'

Dat kon ik me voorstellen. Ik stond van de bank op en trapte de fles om en hij liep leeg op het tapijt. Ik raapte hem niet op. Ik herinnerde me hoe ik tegen mezelf had gezegd dat ik alleen een heel klein beetje aangeschoten wilde worden, zo heel aangenaam aangeschoten, en hoe ik dan per ongeluk toch een klein beetje dronken werd, en hoe de dronkenschap dan weer overging in harde dronkenschap. Zoals de nacht in de dag en de dag in de nacht en de nacht weer in de dag. Ik vroeg me af wie dat ook alweer was die had geschreven dat niet iedere nacht eindigt met de dageraad.

We gingen op de grond liggen, en ik streelde haar haren, en haar gezicht en we zoenden. Ze hadden me verteld dat temeies nooit zoenen, maar ik proefde haar mond en zij moet de mijne geproefd hebben. Ik herinnerde me die nachten dat ik naar huis liep en dat ik ergens op straat met iemand zoende, en dat ik niet eens meer wist met wie, en zelfs niet van welk geslacht. Soms ben je zo laveloos dat het niet meer uitmaakt. Dan is een tong in je mond een tong in je mond, of die nou van een man, een vrouw is, of een hond. De laatste tijd had ik last van mijn tandvlees, en dan is één tong in je mond eigenlijk al te veel. Dat waren van die nachten dat ik thuiskwam en dacht: als ik me nu ophang, doe ik er een briefje bij: dit is geen zelfmoord, alleen maar wurgseks.

Haar haren kriebelden tegen mijn borst, en ik zag dat ze naar me keek. Ik zag aan haar bruine ogen dat ze naar mijn gezicht keek. Dat was fijn, door haar bekeken te worden.

Ik deed haar slipje uit.

'Heb je een condoom bij je?' vroeg ik.

'Heb je die nu al nodig?'

'Ja,' zei ik, 'die heb ik nu al nodig.'

Ze opende haar tas, in één vlugge beweging schoof ze het condoom om mijn piemel.

'Zal ik je pijpen?' vroeg ze. 'Vind je dat lekker?'

'Nee,' zei ik, 'bedankt.'

Toen dacht ik aan alles wat ze had gezegd, en hoe ze was binnengekomen, en hoe ze me had aangekeken toen ze haar kleren uitschopte, en aan haar huid dacht ik, en het kleine beetje haar tussen haar benen, en haar schoudertas, en haar laarzen met die gespen, en die witte blouse, en aan haar tong, en de kerven in haar lippen die geaccentueerd werden door haar lippenstift, aan haar kleine neus dacht ik, met de minuscule, bijna onzichtbare meeëtertjes, en hoe het voelde toen ik bij haar naar binnen ging. Aan al die dingen dacht ik en daarom duurde het maar heel kort.

Dit keer mocht ik naast haar blijven liggen.

'Kleine Marshalla,' zei ik.

'Kleine Arnon,' zei ze.

Ik zag dat ze een heel klein beetje een snor had, maar eigenlijk kon je het geen snor noemen. Het was alleen te zien als je heel dicht bij haar was, en zo dicht zou ik anders nooit bij haar zijn geweest.

'Vind je me mooi?' vroeg ze opeens.

'Ja,' zei ik.

'Heb jij geen godsdienst?'

'Ik ben joods. Haat je toevallig joden?'

'Nee. Hoezo? Ik haat niemand. Ik ben er alleen nog heel weinig tegengekomen.'

'Dan is het goed dat je mij hebt ontmoet. Ik ben namelijk een goeie jood.'

We moesten allebei lachen. Ik had het alleen maar gevraagd, omdat zo ongeveer het eerste dat *zij* vroeg toen ze binnenkwam, was of ik het erg vond dat ze een beetje bruin was. Dat vroeg ze natuurlijk, omdat ze gehoord had dat ik eigenlijk een blonde wilde, en ze keek er heel ernstig bij. Daarom vertelde ik haar dat ik dat alleen maar gezegd had, omdat me op dat moment niets anders te binnen was geschoten.

Ze stond op, raapte de fles op, ging op de bank zitten en weer keek ik naar haar. Ik had er heel wat voor over gehad om langer bij haar te blijven, maar ik wist dat dat niet kon, want mijn geld was op.

'Je moet dat ding nog even afdoen,' zei ze.

Dat deed ik, maar ik deed het nogal wild waardoor er een heel klein beetje op haar rok druppelde, die naast ons had gelegen. Op het tapijt op de grond hadden we gevreeën en haar kleren hadden min of meer in een cirkel om ons heen gelegen, alsof ze toeschouwers waren.

Ze pakte haar rokje van de grond.

'Ook dat nog,' zei ze, 'shit.'

'Pardon,' zei ik.

'Shit,' zei ze.

'Dat krijgen we er wel uit,' zei ik.

'Dit is net nieuw,' zei ze.

We liepen naar de badkamer, waar het behoorlijk koud was, want we waren allebei nog naakt, maar ik vond geen goed doekje. Daarom ging ik naar de keuken. Daar vond ik alleen maar een pannenlap en een afwasborstel, die ik allebei meenam. Met de afwasborstel hebben we toen die vlek uit haar rok staan borstelen, die er nog heel goed uit ging.

Daarna kleedden we ons allebei weer aan, mijn schoenen liet ik uit.

'Ik heb geen lippenstift meer op, hè?'

'Nee,' zei ik, en toen gingen we naar beneden. Ze wilde wat water drinken en nog een sigaret roken, en weer moest ik haar vuur geven.

'Komt Rick je straks ophalen?'

'Hij wacht hier voor de deur.'

'Oh, hij wacht hier voor de deur.'

'Er zijn ook bureaus waar ze niet voor de deur wachten, maar daar werk ik liever niet.'

'Nee, dat begrijp ik, dat begrijp ik heel goed.'

Ze pakte een van de boeken die op tafel lagen en bladerde er wat in.

'Ik vind het wel wat, als je zo'n boek kunt schrijven, dat vind ik wel knap.'

'Het is niets,' zei ik, 'het is moeilijker één dag goed te leven dan een boek te schrijven.'

Ze rookte nog een sigaret. Het doosje Dunhill rood was leeg, ze legde het op tafel. Naast de condoomverpakking. Bene-Luxe stond erop in groene letters, en we hadden hem kunnen gebruiken tot mei 1997.

'Oh shit,' zei ze.

'Wat nu weer?' vroeg ik.

'Ik had moeten bellen,' zei ze. 'We moeten bellen als we binnenkomen en als we weggaan. En misschien werkt die trut vanavond. Er werkt daar een trut, die heeft echt een ontzettende hekel aan me.'

Ze zocht iets in haar tas, maar blijkbaar kon ze het niet zo snel vinden, want ze zei nog een paar keer 'shit'. Toen had ze haar notitieboekje te pakken waarmee ze naar mijn telefoon liep.

'Gelukkig was het niet die trut. Er werken ook heel aardige meisjes. Ze hebben allemaal hun verhaal, hoor.'

'Niet alleen meisjes van de escortservice hebben hun verhaal.'

'Dat weet ik,' zei ze en toen wilde ze een heel klein druppeltje wijn door haar water mengen. Ik zei dat ik me niet kon voorstellen dat dat lekker was, maar ik deed het toch.

'Heb je een vriend?' vroeg ik.

'Twee. Eentje is negentien en die heeft helemaal geen poen. En de ander is vierentwintig en die heeft een hoop poen. Die handelt in drugs. Bij hem woon ik ook. Maar eigenlijk is alleen die van negentien mijn vriend.'

'Aha.'

Ik vroeg me af waarom die ene haar niet wat van die poen kon geven als hij zoveel had, maar ook over dat soort dingen moest ik maar niet te veel nadenken. Bovendien waren het natuurlijk allemaal leugens.

'Is Rick aardig?'

'Ja, hoor. Alle chauffeurs zijn aardig. Ze vallen de meisjes echt niet lastig. Ze zijn er om ons te beschermen.'

'Heeft die Rick niet vroeger pizza's rondgebracht op een brommer?'

'Daar praten we nooit over. Over dat soort dingen.'

Ze stond op en liep door de kamer en af en toe tilde ze een boek op.

'Hoeveel heb je eigenlijk voor dit betaald? Voor mij?'

'Tweehonderdvijftig,' zei ik. 'En hoeveel krijg jij?'

'Honderd.'

'De waarheid is stront.'

'Nee,' zei ze, 'dat is-ie niet.'

'Laat maar liggen,' zei ik, toen ze haar lege sigarettendoosje in haar tas wilde stoppen.

'Doe je meer op één avond?'

'Nee, eentje vind ik zat.'

Ze drukte haar sigaret uit, dronk haar glas leeg.

'Nu moet ik gaan,' zei ze, 'het was een gekke avond.'

'Ja,' zei ik, 'het was een gekke avond.'

Ik liep met haar mee naar de gang.

'Doe de groeten aan Rick.'

'Wil je voor me bidden?'

'Pardon?'

'Je kunt toch wel bidden? Op de een of andere manier.'

'Ja.'

'Bid dan voor me. Voor je gaat slapen moet je dat doen. Het helpt als mensen voor je bidden.'

'Dat is mooi om te weten,' zei ik, 'ik zal er nog eens aan denken.' Ik dacht: later als ik met een andere vrouw ben, zal ik daaraan denken. Misschien helpt het echt, al dacht je het alleen maar, maar dat wilde ik niet. Ik wilde dat soort dingen nooit meer denken.

Eigenlijk irriteerde het me alleen maar, dat bidden. Dat was natuurlijk ook een leugen. Ik geloofde niet dat ze ook maar iets van waarheid tegen me zou kunnen zeggen. Ik moest het doen met de woorden die ze tegen iedereen zei. Er liepen wel heel wat mannen op deze wereld rond die voor haar moesten bidden. Zo denken was veel beter. Zo denken luchtte op.

Ik kuste haar en zij mij.

'Het ga je goed,' zei ik. Ik wist niets beters te zeggen.

'Vergeet niet wat je beloofd hebt.'

'Dat vergeet ik niet.'

Toen riep ze: 'Ah, ik zie hem al,' en deed de deur dicht. Ik ging aan tafel zitten en maakte een nieuwe fles Siciliaanse wijn open en keek naar het papiertje waarop zij haar naam had geschreven. Haar schuilnaam, maar dat interesseerde me niet.

Ik ging niet slapen, dus kon ik niet voor haar bidden. Zelfs als ik was gaan slapen, had ik niet geweten welk gebed ik voor haar had moeten uitspreken, want ik had al heel lang niet meer gebeden.

Natasja

Naarmate de herinnering aan mijn vader vervaagde, raakte mijn moeder er steeds meer van overtuigd dat ze hem vermoord had, samen met mij. Ze had de gebeurtenissen van de avond van die vierentwintigste november nu al zo vaak verteld dat niemand meer precies wist wat er nu echt was gebeurd. Soms belde ze me midden op de dag op en zei: 'Ik heb hem vermoord, ik geloof dat ik gek word.' Daarna hing ze weer op. Mijn vader was niet de eerste die ze vermoord had. Haar vader had ze in 1943 in Theresienstadt om zeep geholpen. Details daarover heeft ze aan niemand willen vertellen, waarschijnlijk omdat ze ze gewoon vergeten was. Mijn moeder was een vrouw die niet meer wist dat ze geheimen had. Wel zei ze dat de rest van haar leven haar straf was.

Nu had ze dus ook nog mijn vader vermoord. De eerste maanden na zijn dood sprak ik haar nog wel eens tegen, voerde argumenten aan waaruit moest blijken dat hij een natuurlijke dood was gestorven. Voor dat soort argumenten was ze al lang niet meer gevoelig.

Mijn vader was gestikt in zijn eten. Op een zondagavond. Een paar uur daarvoor was ik nog bij hem op bezoek geweest, hij lag in het AMC. Mijn moeder is ervan overtuigd dat ik haar medeplichtige ben. Ik heb hem inderdaad die avond een paar lepels van het papje, dat mijn moeder altijd voor hem maakte, gevoerd, maar ik ben daarmee opgehouden toen ik merkte dat alles wat ik in zijn mond stopte uit zijn neus weer naar buiten kwam.

Toen ik vorige maand een keer bij haar kwam eten, zei mijn moeder: 'Jij bent de laatste in mijn leven, als jij nu ook doodgaat spring ik voor de trein.'

Tegen een kennis die ze een paar jaar niet had gesproken, hoorde ik haar op een avond zeggen: 'Mijn man is dood, maar mijn zoon leeft nog. Hij zit hier nu naast me. Hij kauwt net op een biefstuk die ik voor hem heb gebakken.'

Ik hield toen op met eten en ging in de keuken slagroom kloppen.

Mijn moeder vertelde: 'Ik stond naast hem toen hij stikte, maar ik kon niet zien dat hij aan het stikken was. Ik zag het pas toen het al gebeurd was. Toen riep ik: "Help hem toch." Maar de dokter zei: "Er is niets meer wat ik voor uw man kan doen." '

Dat was zo. Dit gedeelte van het verhaal klopt nog. Mijn moeder stond naast hem en sloeg met een lepel op zijn hoofd, omdat hij niet wilde eten, en ze brulde: 'Eet. Eet. Je hebt mijn hele leven kapotgemaakt, en nu ga je niet dood, nu ga je eten.'

Dat ze met een lepel op zijn hoofd sloeg, was niets bijzonders. Dat deed ze al een paar jaar. Vroeger sloeg ze ook wel eens op mijn hoofd. Het verschil is alleen dat mijn vader is gestikt en ik niet. Mijn vader had geluk, om zo te zeggen. Voor dat geluk moest hij wel achtenzeventig, bijna negenenzeventig worden. Dat vind ik te duur betaald geluk.

De laatste minuten van zijn leven is er met een lepel op zijn hoofd geslagen, en wat er verder ook nog in mijn leven zou gebeuren, ik wilde hoe dan ook niet dat er in mijn laatste minuten met een lepel op mijn hoofd zou worden geslagen.

Mijn moeder droomt de laatste tijd vaak van mijn vader, hoewel het nu alweer ruim anderhalf jaar geleden is dat hij in een papje van gepureerde aardbeien, bosbessen en frambozen stikte. Ze belt me na zo'n droom op en zegt: 'Hij zei dat ik niet verdrietig moest zijn.'

'Mooi,' zeg ik, 'heel mooi, nu hoor je het ook eens van een ander.'

Mijn moeder schrijft haar dromen op. Als ik bij haar ben, vind ik achter op de ongeopende enveloppen van de Postbank de dromen van die dag.

Ik open de post, berg de dagafschriften op en gooi de enveloppen in de prullenmand. Ik kom ook in haar dromen voor. Het schijnt dat ik me vroeger Arna heb genoemd. Ik kom in haar dromen voor als Arna en ik zeg: 'Niet brullen met mij.' Maar mijn moeder zegt: 'Wie niet tegen brullen kan, gaat dood. Daarom brullen wij altijd tegen elkaar.'

Ze noemden mij vroeger Arnon Yasha, want zo heet ik. Ik heb een foto uit die tijd. Ik sta in de tuin van de Dintelstraat, naast het groene olievat dat al een paar jaar niet meer werd gebruikt. Ik knijp mijn ogen een beetje dicht, waarschijnlijk omdat ik tegen de zon in moet kijken. Ik draag een korte blauwe broek en een t-shirt met oranje en bruine strepen. Aan mijn broek hangt een sleutelhanger, waaraan geen sleutels zitten, alleen een grote metalen a. Mijn haren zijn lichter dan nu en de krullen zijn groter. Ik ben vrij bruin, zo bruin word ik nu nooit meer. Er is niets opmerkelijks aan die foto te zien. Het is geen foto van een jongen tegen wie de hele dag wordt gebruld. De dromen van mijn moeder liegen dus.

Achter op de foto staat trouwens in haar handschrift 'Zomer 1979'. Ik weet niets meer van die zomer, behalve dan dat we vier weken naar Zwitserland gingen, naar Disentis, een klein plaatsje ten zuidwesten van Chur. Die zomer zag ik voor het eerst de eeuwige sneeuw, en moest ik meedoen aan een badmintonwedstrijd.

Mijn moeder is ervan overtuigd dat ze mij ook zal vermoorden. 'Ik pas niet genoeg op je,' heeft ze meer dan eens gezegd. Ik betwijfel of ze mij zal vermoorden. Ze heeft kansen genoeg gehad die ze niet heeft benut. Het zal er nu niet meer van komen.

Het bericht: 'Zuip je alsjeblieft niet dood, ik smeek het je,' staat de laatste tijd regelmatig op mijn antwoordapparaat. Zij kan zich niet doodzuipen, want ze drinkt niet. Ik doe niets met de berichten op mijn antwoordapparaat. Mensen vragen mij of ik hen wil terugbellen, maar ik bel niet. Ik heb er geen zin in. De berichten irriteren me alleen maar. Het zijn niet de berichten waarop ik wacht.

Soms fiets ik langs haar huis en zie haar in de tuin. Ze maait het gras. Dat gras heeft ze die week al drie keer gemaaid. Ik stap af en zeg: 'Dat is niet nodig.'

Ze kijkt me aan. 'Daar ben je dan,' zegt ze.

'Ja,' zeg ik, 'daar ben ik dan.'

Achter op de post van die dag vind ik weer de dromen van mijn moeder. Ik lees ze vluchtig, net als de brief van het Zilveren Kruis. Haar dromen zijn heel gewoon. Ze zijn niet angstaanjagend. Ik denk niet dat ze blij of zelfs maar opgelucht hoeft te zijn als ze wakker wordt uit die dromen van haar. Toch heb ik niet meer het gevoel dat ze over mij gaan. Ik heb trouwens helemaal niet meer het gevoel dat ik invloed kan uitoefenen op andermans dromen. We bevolken elkaars nachtmerries zonder precies te weten wat we daarin uitvoeren.

Mijn moeder denkt dat wij de dromen zijn van doden.

Ik wil geen droom zijn van een dode. Daarom luister ik naar wat ze zegt alsof ik brieven lees die niet voor mij bestemd zijn.

Het was zo'n avond dat ik te weinig had gedronken om in slaap te kunnen vallen. Het komt wel voor dat ik al om een uur of tien naar bed ga, omdat ik vind dat de dag dan wel weer lang genoeg heeft geduurd. Om half twaalf stond ik weer op. Ik kleedde me aan en liep naar het café bij mij om de hoek, waar ik twee tequila bestelde. En toen nog twee, met citroen en zout. Er was die dag geen post gekomen. Niet dat ik post verwachtte, maar toch.

Eigenlijk was het allemaal heel eenvoudig. Daarom bestelde ik er nog twee.

'Lekker is dat in de avond, hè.'

'Ja,' zei ik, 'lekker in de avond.' Ik strooide zout op mijn hand, beet in de citroen, en dronk mijn glas leeg.

Toen ik vijftien was, had ik een boek uit de bibliotheek gehaald; *De hemelvaart van Massimo* heette het en het was van Oek de Jong. De meeste verhalen in dat boek vond ik onleesbaar, maar een vond ik zo mooi dat ik het wilde hebben. Daarom scheurde ik 'Rita Koeling' uit het boek en legde wc-papier tussen de bladzijden om het op te vullen. Ze hadden twee exemplaren van *De hemelvaart van Massimo* in de kast staan en ze moesten natuurlijk wel alle twee even dik zijn.

Daarna bracht ik het boek terug naar de bibliotheek van het Vossius, waar moeders zaten die zich verveelden. Zo'n beetje alle moeders daar op het Vossius verveelden zich, maar die in de bibliotheek waren het ergst.

Hoewel het alweer zeven jaar geleden is, kan ik me nog hele stukken herinneren uit 'Rita Koeling'.

'Ga weg,' zei ze met trillende stem, 'ga ogenblikkelijk weg of ik ga gillen.' Het was een bekend zinnetje, maar ditmaal zei ze het zonder haar handen tegen haar keel te drukken, zonder haar blik angstig ten hemel te heffen; ze meende het. En ik ging.

Een paar dagen later werd het wc-papier tussen de bladzijden van *De hemelvaart van Massimo* ontdekt. Die dag zat er een moeder met leesbril in de bibliotheek. Toen ik binnenkwam, zag ik al dat het mis was. Op haar tafeltje lag *De hemelvaart van Massimo* en een hele berg wc-papier. Ik wilde me omdraaien, maar ze had me al gezien en wenkte me.

'Is dat van jou?' vroeg ze en wees op de berg wc-papier.

'Nou, om u de waarheid te zeggen, eigenlijk van mijn ouders.'

Toen deed ze iets wat niemand zal geloven, in ieder geval wat de rector niet wilde geloven en al die andere leraren ook niet. We spreken hier over 1986, en ook niet vergeten mag worden dat ze een *moeder* was. De vrouwen in de bibliotheek van het Vossius luisterden ook naar de naam 'bibliotheekmoeder'. Een mooie naam, maar iedere leerling met een beetje intelligentie had al na tien minuten door dat 'bibliotheekmoeder' niets anders betekende dan bezigheidstherapie voor geestelijk gehandicapte moeders. Van dat soort liepen er op het Vossius heel wat rond. De moeder met de leesbril en haar broekrok stond op, trok me aan mijn oor en zei: 'Jij haat boeken, hè?' 'Ja,' zei ik. Wat kon ik anders zeggen, want mijn oor lag in haar hand en werd langzaam tot moes geknepen. Pas toen ze me aan dat oor uit de bibliotheek had gesleurd, liet ze los. Toen ik op het Vossius zat, was het helemaal niet ongebruikelijk leerlingen aan hun oren van het ene lokaal naar het andere te sleuren. Ze bracht me naar de conrector die over de bibliotheek ging, liet hem zien wat ik met het boek had gedaan en begon te huilen. Bibliotheekmoeders waren van het soort dat jankte om boeken en zeehondjes, maar hun eigen kinderen liet creperen.

De toegang tot de bibliotheek van het Vossius werd mij een jaar ontzegd. Bovendien moest ik van mijn geld een nieuw exemplaar van *De hemelvaart van Massimo* kopen. Het incident werd besproken op de lerarenvergadering en de bibliotheekmoeder die mij aan mijn oor had getrokken, kreeg allemaal veren in haar reet gestopt, omdat ze zo doortastend was opgetreden. Alsof ik van plan was de hele bibliotheek te vernielen en zij dat verhinderd had door me zo ongeveer aan mijn oor de bibliotheek uit te sleuren. Ik liep een paar weken rond met het idee anonieme dreigbrieven aan de bibliotheekmoeder in kwestie te sturen. Op een middag achtervolgde ik haar toen ze haar hond uitliet, want ze woonde vrijwel tegenover school. Dit maakte haar inderdaad erg zenuwachtig. En ik schreef een lang gedicht, 'bibliotheekmoeder met leesbril', waarvan ik alleen nog de eerste regel weet, 'uw mond is een vetputje'. Het gedicht werd door de redactie van de schoolkrant zonder opgaaf van redenen geweigerd.

Ik droeg in die tijd lange haren die in allemaal kleine wollige krullen over mijn voorhoofd en over mijn nek hingen. Ik waste ze nooit, want daarvan gingen mijn haren pluizen. Naar de kapper ging ik ook al niet, want de bedoeling was dat mijn haren stukken huid bedekten die nodig bedekt moesten worden. Wel poetste ik mijn tanden, en drukte zo nu en dan een puistje uit. Ik las *Voetbal International*, omdat ik me voor voetbal interesseerde, en nam de trein naar Utrecht, zonder te weten wat ik in Utrecht moest doen. Een paar keer ging ik alleen naar Ajax. Ik stond op een van de staantribunes, vlak bij de hekken, precies aan de kant waar Vanenburg de hele tijd hoekschoppen nam. Naast me stond een kale man die de hele tijd 'Vaantje, Vaantje' riep. Na een tijdje ging ik dat ook maar roepen. En nu is Vanenburg naar Japan vertrokken.

Ik geloof dat het Jerzy Kosinski is geweest die heeft gezegd: 'Als het moet, denk ik met mijn benen.' Ik dacht het liefst de hele dag met mijn benen, daarom hield ik ook van voetbal. In cafés en treinen rookte ik andermans peuken zonder dat vies te vinden.

Ik had vijf truien, maar ik droeg er maar een. Mijn moeder zei dat de trui begon te stinken, maar ik rook niets. Op een nacht heeft ze hem stiekem gewassen.

Ik pakte mijn tas niet meer in, maar ik pakte hem ook niet meer uit. Ik nam altijd dezelfde boeken mee. Ik wist al niet meer welke dat waren.

Als ik terugliep naar huis, zaten langs de Bernard Zweerskade op een bankje altijd een paar meisjes te roken. Een van hen was zo dik dat ik wel drie keer in haar paste. Ze zat ook bij mij op school. Ik geloof een of twee klassen hoger.

Op een middag zat ze daar alleen en ze riep naar me: 'Wil je een sigaretje?'

Ik keek haar even aan en antwoordde: 'Geef maar een sigaretje.'

We rookten zwijgend en na ongeveer een halfuur zei ze: 'Laten we een fles Kibowi kopen.'

Kibowi was de nieuwe kiwilikeur van Bols.

We kochten een fles. De likeur zag eruit als Dreft en smaakte naar geparfumeerde kots. We dronken om de beurt uit die fles, en ik zag dat ze niet alleen erg dik was, maar ook bijzonder lelijk.

'Gisteren ben ik naar binnen geglipt, bij de Huishoud-beurs, en daar hadden ze ook Kibowi, voor niets.'

'Mooi,' zei ik.

Ze heette Fleur, ik vond dat een naam die niet bij haar paste.

Ik werd alleen maar misselijk van de Kibowi en niet erg vrolijk. Dat verbaasde me niets, want het zag ernaar uit dat ik de komende honderd jaar niet meer vrolijk zou worden.

We rookten nog een paar sigaretten en toen zei ze: 'Dat is weer op,' en schopte het pakje weg.

'Ja,' zei ik, 'dat is weer op.' Op het water was een man bezig zijn boot te verven. Daar was hij al een paar jaar mee bezig.

'Jouw voorhoofd is net een knollenveld. Weet je dat?'

'Wat?'

'Jouw voorhoofd is net een knollenveld,' zei ze nu nadrukkelijk. 'Ken je dat liedje niet van die twee konijnen?'

'Nooit van gehoord,' antwoordde ik.

Ik wilde iets zeggen over haar tieten of over haar reet, maar aangezien ik niets grappigs kon bedenken, hield ik mijn mond.

De fles Kibowi was nu halfleeg. Ze drukte hem in mijn hand. 'Neem maar mee naar huis,' zei ze.

Dat deed ik.

De volgende dag zat ze er weer, maar nu samen met een vriendin.

'Jullie hebben gisteren Kibowi gedronken, hè,' zei die vriendin.

Ik knikte.

'Wij zijn vorig jaar samen blijven zitten.'

'Is dat leuk?' vroeg ik.

'Ja,' zei Fleur, 'dat is heel leuk.'

Ze tekende met haar laars poppetjes in het grint.

'Ik heb thuis ook Kibowi,' zei die vriendin. Ze was niet zo dik, maar ze had wel net zulke grote tieten als Fleur.

We liepen naar het huis van die vriendin. Eerst wilde ik niet, maar Fleur had gezegd: 'Ga mee, dan kunnen we lol hebben.' Dus ging ik mee.

Het was een groot huis in de buurt van het Olympiaplein. Voor we naar binnen gingen, zei die vriendin tegen me: 'Ik ben trouwens Danielle.'

'Ik ben Arnon,' zei ik.

'Wat een rare naam.'

'Arnon stinkt,' zei Fleur.

'Nou,' zei ik, 'dat valt reuze mee.'

'Je moet maar eens ruiken.'

Danielle rook. Eerst aan mijn hals en toen in de buurt van mijn arm en ten slotte in de buurt van mijn buik.

'Ja,' zei Danielle, toen ze klaar was met ruiken, 'je stinkt echt, je moet eens in bad.'

Toen gingen we naar binnen. Het huis rook naar kattenpis.

'Waar zijn je ouders?' vroeg ik.

We liepen de trap op. Ze opende de deur van haar kamer en toen we binnen waren, deed ze hem meteen weer dicht en op slot. Op de grond lagen tijdschriften, twee asbakken, die nodig geleegd moesten worden, en er stonden drie planten die bezig waren te sterven. Op een kast vlak bij het raam lagen wel twintig nagelschaartjes.

'Die verzamel ik,' zei Danielle.

'Wat doe je?'

'Die nagelschaartjes. Die verzamel ik. Je moet toch iets verzamelen.'

Uit haar klerenkast pakte ze de fles. Hij lag in een spijkerbroek gewikkeld en de inhoud was niet groen, maar geel. Kibowi kon het dus onmogelijk zijn, al smaakte het net zo smerig. Toch dronken we allemaal uit de fles en we aten er chips bij, om de smaak wat minder te proeven.

'Vind je het erg?' vroeg Danielle na een tijd.

'Wat?'

'Dat je zo stinkt,' legde Fleur uit, 'we willen weten of je dat erg vindt.'

'Ik stink niet. Alleen mijn trui stinkt. Een beetje.'

'Jawel,' zei Fleur, 'je stinkt, geef het nou maar gewoon toe.'

Ik droeg een gele trui met blokjes. Een beetje stonk hij inderdaad, maar dan moest je wel heel diep inhaleren. Zo diep inhaleerde geen normaal mens.

Danielle wilde weten waarom ik geen nieuwe trui kocht.

'Geen zin in,' legde ik uit.

Maar Fleur zei dat het niet alleen die trui was, maar dat het echt alles was, ook mijn haren, die vooral, en mijn sokken, en mijn schoenen, gewoon alles.

'We kunnen hem natuurlijk wassen,' zei Danielle en dronk nog wat van de gele Kibowi. Misschien was het wel bedorven Kibowi.

'Laten we hem gaan wassen,' zei Fleur.

Ik stond op, want ik wilde niet gewassen worden, maar Danielle duwde me zo hard achteruit dat ik over een plant struikelde en op de grond viel. Fleur ging met haar knieën op mijn bovenarmen zitten. Dit moesten ze eerder gedaan hebben, dat kon niet anders. Zo soepel verliep de actie. Fleur zat met haar hele gewicht op mijn armen en Danielle begon te neuriën.

'Doet het pijn?' vroeg ze.

Ik knikte. Het voelde alsof mijn armen van de rest van mijn lichaam werden afgesneden.

'Dan moet je maar niet tegenstribbelen,' zei Danielle.

'Mond open.' Dat was Fleur.

Ze verplaatste haar gewicht een beetje, wat nog meer pijn deed. Toen ging ze met haar olifantenknieën op mijn bovenarmen wiebelen. Ik had het gevoel dat ik geen lucht meer kreeg.

'Mond open heb ik toch gezegd.'

Ik opende mijn mond. Ik had hem natuurlijk ook niet kunnen openen, maar ik wist nu wel hoe het voelde als je mond wordt opengewrikt. Daarom gaf ik er de voorkeur aan hem zelf te openen. Mijn mond was nog niet open of Fleur liet er een grote klodder spuug in vallen.

'Slik door,' zei ze.

Ik slikte niet, ik gorgelde en liet alles wat ik aan spuug in mijn mond had langs de zijkanten naar beneden druppelen. Ik moest aan het blokfluitmeisje denken dat er ook al zo'n plezier aan beleefde mij in mijn gezicht te spugen. Een mysterieuze aantrekkingskracht moest ik bezitten die maakte dat mensen als ze mij zagen niets liever wilden dan me in mijn gezicht spugen.

Danielle trapte met haar laars verveeld tegen mijn knie. Over haar linkerschouder liep de zwarte streep van een behaatje.

'Zo Mister Meeëter,' zei ze, 'nu krijg je van mij nog een klodder.'

Haar klodder was veel minder nauwkeurig gemikt. Hij kwam niet in mijn mond terecht, maar op mijn neus, en liep via mijn wang en mijn hals in mijn trui.

'Wij zijn twee heksen,' zei Fleur.

'Aha,' zei ik. Want dat verklaarde een hoop. Op het plafond was een poster geplakt en aan zijn oorbel herkende ik George Michael die me aanstaarde met een gitaar in zijn hand.

'Als jullie me laten gaan,' stelde ik voor, 'koop ik een fles Kibowi voor jullie.' Dit voorstel maakte hen alleen maar aan het lachen en Fleur zei: 'Jij denkt zeker dat hier zo'n beetje alles kan.'

Dat dacht ik inderdaad, maar Danielle zei: 'Hij heeft gelijk. Alles kan. Behalve een paraplu in je reet stoppen en die dan openmaken.'

Ze begonnen te fluisteren. Toen kregen ze blijkbaar een idee, want Danielle pakte tampons uit de kast en probeerde die in mijn oor te stoppen. De tampons waren te groot voor mijn oor. Ze moest nogal wringen, en toen ik uiteindelijk in allebei mijn oren een tampon had zitten, was het een bijzonder pijnlijk gevoel. Als het in je oren al zo'n pijn deed, dan vreesde ik het ergste voor de ravage die die dingen in de geslachtsdelen van vrouwen aanrichtten.

'Heb jij overal van die krulletjes, van die luizekrulletjes?' vroeg Danielle.

Ze goten nog wat gele Kibowi in mijn mond en mijn neus, trokken mijn trui omhoog en maakten met lippenstift mijn tepels rood. Toen ze daar bijna mee klaar waren, werd er op de deur geklopt en hoorde ik een vrouwenstem roepen: 'Ik ben er weer.'

'Ik kom zo,' riep Danielle terug.

De tampons werden uit mijn oren getrokken. Fleur ging van mijn armen af. Ik werd gesommeerd op te staan en het huis te verlaten.

'De volgende keer gaan we van je paddestoelengezicht paddestoelensoep maken,' zei Danielle.

Dit klonk me zo ongeloofwaardig in de oren dat ik begon te lachen. Dat kon Danielle absoluut niet hebben. Ze siste: 'Ga nu, Mister Meeëter. Anders steek ik een nagelschaartje in je lul.'

Ik liep naar de deur.

'Tot ziens,' zei ik, zo waardig mogelijk.

'Als je de volgende keer komt, vergeet dan niet je billetjes af te vegen,' antwoordde Fleur. Terwijl ze dat zei, kneep ze me in mijn billen op een manier waarop ik voor die tijd en na die tijd nooit meer in mijn billen ben geknepen.

Beneden in de gang stond haar moeder, zo'n mens in een regenjas. Ik had ook meteen het gevoel haar al duizend keer gezien te hebben.

'Ben jij de nieuwe vriend van Danielle?' vroeg ze.

Ik wist niet zo goed wat ik hierop moest antwoorden, trok mijn trui recht, voelde voor de zekerheid in mijn oor en zei ten slotte: 'Nee hoor.'

'Gelukkig maar,' zei de moeder van Danielle. Ze wilde alweer naar de keuken lopen, maar draaide zich om en zei: 'Ik bedoel, onze Danielle is vorig jaar blijven zitten en het laatste dat ze nu kan gebruiken is een nieuwe vriend.'

Ik knikte. Ze bracht me naar de voordeur.

'Hoi,' riep de moeder van Danielle.

'Hoi,' riep ik terug.

De volgende dag moest ik een spreekbeurt houden over *Kort Amerikaans*. Die avond las ik het, maar alle passages die niet over neuken gingen, sloeg ik over zodat ik het in minder dan een halfuur uit had. In de pauze voor die spreekbeurt stond ik, zoals bijna elke pauze, in de kantine van het Vossius, die de Soos werd genoemd. Je kon er cola kopen en chips en achter de bar stonden meisjes die je alleen wilden bedienen als ze je erg aardig vonden. De

Soos lag in de kelder van het Vossius en grensde aan de fietsenstalling. Het was er donker, het rook er naar te veel mensen en fritessticks en ze draaiden er altijd dezelfde muziek. De verlichting was blauw, behalve als er feesten waren, dan was-ie rood. In het midden stond een tafelvoetbalspel.

Ik leunde tegen de betonnen muur die vochtig aanvoelde als altijd en at mijn lunch, een zakje wokkels, en wachtte tot de pauze weer voorbij zou zijn. Naast me praatte iemand over een so Grieks, waarschijnlijk was dat Eric. Eric at elke dag zijn eigen sperma op, maar het hielp niets, en ik had hem al een paar keer geadviseerd zijn jongere broertje mee te laten eten.

Aan de overkant was Fleur in een geanimeerd gesprek gewikkeld met een jongen die een snor aan het kweken was. Van snorren via hangbuiken tot tieten, alles werd daar op het Vossius *gekweekt* met een verbetenheid die je voor de rest alleen maar bij topsporters tegenkomt. Toen kwam er een plaats vrij, ik drukte het zakje wokkels in Erics handen en ging tafelvoetballen tot de tweede bel ging. Ik had het liefst tot het eind van mijn leven getafelvoetbald in donkere hokken waar je elkaars gezicht niet hoefde te zien, en waar je niet hoefde na te denken over de vraag wat je met de rest van je leven wilde, en waar je ook niet hoefde te luisteren naar het geouwehoer van mensen die je zelfs in stront nog iets positiefs wilden laten ontdekken.

Voor mijn spreekbeurt kreeg ik een negen, zo ongeveer mijn laatste voldoende op die school.

Ik wenkte de vrouw die achter de bar stond.

'Kun je een Margueritte voor me maken?'

'Eigenlijk niet.'

'Kun je het voor me maken?'

'We zijn er niet op ingesteld, maar je krijgt er nog eentje van het huis.'

Ik liep naar de wc. Daar stond een man zijn haren te kammen. Ik probeerde me te herinneren wat ik die avond gegeten had, maar dat lukte me niet. Ik leunde tegen de sigarettenautomaat. Ik wilde even gaan liggen. Ik wilde zo verschrikkelijk graag even gaan liggen. Hij stak de kam in zijn zak en liep weg.

Ik ging op de grond zitten. Het was daar nat, toch stond ik niet op. Misschien was mijn broek al nat vóórdat ik was gaan zitten. Ik kon me dat niet herinneren, maar eigenlijk hielden mijn herinneringen zo'n beetje op om een uur of half twee die middag, toen ik na maanden weer was gebeld door Deborah.

'Hoe gaat het?' vroeg ze.

'Goed,' had ik gezegd, 'heel goed.'

Ze vertelde dat ze de avond daarvoor naar een cowboy-feest was geweest.

'Een wat?' vroeg ik.

'Een cowboyfeest,' legde ze uit, 'we moesten allemaal als cowboy komen, dat soort feesten zijn heel erg in de laatste tijd. Na afloop stelde ik aan iemand voor onze schoenveters aan elkaar te knopen en zo naar huis te lopen. Daar deden we dus drie uur over. En die jongen dacht dat ik iets van hem wilde, maar ik wilde alleen dat we onze schoenveters aan elkaar zouden knopen en dat we zo door de stad zouden lopen. Dat is toch niet raar?'

'Nee,' zei ik, 'dat is niet raar.'

'Heb je nog een goeie film gezien de laatste tijd?'

Ik vertelde dat ik al een paar maanden niet naar de bioscoop was geweest.

'Ik moet nu eigenlijk ophangen, ik moet oppassen, ik had er al moeten zijn.'

'Waarvoor belde je eigenlijk?'

Ze zei dat ze nu echt moest ophangen, ze was al te laat. Ik zocht tussen de rotzooi op mijn bureau mijn agenda, maar ik wist niet precies waarvoor ik hem nodig had. 'Wat een vaag gesprek.'

'Ja,' zei ze nog.

Zo zijn mijn telefoongesprekken, kort, vaag, en verwarrend. De laatste tijd heb ik het gevoel dat ik wakker moet worden als ik heb opgehangen. Ik vond mijn agenda, en tussen de bladzijden een ansichtkaart van 'Mascotte, 3 × beter'.

Een man kwam binnen. Hij piste, schuin boven me.

'Het ruikt hier een beetje incontinent,' zei hij.

'Luister,' zei ik, 'we zijn hier in de wc. Daar ruikt het altijd incontinent.'

Hij ging weg zonder zijn handen te wassen. Ik had zin om water te drinken, maar had nog niet de kracht om op te staan.

'Wat ben je lang weggebleven.'

Ik dronk mijn glas staande leeg en betaalde. Ze gaf me een knipoog en ik knipoogde terug. Ze schonk me tequila voor de prijs van een pilsje. Dat was toch wel een knipoog waard. Toen liep ik naar huis en ging op de bank liggen.

Fleur heb ik nog een keer teruggezien op koninginnedag. Ze speelde viool onder de brug van het Vondelpark. Ik herkende haar onmiddellijk en wilde doorlopen, maar toen ze mij zag, riep ze: 'Hai.'

'Je ziet er goed uit,' zei ik toen maar.

'Dat heb je snel gezien.'

De gesprekken met de mensen die je terugziet, worden steeds korter. Er is weinig waarover je het nog kunt hebben, constateerden we allebei. Ik probeer niet onbeschoft te zijn. Je moet elkaar niet onnodig ophouden. Iemand zei tegen mij: 'Ik werkte op een kantoor, maar daar moest ik iedere dag andere kleren dragen.' Ik vraag nooit 'hoezo?'. Ik neem genoegen met wat ze uit zichzelf zeggen, ik ben niet uit op conclusies. 'Misschien moeten we wel heel tevreden zijn met alles waarover we nog kunnen praten,' stelde ik voor. Dat vond ze ook.

Even aarzelde ik, toen pakte ik een rijksdaalder uit mijn broekzak, gooide hem in haar vioolkist en liep door.

Om twee uur werd ik wakker. Ik ging naar de keuken, schonk koude thee in met rum, meer rum dan thee. Ik wilde een meisje bellen, dronk nog een paar glazen en besloot toen eerst nog maar een uurtje te gaan liggen.

Toen ik opstond was het vijf uur. Mijn tong zat in mijn mond als een oud zuurtje. Ik hield mijn hoofd onder de kraan en opende een fles cognac.

'Een knap meisje, zoveel is zeker,' hoorde ik de juffrouw vijf minuten later zeggen.

'Perfect,' antwoordde ik, 'perfect.'

'Maar het kan nog wel een uurtje duren.'

Ik keek op mijn horloge.

'Zes uur dus?'

'Ja,' zei ze.

Ik deed de gordijnen dicht, stopte mijn giromaatpassen en mijn paspoort in de la, opende de tuindeuren en ging op de houten trap zitten. Het was een warme nacht. Nog een uur. Ik zag dat het al licht begon te worden en dronk stevig door.

Om vijf voor zes ging de telefoon. Ik hoorde een mannenstem die ik nauwelijks kon verstaan. Dat zei ik ook maar heel eerlijk, dat ik er niets van verstond.

'Pardon,' zei de man, 'dat is de autotelefoon. Is het nu beter?'

Het was een neger, dat was het eerste dat ik hoorde.

'Heb jij een meisje gebeld?'

'Ja.'

'Luister,' zei de neger, 'mijn honderdduizend-stratenboek is gestolen.'

Ik kreeg een hoestbui, en ging zitten. Ik voelde me voor het eerst die nacht heel erg ziek.

'Wat zei u?'

'Mijn honderdduizend-stratenboek is vanmiddag uit de auto gestolen.'

'Vervelend,' antwoordde ik, 'reuze vervelend.'

'Ja,' zei de neger, maar kun je me dus even uitleggen hoe ik moet rijden?'

Ik legde hem uit hoe hij moest rijden. 'Ik ben er zo,' zei hij en toen was het gesprek afgelopen. Op tafel stonden een glas water en een glas cognac. Als God me genadig was, zou hij ervoor zorgen dat ik niet ging kotsen in het uur dat dat meisje bij me was. Kotsen was iets wat ik liever in mijn eentje deed. Daar had ik geen meisjes bij nodig, en zeker geen duurbetaalde.

Om tien over zes stonden ze voor mijn deur. Ik betaalde de neger en liet het meisje binnen.

'Zo, daar ben je dan,' zei ik, want ik wist niets beters te zeggen. Ze droeg een merkwaardig rood jasje, dat volgens mij twee maten te klein was, en verder een rokje en hoge hakken, en voor de rest was ze geen brunette, zoals ze beloofd hadden, maar gewoon half Surinaams of half Zuid-

Amerikaans. Ze wilde wijn, dat vond ik nogal verrassend, maar wijn kon ze krijgen. Ik liep naar de keuken om een fles te openen. Het zag ernaar uit dat ik het uur zou halen zonder kotsen. God stond achter mij, dat was nu wel zeker.

Ik zette het glas neer voor het meisje, dat naar de naam Natasja luisterde, en vroeg of ze studeerde, want voor de verandering had ik de studenten-escortservice gebeld.

'Studeren? Nee.' Ze lachte. 'Ik heb net eindexamen HA-vo gedaan.'

'En geslaagd?'

Ze knikte. Ik stootte mijn cognacglas tegen het hare. 'Laten we daarop drinken,' zei ik.

'Er zit een vliegje in mijn glas.'

Er zat inderdaad een vliegje in haar glas, dus kreeg ze een nieuw glas.

Ik keek naar haar fragiele lichaam en haar kleine hoofd, met een klein dik neusje.

'Volgend jaar ga ik mijn VWO doen, en daarna ga ik rechten studeren. Maar misschien ook iets anders.'

'IJverig, heel ijverig. Heb je de hele nacht gewerkt?'

'Zo ongeveer. En jij?'

'Zo ongeveer.'

Het was inmiddels volop licht, het was eigenlijk gewoon dag.

'Je bent achttien, hè?'

'Hebben ze dat gezegd?' Ze lachte alweer, zo'n holle lach, zo'n ouwemannenlach. 'Ik ben negentien. Wat drink jij eigenlijk?'

'Cognac. Zullen we maar beginnen?'

Ze leegde haar glas en knikte. Ze droeg, net als al die anderen, een tasje voor op haar buik, waarin condooms zaten, sigaretten, een aansteker, een lijstje met telefoonnummers, lippenstift. Steeds als ik mensen op straat met dat soort tasjes zie lopen moet ik aan de escortservice denken.

Ze knoopte het tasje los en liep achter me aan de trap op.

'Kleed jij je maar eerst uit,' zei ik, 'dat vind ik wel prettig. Niets is mooier dan een vrouw die zich uitkleedt.' Weer lachte ze. Ze deed de gordijnen nog beter dicht dan ik al had gedaan. Voor de zekerheid had ik de cognac meegenomen. Ik schonk nog eens in en ik zag hoe ze haar schoenen uitdeed. Ze was niet bijzonder mooi en niet bijzonder lelijk. Precies goed voor de escortservice. Ze zag eruit als een meisje dat op een schoolplein in haar nieuwe en toch alweer gekreukte kleren tegen een muurtje stond te roken na een teleurstellend verlopen schoolfeest. Alleen drukte haar gezicht niets, maar dan ook helemaal niets uit. Geen verwondering, geen vreugde, geen woede, geen haat. Niets, alleen maar leegte. De blik van een van die mensen die 's avonds laat de videotheek uit schuifelen, een band onder hun arm geklemd, de blik van een zombie. Waarschijnlijk was mijn blik ook die van een zombie.

'Lekker parfum,' zei ik, 'wat is dat?'

'Dat is geen parfum, dat is babypoeder.'

'Babypoeder.' Ik raakte haar haren aan.

'Ik heb net thuis nog even gedoucht.'

Dus daarom moest ik een uur wachten, zodat mevrouw zich nog even kon douchen. Ze liep halfnaakt naar mijn bandjes die op de schoorsteen stonden.

'Guns n' Roses, houd je daarvan?' vroeg ze.

'Soms.'

'Mag ik iets opzetten?'

Ik knikte. 'Waar woon je?'

'Op een studentenflat in de Bijlmer.'

Ze droeg een rood slipje met frutseltjes en een zwarte beha. Ze was de eerste met een rood slipje in mijn leven. *Don't you cry tonight, I still love you baby,* schalde door de kamer, zoals ik het nooit liet schallen. Ik bedacht dat het zondagochtend vroeg was, liep naar het apparaat en zette het zachter. 'Alsjeblieft,' zei ik. Ik voelde me duizelig en liet me op de bank vallen.

Ze ging naast me zitten. 'Nu jij.'

'Je bent een aantrekkelijke vrouw,' fluisterde ik in haar oor, 'weet je dat?' Een laatste slok cognac zat nog in mijn mond.

'Dat geloof ik niet meer zo.'

'Gelijk heb je, dat soort dingen moet je ook niet geloven.' Ik was bezig mijn sokken uit te doen.

'Ik ben nogal vet.'

'Nou,' zei ik, en kneep een beetje in haar buik, 'mollig, maar niet vet.'

'Nee, ik ben vet.'

Goed, hierover was discussie dus uitgesloten. Ik had wel eens gehoord van vrouwen die zichzelf een varken vonden en die ook de telefoon opnamen en dan zeiden: 'Je spreekt met het varken.'

'Heb je een vriend?' vroeg ik en trok mijn trui uit.

'Nee, dat kan toch niet. Met dit werk.'

'Er zijn er, die hebben een vriend.'

Ik was nu naakt, net als zij. Ik kon onmogelijk meer opstaan, dus kwam ze naar me toe en wreef over mijn buik en mijn tepels, en alles wat daartussen zit.

'Werk je al lang voor dit bureau?'

'Maar net. Hiervoor heb ik voor een club gewerkt, maar daar werd ik echt helemaal gek. Daar moet je de hele avond aan de bar zitten. En recht zitten en smilen. En dan ben je met twee gozers naar boven geweest, dan kan je niet meer. Maar dan moet je toch nog recht zitten en smilen. En die andere vrouwen zitten de hele tijd naar je te kijken. Ik werd er helemaal paranoïde.'

Ik had mijn hand op haar borst gelegd, maar ik was te zwak om goed te kunnen voelen.

'Koude handen,' zei ze. 'En bovendien moet je in zo'n club eigenlijk ook naar kerels toe stappen, als je een beetje werk wilt hebben. En daar ben ik helemaal niet goed in. Om op zo'n kerel af te stappen. Als hij je niet moet, nou dan ga je wreed af. Ik stap nooit op mensen af.'

'Ik ook niet,' zei ik.

Mijn hand lag nog altijd op haar linkertiet en ik probeerde de hele tijd die tiet te kussen, maar het lukte me maar niet me zover voorover te buigen.

'In discotheken ook niet. Ik dans gewoon voor mezelf. Ik heb geen zin om wreed af te gaan.'

'Nee, daar heeft niemand zin in. Maar de escortservice is dus wel beter.'

'Ja, veel beter. In zo'n club word je helemaal paranoïde.'

Ze ging op de grond zitten en nam mijn piemel in haar mond. Ze was de eerste die me echt pijpte, tegen betaling, de anderen hadden alleen maar gedaan alsof. Het was 4 juli 1993 vroeg in de ochtend, en ze deed het weliswaar alsof ze een te warme kroket van de Febo probeerde weg te werken, maar een kniesoor die daarover viel. Dit was een bijzondere dag. Voor de zekerheid dronk ik nog wat cognac.

'Hoeveel doe je nou op een avond?'

Ze nam het ding uit haar mond. 'Wat zei je?'

'Hoeveel je er doet op een avond.'

'Vanavond ben jij de zesde. Ik was in Weesp, en in Nederhorst den Berg, en de rest in Amsterdam.'

'Vooral ouwe mannen of niet?'

'Meestal wel. Dat is ook wel prettiger, hoor. Jonge kerels denken vaak dat ze nog iets moeten.'

'En ze zijn wel aardig?'

'Gewoon. Als ze onaardig zijn, ben ik ook onaardig en dan worden ze vanzelf wel aardig.'

Ik schonk nog een paar druppels in.

'Maar zo'n uitgelubberd lijf...'

'Dat zie je helemaal niet meer. Je ziet alleen die honderd gulden.'

Ik leunde achterover. Ik had het gevoel dat ik een bloedneus had, maar het was gewoon vocht.

Ze nam hem weer uit haar mond. Ze ging op haar andere been zitten.

'Ik krijg honderd, de club krijgt honderd, en de chauffeur vijftig. En op zo'n avond als deze heb ik zeshonderd verdiend, dat is toch mooi?'

'Dat is heel mooi,' zei ik. 'Dus voor vanavond ben ik de laatste?'

'Je weet het nooit helemaal zeker, maar ik denk dat je de laatste bent, dat is maar goed ook.'

'Herinner je je nog wel eens een klant?'

Ze trok het condoom nog eens goed naar achteren. Ze keek me aan. 'Zal ik je eens wat vertellen,' zei ze, 'ik weet niet eens meer hoe die man voor jou eruitzag. Als ik de deur dichttrek, ben ik ze vergeten. Anders kan het ook helemaal niet. Ik moet gewoon maandag weer naar school. Ja, nu is het dus vakantie.'

'Ga je op vakantie?' vroeg ik.

'Nee, ik werk de hele vakantie door, dit is echt een vakantiebaantje. Als je veel geld wilt verdienen, moet je hard werken.'

'Ja,' zei ik, 'dat is zo.'

Ik trok een beetje aan haar nog natte haren, terwijl ze verderging met haar werk.

'Ken je andere meisjes van dit bureau? Ken je iemand die zich Marcella noemt?'

'Nee. Aan een paar ben ik wel voorgesteld, maar ik wil geen vrienden maken in dit wereldje, want dan blijf je erin hangen, hè. Iedereen gaat gewoon zijn eigen gang.'

Na vijf minuten haalde ze hem uit haar mond, kneep erin en bestudeerde mijn piemel alsof hij een zeldzaam insect was.

'Is dit spuug of is dit sperma?' vroeg ze.

Ik dacht: laat ik het spelletje meespelen, dus boog ik me over mijn piemel, bekeek hem alsof ik hem nog nooit had gezien en zei na luttele seconden: 'Het lijkt verdacht veel op sperma.'

'Nou, dan is het weer gebeurd,' zei ze en trok mijn condoom eraf alsof ze de was van de lijn haalde.

'Die bewaar ik,' zei ik snel.

'Oh.' Aan de manier waarop ze 'oh' zei, kon ik horen dat ze wel gekkere dingen had meegemaakt.

Ze kwam naast me liggen. Weer rook ik de geur van babypoeder. Boven haar wenkbrauwen zag ik het lichtbruine smeersel van een camouflagestift aan haar pukkeltjes kleven.

'Heb je wel tijd om uit te gaan als je zo hard werkt.'

'Ja,' zei ze, 'ik ga best wel vaak naar de disco, maar nooit in die kleren. Dit zijn echt mijn werkkleren. Altijd op gympies en in spijkerbroek. Ik zie wel eens meiden in de disco met van die kortje rokjes en die hakken, en dan denk ik: wat een hoer. Ik vind niet dat je dat moet doen. Zo daag je de mannen maar uit.'

'Ach,' zei ik. 'Vind je jezelf een hoer?'

'Nee. Weet je, bij de meeste klanten denk je helemaal niets, je denkt alleen aan die honderd gulden. Maar soms denk je: Jezus, dat die blijkbaar niet een meisje van straat kan plukken, en dan heb je echt het gevoel dat je aan liefdadigheid doet. Maar die meiden die in zulke korte rokken naar de disco gaan, dat zou ik dus echt nooit doen. Ik ga ook nooit met iemand mee, want dan weet je dat het toch maar voor één nacht is. Ik wil echt trouwen.'

'En kinderen?'

'Ja. Zeker weten. Een stuk of vier.'

Aan de manier waarop ze aan de huid van mijn buik zat te plukken kon ik merken dat ze moe was, misschien wel net zo moe als ik. Ik schonk nog een keer in. Het moest nu toch op.

'Hoe ben je ermee begonnen?' vroeg ik.

'Ik zag een advertentie waarin ze meisjes vroegen voor massage, en eerst was het ook alleen massage, nou en ten slotte was het alles. Maar in die club werd ik helemaal paranoïde. En in het begin ben ik ook een paar keer weggelopen, dan was ik al boven en dan liep ik weg, maar dan word je weer teruggestuurd en uiteindelijk went het wel.'

'Ja,' zei ik, 'dat is het mooie aan dit leven.'

'Kijk,' zei ze, 'mijn zus heeft een kind, met een uitkering.'

'Oh.'

'Ik heb zeven broers en zussen. Wat doe jij eigenlijk?'

'Ik ben technicus voor de radio.'

'Ik dacht eerst een professortje, met al die boeken.'

'Nee, geen professortje.' Ik nam de tepel van haar linkerborst tussen mijn vingers.

'Jij zou dit werk ook kunnen doen. Weet je dat?'

'Wat?'

'Er is ook escort voor dames. Kan je wel vijfduizend in een week verdienen. Maar dan hebben wij het nog makkelijk. Je moet maar een stijve zien te krijgen bij een vrouw van zeventig. En bij ons zit er altijd nog wel een condoom tussen, maar als je zo'n wijf moet beffen, ja, je hebt natuurlijk wel een beflapje.'

Een beflapje. Ik had ooit ergens iets gelezen over een beflapje, maar ik wist niet meer precies wat het was. Ik voelde me opeens zwaar bezopen. 'Ik zal er eens over denken,' mompelde ik.

Ik ging op haar liggen, voelde aan haar kut, die zo droog en zo hard was als de schelpen die ik van mijn achtste tot mijn elfde had verzameld tot ik ze op een middag allemaal kapottrapte.

'Wil je nog een keer?' vroeg ze.

'Ja,' fluisterde ik.

Ze ging zitten. 'Maar dat kan niet, hè, je bent al gekomen.'

Ik ging ook maar zitten, anders zou ik van de bank zijn gegleden. 'Wat krijgen we nou. Dat is dan helemaal nieuw. Daar heb ik nog nooit van gehoord.'

'Je wist het wel, je wist het best, want je hebt wel vaker meisjes gebeld.'

Ze zag er nu uit als een bitch, als een ongelooflijke bitch. Ze bewoog haar gezicht op en neer, vlak voor mijn gezicht.

'Luister,' zei ik, 'ik betaal voor een uur, er is nog nooit moeilijk gedaan over hoe vaak ik mag klaarkomen, Jezus Christus.' Ik voelde dat ik hees werd.

'Je wist het best en je probeerde het toch, je probeerde het toch.'

Ze zwaaide nu met haar wijsvinger, als een kleuterjuffrouw die een jongetje terechtwijst.

'Ik heb nog nooit problemen gehad over de hoeveelheid orgasmen. Nog nooit. Nog helemaal nooit. Jij bent de eerste met wie ik problemen heb. Soms vragen ze zelf wel eens: "Wil je nog een keer?" Wist je dat? Ik betaal voor één uur. De telefoniste zei: "Eén uur kost 250 gulden," en niet: "Eén orgasme kost 250 gulden."

Ik wilde ter plekke in slaap vallen en niet meer wakker worden tot alles verdwenen was, dat meisje, dat branderige gevoel in mijn ogen, die smaak in mijn mond.

'Je probeerde het toch, hè, geef maar toe, dat je het probeerde.'

'Ik probeerde *niets*.' Ik was de laatste, daarom wilde ze zich er natuurlijk van afmaken, het loeder. Ik voelde me moe. Het was een moeheid die nooit meer zou verdwijnen.

'Het is goed,' zei ik, 'ik heb geen zin in discussies over hoe vaak ik mag klaarkomen, ik heb er geen zin in, oké.'

'Je hebt het geprobeerd. Je hebt het gewoon geprobeerd. Geef dat nou maar toe.'

Ze was me aan het jennen. Ze was me gewoon aan het jennen. Ik streelde haar buik die ze zelf zo vet vond, en haar borsten, die ze ook vast vet vond, en haar hals, die inderdaad vet was. Opeens kreeg ik zin haar met een van de lege flessen die in de kamer stonden op het hoofd te slaan. Ik had eens een neger tien minuten lang op een drum zien slaan. Zo wilde ik op haar hoofd slaan. Niet omdat ik haar iets kwalijk nam of omdat ik haar haatte of omdat ik dacht dat het leven van een hoer nog minder waard was dan dat van een jood of een neger. Ik was alleen maar moe en ik wilde niet anders dan dat ze ogenblikkelijk uit mijn leven verdween. Daarom wilde ik een lege fles pakken en dan een drumsolo beginnen. Ik hoorde dat het bandje was afgelopen en ik zag dat meisje dat net zo uitgeput was als ik. Ik kon er alleen niets aan doen dat zij zo uitgeput was, en ik zag de hele wereld als een verzameling van hoerenlopers en hoeren, en vrouwen die van iedere vrouw een temeie wilden maken behalve van zichzelf. Ik zag alle mensen die ik kende, dag in dag uit bedelen om een kruimeltje liefde dat ze elkaar vervolgens toewierpen als een stuk brood aan een schurftige hond. Ik zag mezelf van de ene naar de andere sjokken tot ik bezweek in de armen van een van hen die al niet meer wist hoe de man eruitzag met wie ze een uur geleden had gevreeën, en over een paar minuten zou ze ook niet meer weten hoe ik eruit had gezien, en wat ik had gezegd, en wat niet, en wat we hadden gedaan, en wat niet. Alleen ik zou hen niet kunnen vergeten, en als ik 's avonds laat in cafés zou zitten, zou ik hun gezichten weer zien en ik zou me de woorden herinneren waarmee de bureaus de meisjes aanprezen in hun advertenties, en ik zou me herinneren wat ze hadden gezegd toen ze zich uitkleedden en wat ze zeiden toen ze weer weggingen op het afgesproken tijdstip, en ik zou mijn geld tellen om te kijken of ik genoeg had. Dan zou ik naar ze toe gaan om hun geur te ruiken en te luisteren naar wat ze zeiden. Het kon me niets schelen dat ik hun geur en hun woorden moest delen met al die anderen, want uiteindelijk zou geen van hen mij zich herinneren, en dat was goed zo. Ook zij wilden niet herinnerd worden, in ieder geval niet als hoer, hooguit als koninginnetje of iets wat daarop lijkt.

Als ik nu met een van die lege bierflesjes die overal in de kamer stonden, op haar hoofd zou slaan, zou me dat helemaal niet verwonderen. Die daad zou in niets verschillen van de rest van mijn leven, ze was ook niet beter of slechter. Het was niet toevalliger of logischer dan het feit dat zij naar me toe was gestuurd en niet een van haar collega's. Misschien zou ik later zeggen: 'De dag ervoor had ik het geld al klaargelegd in mijn klerenkast. Maar ik belde pas die zondagochtend. Ik herinner me nog dat ik me afvroeg wat DD-cup precies betekende. Ze heette Natasja. Ik was haar zesde en laatste voor die nacht.'

Ik verroerde me niet, want ik was bang dat als ik zo'n drumsolo op haar hoofd zou beginnen, dat ze dan nooit meer uit mijn leven zou verdwijnen. Ik zou me de rest van mijn leven een avond, een nacht en een ochtend herinneren die ik alleen maar zo snel mogelijk wilde vergeten. Dat was de enige reden dat ik bleef zitten, want ik wilde niet oud worden met de herinnering aan een gezicht waarmee ik helemaal niet wilde leven. Daarom streelde ik haar hals, haar schouder en de bovenkant van haar borsten. Als Natasja naar me keek, zag ze een bankbiljet van honderd gulden met twee armen, twee benen en een pik, en al die anderen die naar me keken zagen hetzelfde en op een dag zou ik in de spiegel kijken en dan zou ik een bankbiljet van honderd gulden zien met twee armen, twee benen en een pik. Op die dag wilde ik eigenlijk niet wachten.

'Laten we ons aankleden.'

'Ja,' zei ik.

Weer zag ik dat rode slipje met die merkwaardige frutseltjes. Ik herinnerde me een schoolfeest, het was in de tijd dat Vanenburg vertrok, omdat ze zeiden dat je met spelers als hij de oorlog niet kon winnen. Of was het een jaar later? In ieder geval moest Deborah een jurk lenen, want haar eigen jurk had ze die avond bespoten met ketchup toen ze een salade klaarmaakte. Daarom liep Deborah die avond in een te kleine jurk. Ze moest hem de hele tijd naar beneden trekken. Die avond hebben we backgammon gespeeld en ik heb verloren, dat weet ik nog heel goed. Gedurende het spel kon ik namelijk de hele tijd de witte onderbroek van Deborah zien, die precies dezelfde kleur had als de overhemden van mijn vader, en die tussen het zwart van haar benen en haar jurk oplichtte als een brandende sigaret in de nacht. Al de volgende dag kon ik me niet herinneren of ik dronken was of dat ik dat echt had gezien. De mensen die op de grond naar het spel hadden zitten kijken, konden zich geen witte onderbroek herinneren toen ik hun daarnaar vroeg. Toch weet ik zeker dat ik dat heb gezien en dat een paar dagen later Rosie mij brieven begon te schrijven, en dat toen die dag kwam dat Martinimartin twee flessen dronk op het strand, en dat ik anderhalf jaar later van school werd geschopt. Martinimartin zegt nu dat hij maar een paar slokken heeft gedronken en ook anderen zeggen dat. Toch weet ik zeker dat het twee flessen waren, want later die avond maakten we van die flessen een doel. Het was in de tijd dat ze hadden gezegd dat je met spelers als Vanenburg de oorlog niet kan winnen. De avond dat ik de hele tijd naar de onderbroek van Deborah keek terwijl we een partijtje backgammon speelden, ben ik om elf uur naar huis gegaan, maar een paar meisjes zijn nog naar een discotheek gegaan en de volgende dag kreeg ik een brief van Rosie. Het is natuurlijk niet waar dat het die avond begonnen is, met de te kleine jurk van Deborah. Toch heb ik een paar maanden geleden, in november, aan Rosie een paar brieven geschreven waarin ik haar vroeg of ze zich nog kon herinneren dat Deborah ketchup morste op haar jurk, die avond voordat zij mij haar eerste brief schreef, want Deborah kon zich daar niets van herinneren. Ik heb erbij gezet dat het volkomen onbelangrijk was, maar dat ik toch ontzettend graag wilde dat ze me zou antwoorden omdat herinneringen verdwenen. Er kwamen andere herinneringen voor in de plaats en ten slotte waren er alleen nog de namen van de mensen die je gekend had, en misschien een kort verhaal om op feesten te vertellen, maar dat eigenlijk over heel iemand anders gaat. Ik geef toe dat ik haar in die brief 'kleine Muis' heb genoemd en dat ik schreef dat ik met haar wilde trouwen, maar iedere imbeciel zou kunnen begrijpen dat dat niets meer betekende dan een beleefdheidsfrase. Er waren een paar jaar verstreken en er waren veel vrouwen tegen wie ik had gezegd dat ik met ze wilde trouwen. Waarom kan niemand zich die twee flessen Martini herinneren, en hoe komt het dat nooit duidelijk is geworden wat er die avond verder is gebeurd, en waarom kon niemand zich die witte onderbroek herinneren terwijl iedereen hem die avond gezien moet hebben, en wat had het te betekenen dat ik een dag later een brief van Rosie kreeg? Rosie, die dingen durfde die niemand van ons durfde en waarover ik heilig beloofd heb nooit te spreken. Ook die belofte kon ik nu net zo goed breken, want waarschijnlijk was er niemand meer die zich dat kon herinneren, zo beëindigde ik mijn brief. Ik kreeg er geen antwoord op en ook niet op de vier brieven die ik daarna nog schreef, en die helemaal niet tot doel hadden het contact te hernieuwen. Ik probeerde alleen maar opheldering te krijgen over de gebeurtenissen die zomer dat we wilden dat Denemarken wereldkampioen zou worden.

'Wat gebeurt er eigenlijk als je na een uur niet terug bent?'
'Dan belt de chauffeur aan.'
'Nou, laten we daar maar niet op wachten,' zei ik. We liepen naar beneden. Ik nam de lege fles mee.
'Je moet er maar eens over nadenken,' zei ze.

'Waarover?'

'Over die escort voor dames. Dan hoef je niet meer voor de radio te werken.'

'Ik zal erover nadenken. Ik denk er al de hele tijd over na.'

'Je kunt het best, denk ik.'

'Bedankt.' Ik ging zitten, want ik kon niet langer staan.

'Mooie broek heb je aan,' zei Natasja.

'Net nieuw. Heb ik speciaal voor jou aangetrokken.'

'Wat aardig. Bedankt.'

'Niets te danken.'

'Hoe laat ben ik gekomen?'

'Kwart over zes.'

Het was nu zeven uur. 'Wil je nog een glas wijn of wil je weg?' Ze zei niets.

'Ga maar,' zei ik, 'dat kwartier krijg je van mij cadeau.'

Ze deed haar tasje weer om haar buik.

'Natasja is een mooie naam.'

'Het is maar een naam, niet eens mijn eigen naam.'

'Dat weet ik. Maar toch is het een mooie naam.'

'Dan ga ik nu,' zei ze.

'Het ga je goed,' riep ik, 'kom je er zelf uit?'

'Ja, jij ook,' hoorde ik nog, toen viel ik op het tapijt in slaap. Om half negen werd ik wakker door de voordeurbel.

Ik vroeg me af of ik na Natasja nog een keer de escort-service had gebeld. Ik kon me het niet meer herinneren, maar het zou best kunnen. Ik had alleen geen geld meer. Daarom keek ik eerst door het raam. Mijn moeder stond voor de deur.

'We hadden toch afgesproken dat ik bij je zou komen schoonmaken.'

Ik zei dat ik dat vergeten was.

Ze ging de vloer van de badkamer dweilen. Ik zat op de grond en keek naar het dweilen.

'Je weet toch dat ik hiervoor leef,' zei ze, 'dat ik voor jou leef.'

'Ja,' zei ik, 'dat weet ik, daarom laat ik je ook binnen.'

Om elf uur ging ze weg. Ik zag dat ik geen zout meer in huis had. Daarom liep ik naar het café om de hoek. Ik bestelde tomatensoep.

De serveerster bleef staan. 'Weet je wat je bestelde?' zei ze.

'Nee,' zei ik.

'Tomatenspuug.'

'Tomatenspuug?'

Ik begon te giechelen, verschrikkelijk te giechelen. Het was gênant, toeristen met grote fototoestellen op hun buik draaiden zich om.

'Doe maar groentespuug,' zei ik.

Nu lachte ze ook. Gelukkig maar. Ik herinnerde me die keer dat ik met een fruitmesje een muggenbult op mijn arm had opengesneden, omdat mijn moeder me geen geld wilde lenen, en dat ik moest dreigen verder te snijden.

Na tien minuten kwam de groentesoep. Ik pakte het zoutvaatje en draaide het om boven de soep.

Het liefst had ik het zoutvaatje boven mijn hand omgedraaid en het zout dan langzaam opgelikt, maar dat durfde ik niet, in dat café-restaurant.

Later op de middag, toen ik drie uur had geslapen, vond ik op de grond tussen de andere rotzooi een brief van Deborah uit 1987.

Ga je mee... naar de vijfde klas... of wordt het weer een toneelstukje...? Liefs, met toegenegen hart&nieren, schreef ze.

Ik had zin om nu, 4 juli 1993, alsnog op die brief te reageren. Ik pakte de '3 x beter Mascotte'-ansichtkaart. Toen de kaart na een halfuur nog steeds leeg was, frommelde ik de brief tot een propje en sloot daarmee de fles wijn af die ik voor Natasja had geopend. Ik kon de kurk nergens meer vinden en wijn die lang openstaat, daar komen vliegjes in.

Kom je voor anaal? Nee, voor Astrid

Ik stond voor de riksbioscoop en ik wist dat ik zeker nog een kwartier moest wachten. Zelfs als ik anderhalf uur had moeten wachten, was ik blijven staan waar ik nu stond. Het was maandag en het regende zacht, precies zoals het de hele zomer al zacht regende. Ik zou die middag haringsla gaan eten bij mijn moeder.

De vrouw achter het glas was al oud en behoorlijk verzuurd. Er kon geen lachje af toen ik vroeg: 'Of is het al uitverkocht?' Het was natuurlijk ook geen pretje de hele dag daar achter het loket te zitten en te weten dat je zo oud bent dat je daar de rest van je leven moet blijven zitten. Daarom zei ik: 'Houd het wisselgeld maar.' Zelfs toen deed ze of ze me niet hoorde.

Ik liep verder en kwam in een soort bar zonder krukken met alleen maar spiegels. Pas later zag ik dat het geen spiegels waren, maar donker glas. Door dat glas kon je de zaal zien, en toen wist ik dat ze zo de mensen die daar zaten in de gaten hielden, net zoals in sommige bordelen de portier wel twintig kleine televisieschermpjes voor zich heeft staan. Ik vroeg aan het meisje achter de bar welke film er draaide.

'*Flodder in Amerika,*' zei ze.

Ze zag er niet goed uit. Ze had een soort muizengezicht dat half schuilging achter sluike zwarte haren. Ik kon hier weinig beters verwachten, anders hadden ze haar wel in Tuschinski 1 neergezet. Achter haar gezicht zag ik het achterhoofd van de kaartenverkoopster, want alles was hier van glas gemaakt.

'Wordt het een beetje druk?' vroeg ik.

'We hebben ons vaste publiek,' zei ze. 'Kom je voor Flodder?'

Ik wist eigenlijk niet waarvoor anders ik had moeten komen, maar blijkbaar was dat hier niet zo vanzelfsprekend. Ik kom voor de gezelligheid, vond ik uiteindelijk zo ongeveer het neutraalste antwoord.

'De meesten,' zei ze, 'en in de winter blijven ze de hele dag tot we dichtgaan.'

Toen hoorde ik de kaartverkoopster schreeuwen. Het meisje keek om en zei: 'Oh, dat is die weer.'

'Wie?'

'Een van onze vaste klanten. Die wil altijd met z'n hond naar binnen. Maar honden mogen niet naar binnen. Fietsen trouwens ook niet.'

'Invaliden mogen wel naar binnen, maar die komen hier niet.' Nu pas zag ik dat er ook nog een jongen achter de bar stond. Hij zat in een hoek een stripverhaal te lezen.

'Maar goed, die man, die komt dus iedere ochtend met zijn hond. En dan hoort-ie dat zijn hond niet naar binnen mag. Nou, dan gaat-ie naar huis en dan komt-ie terug zonder hond en de rest van de dag hebben we geen last meer van hem.'

'We hebben van niemand last,' zei de jongen zonder op te kijken, 'ook in de winter niet, dan ligt de helft te slapen.'

'Dat komt door de warmte,' legde het meisje uit en ik vroeg om nog een espresso.

Een paar uur geleden had ik nog pannenkoeken staan bakken. Ik was thuisgekomen in de auto van die vriend van

217

me die houtlijm naar Polen vervoerde, maar die nu ontslagen was. Ik moet zeggen dat we van zijn laatste salaris echt heel goed gegeten hadden, dat was aan het begin van de avond, en daarna hebben we er alleen nog maar goed van gedronken. Hij had geroepen: 'Nooit meer houtlijm,' en ik zei dat hij nu best chauffeur voor de escortservice kon worden en dat hij mij als connectie kon opgeven.

'Dan moet je eerst een auto voor me kopen,' zei hij, 'want deze moet ik morgen teruggeven.'

Ik zei dat ik daar geen geld voor had, dus dat we het hele plan het beste maar konden vergeten, net als al die andere plannen van ons. Het was pas twee uur toen ik thuiskwam, maar toen moest ik aan die pannenkoeken denken.

Ik moest een koekenpan van mijn huisgenoot lenen en ook meel. Eieren had ik zelf, en ik dacht dat het met een hele hoop zakjes melkpoeder ook zou gaan.

Ik stond in de keuken van mijn huisgenoot, die er niet was. Zijn ouders waren kort na elkaar in het buitenland overleden. Hij zou het vast niet erg vinden dat ik zijn spulletjes gebruikte en zijn pannenlapjes, want bij mij ontbraken al die dingen.

Ik herinnerde me dat hij tegen mij had gezegd: 'My father is bloody sick.' Toen was die man al drie dagen dood. Mijn huisgenoot kwam uit Israël, en hij was in dat land bokskampioen geweest. Hij heette Sergius en hij is, denk ik, de mooiste man die ik ooit heb ontmoet; althans volgens de vrouwen die bij me op bezoek waren, en hem langs hadden zien lopen met twee plastic tassen, of hem hadden zien slapen op de bank. Tegen mij heeft hij ooit gezegd: 'Ik houd van niemand.' Ik weet niet meer in welk verband hij dat zei en of het ergens op sloeg. Ik weet alleen nog dat we die avond broodjes shoarma aten van grillroom Yamit, en dat we onze blote voeten uit het raam hadden gehangen om de regen het zweet van onze zolen te laten wissen. Hij handelde in nepdiamanten uit Brazilië, en praten deed hij zo min mogelijk. Maar toen hij daar beneden in de gang stond met zijn koffer en mij een hand gaf en zei: 'My father is bloody sick, I'm back in ten days,' was ik het die niets zei.

De film was al begonnen. Het rook er zoals het in de zomer wel eens kan ruiken in bepaalde metrostations, naar popcorn en warm mensenvlees. Er zaten drie jongetjes van een jaar of negen, en verder nog wat ouwe mannetjes, een Indische vrouw en een moeder met een baby. Ik vroeg me af hoeveel van hen gisteren ook al *Flodder in Amerika* hadden gezien. We zagen hoe Ma Flodder een sigaar uittrapte op het tapijt van een heel duur hotel, maar niemand lachte. Alleen de baby begon te krijsen. Ik zag dat de moeder een fles uit haar tas pakte en in de mond van die baby stopte.

Ik had drie pannenkoeken gegeten met suiker erop. Daarna was ik zo lang blijven zitten dat het vet in de pan hard was geworden. Ik dacht aan Sergius die me op een avond verteld had dat zijn vader melkboer was en dat boven de winkel van zijn vader op een dag een zekere mevrouw Feingold was komen wonen. De eerste ochtend dat mevrouw Feingold daar woonde, kwam ze om zeven uur de winkel binnen en kocht twee eieren. Tien minuten later was ze terug. Ze zei dat de eieren te klein waren voor haar en haar man, dus gaf de vader van Sergius haar nieuwe eieren. Ze zei: 'Deze eieren zijn een beetje vies.'

Weer kreeg ze twee nieuwe, die ze bestudeerde alsof ze ze zelf had gelegd. 'Die ene is goed,' zei ze, 'maar die andere is nog altijd een beetje te klein.'

Maar de vader van Sergius zei: 'Luister mevrouw Feingold, de kippen vegen hun reet niet af voor ze eieren leggen en ze zijn ook niet van plan voor die paar centen van u
hun aars verder uit te rekken dan noodzakelijk.' Daarna is
mevrouw Feingold nooit meer in de winkel geweest, en
ook als ze elkaar tegenkwamen op de trap, groette ze niet.
Sergius vertelde: 'Hoe minder klanten er kwamen, hoe
meer ze mijn vader begonnen te irriteren. Vaak moesten
we de witte kaas en de eieren zelf eten, omdat ze anders
zouden bederven.'

Dat vertelde Sergius me drie maanden geleden. Ik heb
sindsdien niets meer van hem gehoord, maar al zijn spullen zitten nog in zijn kasten en de twee stoelen en de tafel,
die hij bij de vuilnis heeft gevonden en heeft opgeknapt,
staan allemaal nog in zijn kamer. Ook het boek van Jack
London over de Mexicaanse revolutie ligt nog opengesla-
gen in de vensterbank.

Wanneer ik laat thuiskwam, lag hij meestal voor de televisie en sliep of bediende het apparaat met zijn tenen. Als
hij mij zag, vroeg hij: 'Hoe was het?'

Vaak zat hij hele nachten voor de tv. Hij heeft wel eens
aangeboden me te leren boksen, maar ik zei: 'Later.' Toen
we op een nacht allebei naar het testbeeld keken en bier en
wodka dronken heb ik hem gevraagd hoeveel mensen hij
nou om zeep had geholpen. Hij zei dat het hem ontzettend
speet, maar dat hij dat echt niet meer wist. Hij zei dat hij
alleen nog de namen van zijn vrienden wist op wiens begrafenis hij had moeten verschijnen. De rest van de nacht
hebben we niets meer gezegd, alleen naar het testbeeld gekeken en geslapen. Hij probeerde Nederlands te leren door
De Echo te lezen en voor mij streepte hij dan de aanbiedin-
gen van de slijters aan.

Ik zette de koekenpan in het water, deed mijn trui aan en ging naar buiten. Op de Amstelveenseweg wist ik een gelegenheid waar je al vanaf zes uur 's ochtends terecht kon.

Eerst praatte ik met de chauffeurs, die daar iedere ochtend zaten, en daarna met een vrouw met een rugzak. De kleur van haar gezicht verraadde op hoeveel stranden ze deze zomer al had gelegen. Ook haar haar was bruin, net als haar ogen. Na een tijd zei ze: 'Je moet niet zoveel bier drinken, want daar krijg je zo'n buik van.' Ze liet me zien wat voor buik ik zou krijgen. Het was inderdaad een reusachtige buik.

'Ga met me mee,' zei ik, 'anders moet ik weer naar de hoeren.'

Blijkbaar hadden we daarvoor een goed gesprek gehad, want ze antwoordde: 'Je bent net als al die anderen.'

Ik vertelde haar dat het goed was dat ze dat zo snel had gezien, omdat het gevaarlijk is je te veel illusies over elkaar en de wereld te maken, en dat het goed is de meeste weg te gooien tot je er een paar overhoudt, waarvan je dacht dat je zonder niet zou kunnen leven. Die moest je dan bewaken als een leeuwin haar jong, want dat was de enige schat in dit leven.

Ze luisterde niet echt. Aan de lijntjes om haar ogen zag ik dat ze kort geleden voor de spiegel had gestaan. 'Jij weet niet wat liefde is,' zei ze ten slotte.

Dat had ik al vaak gehoord, uit vele verschillende monden. Ook dit keer gaf ik haar gelijk, maar ik vertelde er meteen bij dat ik nog jong was, en dat ik het graag van haar wilde leren.

Ik stond op. Bij de deur draaide ik me om. 'Dag mooiste roos van deze hele wereld,' riep ik.

Niet zij antwoordde, maar de eigenaar van die tent nam

afscheid van me met de woorden: 'Ga nu maar naar huis.'

Pas toen ik weer buiten stond, herinnerde ik me dat ik hiernaar toe was gegaan om koffie te drinken. Het was acht uur en de mensen gingen naar hun werk.

Ik wachtte op de 6 en dacht aan de haringsla die ik die middag bij mijn moeder zou gaan eten. Het recept was van mijn vader.

Toen ik op een middag van school kwam, vertelde hij: 'De Deutsche Welle heeft vandaag een recept voor haringsla uitgezonden, maar het was niet te verstaan, want de piraten waren weer aan het storen.' Diezelfde dag schreef hij een brief aan de Deutsche Welle of ze het recept aan hem wilden opsturen, en hij begon een proces tegen de piraten. Het duurde vier jaar voordat hij het proces uiteindelijk verloor. Speciaal voor dat proces had hij een pak laten maken bij zijn kleermaker uit Hongkong.

Voor alle speciale gelegenheden in zijn leven had hij een pak laten maken. Het laatste pak dat hij had laten maken, was een tropenpak, bestemd voor een reis naar mijn zus. Hij zag er in het tropenpak uit als een oude clown, en mijn moeder en ik zeiden: 'Er ontbreekt alleen een vlindernetje aan.' Maar hij sloeg met zijn vuist op tafel en zei: 'In die verschrikkelijke hitte heb ik een tropenpak nodig.' Toen het tropenpak eindelijk uit Hongkong arriveerde, lag hij in het ziekenhuis.

Wanneer hij één keer in de twee jaar naar Zuid-Duitsland vertrok voor een kuur, schreef hij brieven waarin hij uitvoerig berichtte over het weer, zijn hotel, de treinreis en het traag verstrijken van de tijd in een van die badplaatsen waar de mensen, volgens hem, alleen maar over ziektes en eten konden praten. Het mooiste van zijn vakantie vond hij de treinreis, die hij in de restauratiewagen doorbracht met een fles wijn en Baumkuchen. Volgens zijn brieven bracht hij het grootste gedeelte van zijn vakantie door op het balkon van zijn hotelkamer, luisterend naar de radio.

Aan mij schreef hij ansichtkaarten met teksten als: 'Alles is hier ziek, zelfs de bomen. Kijk nooit meer treurig de wereld in.'

Een paar maanden voor hij stierf kreeg hij een huidziekte, waardoor zijn huid langzaam veranderde in een maanlandschap. Hij werd naar een ander ziekenhuis overgebracht waar ze hem drie keer per dag van top tot teen insmeerden met crème. Toen begon zijn huid af te schilferen.

Ik heb me vaak in de wc van dat ziekenhuis opgesloten, maar ik heb me daar niet afgetrokken. Ik heb alleen tegen de muur geleund en gezegd: 'God, laat dit alstublieft ophouden, ik smeek het u, laat dit allemaal ophouden, ik zal gaan leven volgens uw wetten, als dit allemaal ophoudt, als dit allemaal in godsnaam ophoudt.' Ik heb nooit iemand verteld over die god die ik heb aangeroepen, niet mijn moeder, en ook niet mijn zus, en ook de anderen niet. Ook Marcella heb ik er niets over verteld. Toen ze me vroeg of ik wel eens tot God bad, heb ik alleen maar geantwoord: 'God is liefde, dat weet je toch, dus kleed je nu maar uit.'

Zijn laatste nacht leek het ziekenhuis vrijwel uitgestorven. De zuster met het blonde haar gaf me een hand en zei: 'Het is goed dat je er bent, want je moeder is helemaal in de war. Wil je koffie?'

'Ja, geef maar koffie,' zei ik, 'of hebben jullie iets anders?'

'Nee,' zei ze, 'we hebben niets anders, want we zijn aan het werk.'

We dronken koffie en ik keek naar haar. Haar collega kwam binnen en zei: 'Je moeder maakt met haar geschreeuw alle patiënten wakker.' Toen gingen er twee achter mijn moeder aan, maar blijkbaar waren ze nog in opleiding, want ze konden haar niet te pakken krijgen. Het blondje bleef bij me en zei: 'Wil je er nog naar toe?'

Ik wist eigenlijk niet zo goed of ik dat wel wilde.

'Is het gebruikelijk?' vroeg ik.

'Kom maar,' zei ze.

Ik liep achter haar aan. Je kon haar onderbroekje zien onder al dat wit. We gingen zijn kamer binnen. Een gedeelte van het avondeten stond er nog. Het was al helemaal geel geworden. Ik keek naar haar, want naar dat geel kon ik niet kijken.

'Ja,' zei ze, 'je bent laat, we konden je niet bereiken.'

'Ik was in het café,' zei ik, en buiten hoorde ik het gekrijs van mijn moeder. Ik stond daar maar zo'n beetje. Het was verrekte koud, omdat ze de verwarming al hadden uitgezet.

Ze zei: 'Wil je hem nog kussen?'

'Is het gebruikelijk?' vroeg ik, want ik wilde niets doen wat niet gebruikelijk was.

Ze ging bij het raam staan. Ze had van die gymschoentjes aan en met die ene wreef ze wat over de vloer. Ze glimlachte heel bedroefd, en ik vond het echt behoorlijk vervelend dat ik opgewonden raakte. Toen zei ze: 'Kom maar.' Ik liep achter haar aan met mijn handen in mijn zakken. Ik wist niet waar ik moest kijken, want ik kon echt alles zien.

Voor me waren twee jongens komen zitten. In plaats van naar de film te kijken zaten ze aan een stuk door te praten. De rest van de zaal keek naar Huub Stapel, en at popcorn of chips en blies roze kauwgumbellen.

Eerst luisterde ik niet naar de jongens, totdat die ene zei

dat hij uitslag op zijn lul had, en die andere antwoordde dat alle mannen dat hadden, dat het niets was om ongerust over te zijn. De eerste zei: 'Fuck you, okay, fuck you, ik wed dat jij het niet hebt.'

In een antiquariaat op de Kloveniersburgwal kocht ik *De hond met de blauwe tong* voor twee gulden. Ik liep in de richting van het Centraal Station en ging het café binnen waar ik een paar weken geleden Parma-Antwerp had gezien. Ik ging in een hoek dicht bij de wc zitten en ik herinnerde me dat Sergius me had verteld over die keer dat ze in de woestijn waren, en dat ze het eten uit de conservenblikjes niet meer konden zien. Ze zaten met z'n vijven in een kleine tank, en boven hen vlogen twee Mirages. 'Eerst dachten we dat het onze eigen Mirages waren,' vertelde Sergius, 'maar al snel merkten we dat dat niet zo was. Ik zat naast de chauffeur. Achter me zat Jossi. Jossi was pas bij ons. Hij moest iemand vervangen die op een mijn was gelopen. Jossi was erg gelovig en ik hoorde hem zeggen dat ik mijn hoofd naar buiten moest steken om te kijken of de Mirages misschien terugkwamen. Alleen is dat het domste dat je kunt doen, je hoofd naar buiten steken. Vanaf het moment dat je de Mirage ziet tot de raket valt, zit precies anderhalve seconde en in die anderhalve seconde kun je niets doen. Of hij raakt je en dan heb je geen problemen meer, of hij mist en dan moet je verder. Als je je hoofd naar buiten steekt en hij mist, bestaat alleen de kans dat je hoofd toch nog wordt afgehakt door alles wat na zo'n explosie door de lucht vliegt. Na een paar dagen hebben we Jossi naar huis gestuurd. Het probleem met angst is dat het besmettelijk is. Er zijn er natuurlijk die zeggen dat het niet besmettelijk is, omdat ze er nooit last van hebben, maar zelfs die moeten toegeven dat het op je zenuwen werkt.'

Dat vertelde hij me die avond dat we die western bekeken met Jane Fonda en Gregory Peck. Halverwege viel ik in
slaap, en ik werd pas weer wakker, toen Gregory Peck
moest sterven en hij tegen Jane Fonda zei: 'Je zult je niets
van me herinneren, je zult je alleen herinneren dat we hebben gevochten, maar je zal vergeten waarvoor we hebben
gevochten.'

Toen Sergius bij me woonde, sliep hij hele dagen. Hij
was zelfs te lui om boodschappen te doen. Daarom at hij
de appeltaart op die mijn moeder voor me mee had gebracht. Of hij stond voor het raam en vroeg of ik wist wie
Bessie Smith was. Daarna maakte hij Turkse koffie en hij
vertelde dat het mooie aan de jeugd was dat je een beetje
krankzinnig was. Dat moest je ook wel zijn, zei hij, anders
zou je niet met een geweer door de woestijn rennen om je
officieren promotie te laten maken. Het mooie was ook
dat je eindeloos over neuken kon praten en dat het nooit
echt verveelde. Als je veertig was, kon je er natuurlijk nog
steeds over praten. Dat hoefde ook helemaal niet vervelend te zijn, maar het was dan niet meer iets wat je echt op-
zocht.

Een paar dagen later pakte hij zijn koffer en zei hij dat
hij over tien dagen terug zou zijn.

De barkeeper gaf me een biertje. Hij wees naar het tafeltje
waar twee heren zaten die een kwartier geleden nog volop
aan het snookeren waren. De ene sloeg met zijn hand op
een lege stoel. Ze vroegen hoe ik heette. 'Stephan,' zei ik. Ze
vroegen of ik werk zocht.

'Altijd,' zei ik.

Ze vroegen wat ik kon.

'Niets,' zei ik.

'Net als wij,' zei de ene die een bruin colbertje droeg met glanzende plekken op de rug, en ik dacht aan mijn moeder die op maandagochtend altijd de keuken dweilde.

'Luister,' zei de kerel die geen colbertje had, alleen een wit overhemd met een vulpen in het borstzakje, 'een man komt bij een hoer en hij zegt: "Ik wil gepijpt worden." "Dat kan," zegt die hoer, "vijfhonderd gulden". "Vijfhonderd gulden," zegt die man, "ben je helemaal gek geworden?" Maar die hoer trekt het gordijn een beetje opzij en zegt: "Kom eens kijken, zie je die Cadillac, heb ik helemaal verdiend met pijpen." Nou, denkt die man, dan zal het wel iets bijzonders zijn, dus hij betaalt haar vijfhonderd gulden. De volgende dag gaat hij weer naar diezelfde hoer en hij zegt: "Luister, ik wil je in je reet neuken." "Dat kan," zegt die hoer, "duizend gulden". "Duizend gulden," zegt die man, "dat kan je dus mooi vergeten." Die hoer trekt het gordijn weer open en zegt: "Kijk, zie je die villa daar, heb ik alleen maar kunnen bouwen door me in mijn reet te laten neuken." Nou, denkt die man, dan zal het wel iets heel speciaals zijn, dus hij betaalt haar duizend gulden. De volgende dag gaat hij weer naar diezelfde hoer, en hij zegt: "Nu wil ik gewoon." De hoer neemt hem weer mee naar het raam en zegt: "Zie je deze straat. Die hele straat zou van mij zijn als ik een kut had."'

Ik spuugde de slok die ik al in mijn mond had, terug in het glas. Je kon het leven toch ook wel beschouwen als een geschenk van God.

'Zoek je werk?' vroeg die met het bruine colbertje.

'Altijd.'

'Luister,' zei de ander, 'een man komt in het bordeel. Er zijn twee deuren. Op de ene staat een bordje 'vijftig gulden', en op de andere een bordje met 'vijfhonderd gulden'.

Hij denkt, nou, eerst maar die van vijftig. Dus hij gaat naar binnen, komt in een kamertje, en daar staat een koe. Maar goed, hij heeft nu eenmaal betaald, dus hij neukt die koe. De volgende dag gaat hij terug, want hij is nu toch wel nieuwsgierig naar die andere kamer. Hij betaalt vijfhonderd gulden, gaat naar binnen, en in die kamer staan allemaal mensen voor een raampje. Hij dringt zich naar voren, en achter dat raam ziet hij een stelletje dat met elkaar bezig is. "Betalen jullie hier vijfhonderd gulden voor?" vraagt die man. "Ach," zegt een van de bezoekers, "dit is niets, je had gisteren moeten komen, dan had je een man een koe zien neuken."'

We dronken nog wat en ik zei: 'Dit speelt in de tijd dat de Roden tegen de Witten vochten in Rusland. Op een dag namen de Roden de meest gezochte generaal van de Witten gevangen. Ik weet niet meer hoe die generaal heette, maar hij was berucht, zelfs in het kleinste gehucht kenden ze zijn naam. De Roden overlegden hoe ze de generaal moesten executeren. Een van de soldaten stelde de Tartaarse martelmethode voor. Bij de Tartaarse martelmethode steken ze een stok in je anus tot je neervalt. Maar dat vonden ze nog te mild voor de generaal, dus stelde een ander voor hem door vier paarden uit elkaar te laten trekken, maar ook dat werd verworpen. Toen zei Ljoebka: "Weet je wat, we laten hem de hele avond drinken, we laten hem drinken zoveel hij wil, en dan, de volgende ochtend, geven we hem geen druppel." "Oh, jij bent wreed, Ljoebka," zei de aanvoerder, jij bent wreed."'

Ze gaven nog een rondje, en we hoorden de Moody Blues dat lied zingen over dokter Livingstone. Ten slotte stond ik op, want ik had een afspraak met mijn moeder. Die met het bruine colbertje stond ook op. Even dacht ik dat hij me wilde omhelzen, maar hij zei: 'Luister, als je werk zoekt, moet je naar ons toe komen.'

'Dan sturen we hem naar Dreese,' grinnikte de ander.

In een telefooncel belde ik mijn moeder om te zeggen dat ik er ieder moment aan kon komen. Daarna kocht ik *De Telegraaf* en ging achter het Centraal Station op een bankje zitten, waar de ponten naar Noord vertrekken. Ik keek naar de meisjes die daar stonden. De ene was een soort indiaanse en had bijna geen tanden meer. Toch stak uit haar mond nog een sigaret. De andere had zich ingepakt alsof het winter was. Ze zag er aardig uit, maar ze was vast niet van plan achter op een fiets te springen. Toen ik de tweede keer langsliep, stond er alleen nog de indiaanse zonder tanden.

Mijn moeder zat te wachten met de haringsalade. Een week geleden zat ik bij haar in de tuin. Toen de buurkinderen eindelijk waren opgehouden met schreeuwen, had ik gezegd: 'Het kan me niets schelen als je zou verrekken, je kan me niets schelen.' Ik wist niet meer of dat waar was en waarom ik het zei, ik wist alleen dat we een paar minuten daarvoor nog gepraat hadden over een den die was omgeplant.

'Je bent een onmens,' zei mijn moeder.

'Ja,' zei ik, 'dat ben ik.'

Ook als je aan het bevriezen was, voelde het alsof je in brand stond. Op dat moment kon ik niemand bedenken met wie ik me verbonden voelde, of die mij iets meer zou kunnen schelen dan een verdwaalde gedachte. Misschien konden de hoeren die ik bezocht had mij wat schelen, want ik dacht aan hen in de uren dat ik niet bij ze was, en ook niet bezig was naar ze toe te gaan. Ook dat wist ik niet zeker. Ik had veel mensen ontmoet, in cafés en op feesten, en allemaal wilden ze veel geld verdienen, en wereldberoemd worden, of goede soldaten, of goede moeders worden, maar het meest van alles wilden ze geloven dat ze hielden van degenen die ze hadden begeerd, en wier foto's nu in een doos op de boekenkast lagen, en ze wilden dat ook ik hen zou geloven.

'En je vader dan?' vroeg ze, en ik hoorde hoe ze een slok koffie inslikte, en verderop was een moeder die haar kinderen binnenriep. Ik dacht aan die keer dat hij had gezegd: 'Wij herinneren ons de doden niet als de levenden die ze ooit waren, maar als tot leven gewekt lijk, alsof ze nooit enige andere bestemming hebben gekend dan dode te zijn en in onze hoofden te spoken.'

Ik zei dat ik het allemaal niet zo bedoelde, en dat het me speet, en dronk vlug mijn koffie op.

Gisteren belde ze me op en zei dat het maar niet uit haar hoofd wilde gaan wat ik had gezegd. Zelfs als ze het probeerde, kon ze het niet vergeten. Ik had 'ja' gezegd toen ze me vroeg: 'Kun je niet zeggen dat je van me houdt?'

Je houdt van wat voorhanden is, en daar moet je maar niet te veel over nadenken. Of je doet het niet, en dan ga je naar een van die plekken op deze wereld waar altijd wel een gek te vinden is die op je wil schieten.

Toen ik nog een keer langsliep, was zelfs de indiaanse verdwenen. Ik vroeg me af welke desperado haar had meegenomen. Er zaten alleen twee jongens op de grond, maar die wilden vast met niemand mee. Ik dacht aan mijn moeder en hoe ze er een paar jaar geleden uit had gezien, toen ze zich elke avond over mijn gezicht boog. Ze was als alle moeders op deze wereld, dus wilde ze dat ik de mooiste en de beste zou zijn. Ze was alleen een beetje fanatieker.

Zonder al te veel moeite kon ik mijn vader horen roepen: 'Hij krabt ze open, midden aan tafel, ik word misselijk.'

We hingen boven onze borden en de kaarsen brandden. Mijn moeder riep: 'Houd daarmee op,' en mijn vader schreeuwde: 'Je gooit alle viezigheid in je eten, dit is niet om aan te zien, dit is zum kotzen.'

'Ik kan er niets aan doen,' riep ik, 'het brandt.'

'Het gaat vanzelf over,' zei mijn vader.

'Varkens,' riep mijn moeder.

De radio speelde, de kaarsen flakkerden, wij hingen nog altijd boven onze borden, en mijn moeder riep tegen mijn vader: 'Ga naar een bejaardentehuis, oud paard.' Toen zei zij dat ook zij misselijk werd. Ze pakte een warme handdoek die ze altijd klaar had liggen. Ze legde hem op mijn gezicht en ging mijn pukkeltjes uitknijpen, terwijl de rest van de familie verderging met de soep. De rest van de familie was mijn vader, en het duurde niet lang of hij riep: 'Al die rotzooi valt in de soep, ga dat boven doen, jullie twee, elke avond wordt hier mijn eten vergald.'

Nadat ik mijn tanden had gepoetst, bewerkte mijn moeder ook nog mijn rug. Ze zei dat mijn rug het moeilijkste was, omdat ik niet stil kon zitten. Ze waarschuwde me dat ik een kromme rug zou krijgen als ik altijd naar de grond keek in plaats van fier rechtop te lopen, zoals zij. Ik keek inderdaad vaak naar de grond, want hoewel ik wist dat het onzin was, had ik het gevoel dat de mensen jou niet zagen als jij hen niet zag. Ik zei dat ik het allemaal liever zelf wilde doen, maar mijn moeder legde uit dat dat geen goed idee was, omdat ik nagels beet. Alle viezigheid zit onder de nagels, zei ze.

Dit duurde een paar maanden, tot ik op een avond de warme handdoek uit de handen van mijn moeder rukte en in de kaarsen hing tot hij vlam vatte. Mijn vader zat stokstijf in zijn zwarte draaistoel, mijn moeder sloeg met haar zakdoek op de brandende handdoek, en op de radio werd het nieuws voorgelezen.

Ze zweeg, mijn vader tikte met het bestek op zijn bord, en riep: 'Es brennt, es brennt, doe dan toch wat, laat iemand toch wat doen,' en ik stond daar met het puntje van de handdoek in mijn rechterhand.

Onder het tapijt op het parket is nog altijd een zwarte plek te vinden waar de handdoek uitbrandde.

Daarna werd de maaltijd hervat, mijn moeder klopte op de deur van de wc waar onze gast zich had opgesloten, en we vierden het wekenfeest. Vanaf die avond liet ik mijn haren groeien.

Hallo lieve schatjes. Ik ben Nadine 25 jr., volle b... ontvang topless in piepklein slipje met jarretels. Ik wil graag heren beminnen en erotisch masseren. Agamemnonstraat, ma. t/m vr.

Deze advertentie had ik nog niet eerder gelezen. Er stond geen telefoonnummer bij, daarom moest ik er op goed geluk heen. Vroeger woonde een vriend van me in de Achillesstraat. De Agamemnonstraat zou daar vast vlakbij zijn.

Twee keer plaste ik in de bosjes bij het Olympiaplein, want je kon beter niet met een volle blaas naar binnen gaan. De eerste keer dat ik er langsliep, belde ik nog niet aan. Ik keek alleen. Het huis zag eruit als alle andere huizen in de straat, alleen waren de gordijnen dicht en van een dikke turkooizen stof gemaakt. Ik liep verder en kwam uit op de kade, waar ik op de brug ging staan en naar het donkere water keek en naar de meeuwen en de vissers. Normaal keek ik nooit naar water of naar meeuwen, maar nu wel. De meeuwen waren niet lelijk, en het water viel ook wel mee, maar het was nu ook niet iets om lyrisch van te worden. In een snackbar een straat verderop bestelde ik cola, want in mijn mond leek al het speeksel te zijn verdwenen. Ik dronk de cola op het terras. Naast mij las een man de krant en ik vroeg me af of hij ook wachtte op iets of iemand. Ten slotte was mijn glas leeg, maar nog altijd zat er niet meer speeksel in mijn mond.

Verderop in de Agamemnonstraat waste een man zijn auto. Hij keek naar mij, maar ik keek naar de deur die ieder moment open moest gaan.

'Ben jij de nieuwe chauffeur?'

Ik hoopte niet dat dit Nadine was, maar als ze het wel was had het me ook niets uitgemaakt. Ze deed me onweerstaanbaar denken aan het bloemenvrouwtje dat vroeger in de Maasstraat stond, en dat mij elke zaterdag vriendelijk groette als ik er met mijn keppeltje langs wandelde. 'Nee, ik ben niet de nieuwe chauffeur, ik kom voor uw advertentie.'

Ze deed de deur dicht. We stonden in de gang, waar zeker twee fietsen konden staan.

'Ja, we krijgen hier ook wel eens chauffeurs, vandaar.'

'Vandaar,' zei ik.

'Ik heb nog een meisje voor je. Blond, slank...'

'Is goed,' zei ik.

'Wil je niet meer weten?'

'Het is in orde.'

'Dan moet je nu met me afrekenen, 125 gulden.'

'Ik heb alleen maar 150.'

'Wisselgeld hebben we altijd,' zei ze, en lachte.

We kwamen in een soort leefkuil terecht, of een woonkamer van een gezin waar ze te veel kinderen hadden. Er stonden twee banken, de televisie stond aan. Op de tafel stonden borden met eten dat waarschijnlijk door niemand meer zou worden opgegeten, overal stonden lege blikjes, en op de bank bij het raam zat een meisje dat voor zich uit staarde.

De vrouw die ik in mijn gedachten de bloemenvrouw noemde, zei: 'Dat is ze.'

Ik liep naar het meisje. Ze gaf me een hand en het bloemenvrouwtje zei: 'Dat is Astrid.'

Alles aan haar was wit. Haar haren, haar rokje, haar laarzen, haar plastic jasje, ook haar huid leek wit te zijn geverfd.

'Wat wil je drinken?' vroeg het bloemenvrouwtje.

'Cola,' zei ik.

'We hebben ook bier.'

'Dat is nog veel beter.'

Er was een speelfilm op de televisie, maar Astrid keek niet naar de televisie. Ik kon niet zien waar ze wel naar keek. Het rook in de kamer zoals het in de propvolle synagoge kan ruiken, op Grote Verzoendag, vlak voordat ze met het Slotgebed beginnen, en God voor de allerlaatste keer vragen hen in het boek van het leven te schrijven.

Ik kreeg een blikje bier. Ik bedankte het bloemenvrouwtje hartelijk, want ik had zin in bier, in veel bier. Misschien begon het bloemenvrouwtje me aardig te vinden, in ieder geval kneep ze me in mijn bovenarm en zei: 'Het is je van harte gegund, jongen.'

'Laten we gaan,' hoorde ik Astrid opeens zeggen. Ik liep achter haar aan met het blikje bier in mijn hand.

'Heb je condooms?' vroeg Astrid.

Ze vroeg het niet aan mij, maar aan het bloemenvrouwtje, die zei: 'Welke wil je?'

We gingen een kamer binnen en Astrid zei dat ze zo terug was, dat ze even naar de wc moest. Het viel me op dat ook haar stem precies paste bij hoe ze eruitzag, alsof ze ook haar stembanden had gepoederd. Ze sprak lijzig, maar het klonk niet onaangenaam. Zoals zij eruitzag, kon ze niet anders spreken dan ze deed.

Ik ging op het eerste het beste bed zitten dat ik zag, verderop stond er nog eentje. Op de grond lag een opgevouwen paraplu. Hij leek te zijn vergeten door de bezoeker voor me. Toen ik beter keek, zag ik dat het een parasol was, die hier waarschijnlijk voor de sier was neergelegd. Het kamertje was alleen te klein voor opgevouwen parasols, en je moest erg je best doen niet over hem te struikelen. Naast de parasol stond een plant, en naast de plant een kleine lamp die het licht van oude rode wijn verspreidde. Iets boven de parasol hing een foto van een wezen dat op het punt stond van een duikplank af te duiken. Op een wit plankje dat aan de muur was getimmerd, lag een stapel handdoekjes. Ik opende mijn biertje en Astrid kwam de kamer binnen.

Opnieuw keek ik naar haar witte haar en haar witte gladde rok, die glom als haar laarsjes, die in het halfdonker van deze kamer merkwaardig oplichtten. Ze deed me denken aan een figuur uit een film die ik had gezien over het oude Egypte. Het was een tamelijk oude film, en ik wist dat dat soort films al zeker dertig jaar niet meer gemaakt werden, maar zij leek er zo uit te zijn weggelopen. Ze praatte ook alsof ze een prinses moest spelen voor wie zelfs spreken te vermoeiend was.

Ze deed haar laarsjes uit en ik mijn schoenen, en ik vroeg: 'Hoe oud ben je?' omdat je toch iets moest vragen.

'Ik ben alweer tien jaartjes ouder dan achttien,' zei ze.

'En waar kom je vandaan?'

Ze keek me aan met haar blauwe ogen. Het zou me niets verbaasd hebben, als ook dat blauw gewoon het blauw was van een kunstlens.

'Hoezo wil je dat weten?'

'Zomaar.'

'Ik kom uit Schiedam.'

'Ik kom uit Amsterdam,' zei ik. Op haar slipje na was ze nu naakt. Haar ronde borsten staken recht vooruit, alsof ze met onzichtbare draden omhoog werden getrokken.

'Nu gaan we lekker vrijen,' zei ze, 'dat vind ik gezellig.'

'Ja,' zei ik, 'ik ook.' Ik klemde mijn biertje tussen de handdoeken en deed mijn onderbroek uit, die ik op mijn andere kleren legde. Ik had al een erectie, en eigenlijk schaamde ik me altijd als ik al een erectie had, terwijl er nog niets gebeurd was. Maar de warmte went, de meisjes wennen, net als al die andere dingen die ook wennen, en uiteindelijk vergeet je je daarvoor te schamen.

'Wil je je nog wassen?'

'Nou, laat maar,' zei ik, 'ik heb me net gewassen, ik was me heel goed.'

'Kun je even het condoom pakken?' Ze wees op het witte plankje.

Zij zat op het bed. Ik merkte nu dat de trap van de bovenburen over het bed liep, zodat het net leek alsof we op zolder waren. Als je opstond, moest je oppassen dat je je hoofd niet stootte.

'Dat kun je vast zelf wel omdoen,' zei Astrid.

Altijd hadden zij het voor mij gedaan, en ik wist niet beter dan dat het zo hoorde. Toch zei ik dat het geen probleem was. Ik scheurde het open, maar door de warmte, het slechte licht en mijn trillende handen kwam ik niet veel verder dan het bovenste puntje en ik vroeg: 'Kun je even helpen?'

Ik hoorde haar niet zuchten, maar volgens mij zuchtte ze, en ze kroop naar me toe. Met een korte ruk deed ze hem erom. 'Ik ben heel slecht in technische dingen,' zei ik, 'ik repareer ook nooit iets in mijn huis. Ik kan ook niet verven.'

'Daar ga je van stinken.'

'Pardon. Waarvan?'

'Van verf.'

Ik zat in kleermakerszit naast haar op het bed, en ik dacht dat ze bedoelde dat ik stonk, dat ze gewoon heel subtiel was, een meisje met tact.

'Geef dat maar aan mij,' zei ze, 'nu gaan we lekker vrijen. Gezellig.' Ze trok het blikje bier uit mijn hand en zette het op de grond. Nu pas zag ik dat haar gezicht onder de sproeten zat. Het waren vale sproeten, alsof ze halverwege toch maar geen sproet wilden zijn, of misschien kwam het doordat ze schuilgingen achter witte poeder. Weer deed ze me denken aan een vrouw uit zo'n zwartwitfilm, die ze vlak na de oorlog met tientallen tegelijk hebben gemaakt.

Ze pakte iets van het plankje, en ze frunnikte aan mij, maar ik keek naar haar sproeten, en pas toen ik vroeg: 'Wat doe je?' merkte ik dat ze me nog een condoom om had gedaan.

Ze vond niet alleen dat ik stonk, ze was gewoon over de hele linie vies van mij. Daarom zat ik nu met twee condooms over elkaar, en ik vroeg me af of er nog een derde over mijn pik zou worden getrokken. Ik reikte naar het biertje dat ze op de grond had gezet. 'Nee, laat dat,' zei ze, 'we gaan nu lekker vrijen, laten we het gezellig maken.'

Ik trok mijn hand terug, en ging liggen met mijn hoofd naast het kussen, precies onder de laatste treden van de trap.

Ze ging op me zitten, en ik voelde dat ze haar onderbroekje nog aan had. Ze probeerde het natuurlijk eerst met onderbroekje. In haar plaats had ik hetzelfde gedaan. Ze rook lekker, en ze was warm en wit, maar net zo ver weg als het meisje uit de film.

Toen ze merkte dat er niets gebeurde, deed ze haar witte onderbroek uit, en legde hem ergens naast het kussen. Weer ging ze op me zitten en ik streelde haar billen die maar iets ruwer waren dan de rest van haar huid. Haar gezicht was nu vlak bij het mijne. Ik zag dat ze geen poeder op had. Haar huid was echt wit. Natuurlijk kwam het ook door dit licht, maar zelfs in zonlicht had haar huid op meel geleken en waren haar sproeten bleek gebleven als een vaal zonnetje.

Het voelde alsof ik een emmer zeepsop binnenging.

Ik streelde haar haren en vroeg of ze die geverfd had.

'Dat is een pruik,' zei ze, 'heb je dat niet gezien?'

Voor het eerst hoorde ik iets van verontwaardiging in haar stem, alsof ze beledigd was dat ik niet meteen had gezien dat ze een pruik droeg. Ik kende weinig mensen met een pruik, en de haren van een pruik voelden niet veel anders dan haren waarin te veel gel is gesmeerd.

We lagen op elkaar en allebei bewogen we niet. Ik, omdat ze op me lag, en zij zal ongetwijfeld ook wel een goede reden hebben gehad.

'Nou, kom, een beetje actie,' zei ze toen, 'lekker vrijen, lekker klaarkomen, daar houd ik van.'

'Ja,' zei ik, en ik legde mijn hand op haar witte hals, en ik vroeg me af of haar wenkbrauwen en haar wimpers ook van een pruik waren.

'Straks zal ik je mijn nummer geven,' fluisterde ze, 'dan moet je bij me komen, dan maken we het gezellig. Dan ga ik voor je koken, en daarna gaan we een videootje kijken, en dan gezellig vrijen.'

Haar wang lag naast de mijne. Als ik gewild had, had ik haar sproeten kunnen tellen. Opeens wilde ik niets liever dan dat ze voor me zou koken, en dat we een videootje zouden kijken, en dat we het gezellig zouden maken, en ik wilde informeren wat de prijs van dit arrangement was. Maar toen bedacht ik dat het niet gepast was over prijzen te praten, zolang we op elkaar lagen.

Ik bewoog mijn vingers over haar kleine lippen en haar wang, en vroeg of ze goed kon koken en wat haar specialiteit was.

'Biefstuk,' zei ze, 'en nu moet jij maar op mij komen liggen.'

Ze nestelde zich helemaal in de hoek van het bed. Er was niet veel ruimte, tien centimeter boven mij begon de trap. Het duurde ook even voor ze haar benen uit elkaar deed. Toen pakte ze me beet, zoals ik al vaak was beetgepakt. Alleen zei zij niet: 'Kom maar,' of: 'Vooruit maar,' of: 'Toe maar.'

'Straks zal ik je mijn nummer geven,' fluisterde ze, 'ik vind het ook lekker.'

'Ja, ik ook,' zei ik.

Ik pakte haar hoofd vast. Ik heb de neiging als ik op iemand lig, het hoofd van de ander vast te pakken en het tegen me aan te drukken, tegen mijn borst en mijn hals of tegen mijn schouder, want dat ligt het lekkerst. Ze zei: 'Dit doet een beetje pijn, want het is een pruik.'

'Neem me niet kwalijk,' zei ik.

Ze wees waar ik mijn handen kon zetten, ongeveer op haar slapen. Soms keek ze naar de trap boven haar, en soms naar de muur rechts van haar, en ik hield haar hoofd vast, alsof ik hoog in een boom zat en bang was naar beneden te vallen.

Het duurde langer dan normaal. Ik merkte dat het haar irriteerde dat het zo lang duurde, daarom begon ik maar te praten. Ook in wachtkamers begin ik altijd een gesprek, maar zij zei niets. Blijkbaar vond ze dat we dit zwijgend dienden af te werken. Ik vroeg me af wat voor haren ze zou hebben onder die pruik, en ik wist dat ik haar niet zou herkennen als ik haar tegen zou komen op straat.

'Stil maar,' zei ze, toen er weer een paar minuten waren verstreken, maar ik had niets gezegd. Nog altijd lag ik daar, op dat lichaam van haar, en ik hield haar hoofd vast, en zij speelde alsof ze was flauwgevallen. Toen begon het mij ook te irriteren. Ze kon mij toch niet in de schoenen schuiven dat het bij haar van binnen voelde als in een emmer zeepsop, en dat ik twee condooms over elkaar aan moest, omdat ze te lui was me te wassen. Ik maakte nog een paar stotende bewegingen, en zij staarde naar de trap alsof haar man boven ons woonde.

Ik dacht: dit wordt niets meer voor vandaag. Daarom bewoog ik een paar keer sneller en ging toen van haar af. 'Dat was lekker,' zei ze, en ik beaamde het.

Ik zocht mijn biertje en zij zocht haar onderbroek, die ze onder het kussen vond. Zittend op bed deed ze hem aan.

'Kan je zelf je condoom afdoen?' vroeg ze.

'Ja,' zei ik, en ik trok ze alle twee uit, en legde ze op de witte plank.

'Ik moet even naar de wc.'

'Kom je nog terug?' vroeg ik.

'Ja,' zei ze.

Ik kleedde me aan. Ik vroeg me af in welke film het meisje speelde dat zo op haar leek. Ik hoorde ze in de huiskamer praten, maar haar stem hoorde ik niet.

Ze kwam terug, scheurde een velletje van een rol keukenpapier.

Ik wikkelde de condooms in het keukenpapier en liep achter haar aan naar de douche, die in een soort klerenkast was gebouwd. Voor de douche stond een prullenmand, precies zo een als ik in mijn eigen badkamer had. De prullenmand was van onder tot boven gevuld met condooms gewikkeld in keukenpapier. Ik stortte mijn bijdrage en voor het eerst die dag voelde ik me opgelucht, alsof ik een goede daad had verricht. Dit hier was pas echt, het gebruikte-condoommuseum.

We liepen terug naar de kamer, ik ging weer op het bed zitten, en dronk mijn biertje. Zij stond voor me en deed iets aan haar gezicht.

'Heb je pruiken in nog andere kleuren?'

'Nu moet je ophouden, nu heb je genoeg gevraagd.' Haar stem was niet lijzig en ver weg, maar scherp en heel dicht bij me, en ik rook haar adem die de geur van kauwgum had.

'Sorry,' zei ik, 'ik wilde niet onbeleefd zijn.'

'Je moet niet zoveel praten, dat zeg ik om aardig te zijn.'

'Dat weet ik.'

Ze kwam naar me toe en legde een vinger op mijn lippen.

'Een wijs man zwijgt,' zei ze.

Ik deed mijn schoenen aan. 'Jij houdt zeker niet van praten.'

'Ik word er gek van. Van al dat gepraat.' Ook nu was haar stem scherp en dichtbij.

Er was een liedje, een Duits zeemansliedje, geloof ik. Ze wist waarover ze sprak wanneer ze zweeg, zo ongeveer ging het. Mijn vader had het wel eens gezongen, maar ik kende de tekst niet noch de melodie, en hij was er niet meer om het te vragen.

'We moeten een beetje voortmaken, er wacht iemand.'

'Ik heb nog wat bier.'

'Je mag het ook meenemen.'

Ik wilde dit huis niet verlaten met een blikje bier in mijn hand, dus liet ik het staan.

'Je zou me je telefoonnummer nog geven.'

'Oh, ja,' zei ze. Ze pakte haar etui en ze gaf me een gevouwen roze papiertje. Ik zag dat er nog drie van dat soort papiertjes in haar etui zaten, naast de make-upspullen. Ook Rosie had haar make-upspullen in zo'n etui bewaard, alleen was Rosies etui niet wit, maar blauw.

'We moeten gaan,' zei ze.

'Ja,' zei ik.

In de leefkuil zat de bloemenvrouw. Ze praatte met een man. Ik wist niet of het een klant was of gewoon een kennis die langs was gekomen voor de gezelligheid. Ze hadden in ieder geval plezier, zo te horen.

Toen ik langsliep, riep ze: 'Was het naar wens, meneer?' En ik riep: 'Uitstekend.' Ik zag nu dat er een magnetron in de leefkuil stond; het rook naar eten. Zoals je kantoor aan huis had, zo had je tegenwoordig blijkbaar ook bordeel aan huis.

We stonden in het halletje.

'Tot ziens,' zei ik.

'Dat is een geheimpje tussen ons,' zei ze, en ze wees op

het papiertje dat ik in mijn hand hield en dat ik nu in mijn broekzak stopte.

'Dat is een geheimpje tussen ons,' zei ik. Opnieuw probeerde ik me haar voor te stellen zonder witte pruik en zonder dat witte pakje, maar zo zou ik haar nooit te zien krijgen.

Ook hier, in dit licht dat niets verborg, had haar huid de kleur van karnemelk.

'Ciao,' zei ik, en zij zei: 'Pas op jezelf.' Een paar huizen verderop plaste ik tegen een boom, en daarna ging ik een café binnen waar ik verder ging met bier drinken.

'2 Sexy meisjes in pikante lingerie – alles is mogelijk, bel voor informatie,' las ik. En daarboven, '*privé* 26, heerlijke ontspanning voor u en uw zakenrelaties.' Ik draaide het om, en daar stonden in grote kinderlijke cijfers twee telefoonnummers genoteerd. Daarnaast had iemand een stempeltje gezet. 'Astrid' was er gestempeld, in het rood, met drie hartjes eromheen. Ik had ook zo'n stempeltje gekregen van mijn zus toen ik acht was of negen. Mijn stempel was blauw, en er stond niet Astrid op, maar Sheriff.

Ik dacht aan haar witte pruik. Nu al wist ik dat ik haar zou bellen om van haar arrangement gebruik te maken. Ik dacht aan de anderen. Je kon veel van hen zeggen, maar in ieder geval hadden ze me niet lastiggevallen met vragen waarop ik geen antwoord wist, of waarop ik geen antwoord kon geven, omdat ik over dat soort vragen de rest van mijn leven niet meer wilde nadenken. Afgezien daarvan hadden we elkaar ontmoet op verduisterde plekken waar het niet de bedoeling is dat je iets van elkaar weet. Het is goed elkaar op zulke plekken te ontmoeten.

2 Sexy meisjes in pikante lingerie. Alles is mogelijk. Ik zat met het papiertje in mijn hand en bestudeerde het alsof

er een boodschap op stond, afkomstig van een andere planeet.

Pas toen er iemand aan mijn tafeltje kwam zitten, stopte ik het weer in mijn zak, en bestelde nog een biertje. Het was een vrouw met kortgeknipt blond haar en een kaki blouse. Allebei keken we naar ons glas tot ze zei: 'Wil je snookeren?' Ze wees naar de biljarttafel, en ik hoorde dat ze Nederlands praatte met een zwaar Amerikaans accent.

Ik had nog nooit gesnookerd, maar ik zei dat het goed was. Zij vertelde dat ze voor geld wilde spelen, anders was er niets aan, en dat we allebei een geeltje moesten inzetten. Ik had nog geld, dus gaf ik haar vijfentwintig gulden en liep naar de tafel om mijn keu te pakken. Ze legde me de spelregels uit, en ik keek naar dat kettinkje met een kruis dat om haar nek bungelde.

'Ik heet Joan,' zei ze, en ze vertelde dat ze een hond had, waarvan ze erg hield, en dat ze het daarom niet te laat kon maken. Ik zei dat ik geen hond had, maar dat ook ik het niet te laat wilde maken. Na tien minuten stak ze mijn briefje van vijfentwintig in haar zak en trakteerde me op een biertje.

'Wil je revanche?' vroeg ze.

Dat wilde ik wel. Het was beter met haar te snookeren dan aan een tafel te zitten, en naar de lege straat te kijken en aan Astrid te denken, of aan 2 sexy meisjes in pikante lingerie. Alles is mogelijk.

Ik moest haar weer een geeltje geven. Ze legde uit dat ze altijd voor geld speelde. Ze was een professionele snookerspeler en reisde door Europa, en in alle grote steden snookerde ze voor geld.

'Mooi,' zei ik, 'misschien moet ik dat ook maar gaan doen.'

We speelden weer en dronken bier. Ze vertelde dat ik moest oppassen, want als de zwarte bal in het gat viel, had de ander gewonnen. Weer had ze binnen tien minuten vijfentwintig gulden verdiend.

'Nog eens?' vroeg ze.

'Nee,' zei ik.

'Heb je geen geld meer?'

'Dat is het probleem niet. Het is genoeg voor vandaag, snap je.'

We gingen zitten. Joan vertelde dat er in Amsterdam ook een snookercafé was, dat ik daar maar eens naar toe moest gaan.

'Dat is goed,' zei ik.

Ik trakteerde op bitterballen. Toen we er allebei vijf hadden gegeten, vroeg ze of ik haar geld wilde lenen. Ze legde haar hand op mijn hand en zei dat ze in de problemen zat. Ze begon een heel verhaal, in het Engels, over haar vriend die in het Amerikaanse leger zat en terug moest naar Berlijn, maar die geen geld had voor de reis en als hij morgen niet in Berlijn zou zijn, brak de hel los. Ik voelde dat ik eigenlijk genoeg had gedronken, maar voor de gezelligheid wilde ik nog wel doorgaan. Er lag nog één bitterbal op het schaaltje; haar verhaal duurde lang. Op een gegeven moment onderbrak ik haar, en zei: 'Don't tell me those shitstories. I've heard thousand of them.' Dat was niet waar. Ik had er maar een paar gehoord, maar dat was genoeg om ze voor altijd te onthouden en ze nooit meer te willen horen.

Ik keek naar dat kruis dat boven haar tieten bungelde, en ik dacht aan die hond van haar, en dat ze allemaal konden verrekken.

Ze zei dat ze wist dat ik haar niet geloofde, maar dat het

allemaal waar was, en dat ze het kon bewijzen. Ze praatte niet hard, maar dwingend. Ook voor mij was deze dag lang en zwaar geweest. Ik zei: 'Don't fuck my mind, don't fuck my mind.' Kennelijk had ik het geschreeuwd, want de barkeeper kwam naar ons toe en zei dat dit een net café was voor nette mensen.

Ik weet niet of het door de barkeeper kwam of door de bitterballen of door wat dan ook, maar ik pakte mijn laatste briefje van vijftig en zei tegen Joan dat het goed was. Toen hing ze weer een heel verhaal op, maar ik luisterde niet. Ik herinnerde me een tante van mij uit New York die te zwaar naar parfum rook en altijd als ze bij ons kwam over de kampen praatte alsof ze er gisteren nog was geweest. Ook mijn moeder werd er kotsmisselijk van. Tegen mij zei die tante altijd: 'Make a masterpiece of it, make a masterpiece of it.'

Ik zag hoe ze mijn laatste briefje wegstopte in de zak van haar spijkerbroek, en ik dacht dat dit een goede dag was geweest. Je moest ook geld uit kunnen geven zonder meteen te verlangen dat ze zich uitkleedden en aan kwamen zetten met de spulletjes.

Joan stond erop dat ik haar vriend zou zien, omdat ik dan zou geloven dat ze het me allemaal terug zou betalen, zelfs de bitterballen. Ik wist dat ik niets terug zou krijgen van haar, nooit. Toch liepen we samen naar de tram. Voor het eerst voelde ik dat ik die nacht niet had geslapen en toen we eindelijk in de Bilderdijkstraat waren leek het alsof ik een week niet geslapen had.

We gingen een café binnen waar ik nooit was geweest en waar ik, denk ik, ook nooit meer zou komen. Aan de bar zat een man met een bijna kaalgeschoren hoofd, en ze zei: 'Dit is 'm.'

Hij keek naar me alsof zij mijn zaad nog tussen haar benen had zitten, maar dat kan ook verbeelding zijn geweest. Of hij echt soldaat was, wist ik niet en ook niet of hij echt haar vriend was, maar het was wel duidelijk dat hij aan minstens drie vechtsporten deed.

Ik wilde niets meer drinken en ook niet ergens gezellig gaan dansen.

'Tot ziens,' zei ik.

'Hey,' zei haar vriend. Ze bracht me naar buiten, kuste me op mijn mond en verzekerde me nog eens dat ik alles terug zou krijgen.

Ik zei alleen dat ze aan haar hond moest denken. Of ik met de tram thuis ben gekomen of met een taxi of te voet zou ik niet meer kunnen zeggen. Ik denk eigenlijk niet met een taxi.

Er lag een brief op de mat. 'Ik haal uw oude kranten op,' stond erin, 'bel mij.' Ik vouwde de brief in vieren en gooide hem in de prullenmand. Ik herinnerde me weer dat mijn moeder op mij wachtte met haringsalade. Toen ik haar belde, was het te laat. Ze sliep al of ze had zich opgehangen.

'Ik haal uw oude kranten op. In pikante lingerie. Alles is mogelijk,' zei ik tegen de wastafel, waar ik overheen gebogen stond. Voor het eerst die dag zag ik alles van de rooskleurige kant.

Het was nog altijd maandagavond toen ik wakker werd. Ik begon me te scheren, maar hield er snel mee op. Dit was nergens voor nodig. Ik belde nog een keer mijn moeder, maar die nam niet meer op. Op mijn bureau lag het roze briefje. In pikante lingerie. Alles is mogelijk. Bel voor informatie.

Ik draaide het om, en daar stonden de twee telefoonnummers van Astrid. Zoals ik me kon voorstellen dat een alcoholist naar het volgende glas verlangt, terwijl het glas dat voor hem staat nog niet eens leeg is, zo verlangde ik naar hen.

Het eerste nummer was bezet en bleef bezet. Toen probeerde ik het tweede.

'Stijns,' zei een man.

'Hallo,' zei ik, 'is dit het nummer van Astrid?' Ik dacht aan haar witte pruik en vroeg me af of ze hem nu had afgezet.

'Astrid wie?'

'Dat weet ik niet. Ik heb hier alleen een voornaam. Astrid.'

'Met wie spreek ik eigenlijk?' Het was niet te zeggen hoe oud de kerel was met wie ik sprak. Hij praatte een beetje nasaal.

'Arnon,' zei ik, 'A-R.'

'Laat maar. Astrid is er niet.'

'Wanneer kan ik haar bereiken?'

'Probeer het morgenochtend maar, om een uur of negen.'

'Bedankt,' zei ik.

Ik kleedde me uit en ging op bed liggen om te slapen.

Om half negen werd ik wakker. Ik liep naar de badkamer om me te wassen en te scheren, en dacht aan haar vale sproeten die halverwege waren opgehouden met groeien.

In de keuken van Sergius was het vet in de koekenpan van kleur veranderd, evenals het restje beslag dat ik niet had gebruikt en waarop zich nu een dun vliesje had gevormd. Ik herinnerde me hoe we hier aan de slecht geschuurde houten tafel hadden gezeten en midden in de nacht broodjes kaas hadden gegeten, terwijl hij me vertelde hoe hij bokskampioen was geworden in een oude bioscoop.

Ik gooide het beslag weg. Voor ik naar de telefoon liep, keek ik in de spiegel. Alles is mogelijk. Bel voor informatie. Ik draaide het blaadje om, zag het stempel, en moest weer denken aan die van mij, waarop Sheriff stond. Misschien lag het nog wel ergens hier in huis, in een van de dozen die ik vol had gestopt met nutteloze spullen, omdat ik te laf was ze weg te gooien.

'Hallo.'

'Hallo,' zei ik, 'je spreekt met Arnon, is dit Astrid?'

'Ja.' Ik hoorde haar trage stem. Aan de manier waarop ze sprak kon ik horen dat ze haar witte pruik al op had en ook haar witte laarzen alweer had aangetrokken.

'Ik was gisteren bij je. Ik ben de jongen die zoveel sprak. Met die krullen.'

Het bleef stil.

'Ik was de jongen die zoveel sprak. Weet je nog?'

'Ja,' zei ze. Het was geen 'ja' van iemand die zich iets herinnerde, het was een 'ja' van iemand die de ander wilde aanmoedigen door te gaan met spreken. Ik herinnerde me haar borsten, waarvan het leek alsof ze met draadjes omhoog werden getrokken, en de wat ruwere huid van haar billen.

'Je zei toen dat je voor me wilde koken.'

'Laat me denken,' zei ze.

2 Sexy meisjes in pikante lingerie. Alles is mogelijk. Bel voor informatie. Ik wist opeens dat het een vergissing was geweest haar te bellen, en ik kreeg zin in een borrel om de scherpe kantjes van de dag weg te drinken.

'Vandaag?' vroeg ze.

'Ja, dat is goed. Uitstekend.'

'Drie uur?'

'Oké.'

'Dan moet je naar de Agamemnonstraat komen,' zei Astrid, A-G-A-M-E-M-N-O-N.'

Terwijl zij Agamemnon spelde en dat deed ze niet echt vlot, zag ik dat hele bordeel aan huis weer voor me, en ik wist dat er precies hetzelfde zou gebeuren als gisteren.

'Tot drie uur,' zei ik.

'Gezellig,' zei Astrid.

Ik vouwde het papiertje op en stopte het in mijn agenda. Ik was nog nooit naar een meisje terug geweest. Ik wilde steeds weer naar een nieuwe. Naar een gezicht dat ik nog niet kende en een geur die ik nog niet eerder had geroken, zodat de uren die ik bij hen had doorgebracht niet op elkaar zouden lijken, en ik me ieder van hen afzonderlijk zou herinneren, ondanks de korte tijd dat we bij elkaar waren geweest, ondanks het slechte licht en ondanks de leugens die we elkaar hadden verteld en die niet eens leugens hoefden te zijn, maar toch zouden we dat steeds weer denken of we zouden niets denken.

De Vespuccistraat, de Brederodestraat, de Koninginneweg, de Agamemnonstraat, de Utrechtsedwarsstraat, de Bilderdijkstraat, de Frans van Mierisstraat. Door Amsterdam liep een spoor van meisjes en vrouwen met bedachte namen die ik had bezocht. In verbouwde woonkamers, op slecht verende bedden, in tot douche omgebouwde klerenkasten, had ik hen aangetroffen en zij mij. Nooit was ik bij een van hen teruggekeerd. Ik was daarna nog vaak door hun straten gelopen, maar nooit had ik aangebeld, want wat eenmalig was, moest eenmalig blijven. Ik had de deur van het ene huis nog niet achter me dichtgetrokken of ik zocht alweer het volgende. Alleen al de tijd die het kostte om terug te lopen was genoeg om alles te vergeten. Hun pruiken, hun geverfde haren, de fonteintjes waar ze me hadden gewassen, en vooral het gezicht van haar die er niet was en die er ook nooit zou zijn. Er zat steeds minder tijd tussen het ene gezicht en het volgende, want op welk bed ik ook zou gaan liggen, allemaal deden ze me verlangen naar de volgende.

Nu zou ik teruggaan naar Astrid en de hele ochtend dacht ik aan haar. Aan haar ijle, afwezige stem, haar weerzin tegen het praten van al die mensen. Misschien had ze wel gelijk, misschien moesten we maar ophouden liefde proberen uit te drukken in woorden. Misschien moesten we helemaal ophouden met dat gezeur over liefde en gewoon warmte geven, op de enige manier waarop dat mogelijk is, met ons lichaam, en voor de rest het zwijgen ertoe doen.

Die ochtend las ik drie boeken waarover ik leesrapportjes zou moeten schrijven en ik deed echt mijn best hun verzinsels boeiend te vinden. Ik dacht aan de opgevouwen paraplu en het bed waarop ik over een paar uur weer zou liggen en het bloemenvrouwtje, dat in de gang met me zou afrekenen en me 'jongen' zou noemen.

Nadat ik een haring had gegeten nam ik voor de tweede keer die dag een douche, smeerde extra gel in mijn haren, zocht schone sokken en stopte geld in mijn zak.

Op de hoek van de Willemsparkweg stonden een jongen en een meisje achter een tafel.

'Wilt u pruimen kopen, meneer?'

Ik bleef staan. 'Waar komen jullie vandaan?'

'Uit de buurt van Tiel,' zei de jongen. Hij was ouder dan het meisje, had een kleine dikke nek, en was nogal stevig gebouwd. Later werd hij vast een krachtpatser.

'Die pruimen komen zeker uit jullie tuin?'

'Twee vijftig een kilo,' zei het meisje.

Ik bukte me. 'Hoe heet je?' vroeg ik.

Ik verstond haar niet, ik verstond iets wat op Diederikje leek.

'Over anderhalf uur kom ik hier weer langs,' zei ik, 'dan koop ik pruimen bij jullie.'

'Oh, jij bent het,' zei het bloemenvrouwtje.

'Ja, ik heb een afspraak met Astrid.'

'Kom binnen,' zei ze en deed de deur dicht.

'Astrid is er niet, die is op escort.'

'Ik heb een afspraak met haar om drie uur.'

'Kom je voor anaal?'

'Nee, voor Astrid.'

'Oh, je komt voor anaal.'

'Nee, voor Astrid, zeg ik toch.'

'Kom je voor gewoon?'

'Nou ja, eigenlijk wel.'

'Dan kun je net zo goed een ander slank meisje nemen, kom maar mee. Maar dan wil ik wel weer eerst met je afrekenen.'

Ik gaf haar de 125 gulden, dit keer had ik het gepast. Weer liep ik achter haar aan de woonkamer in. Er zaten twee vrouwen.

'Hij kwam voor Astrid, maar ik zeg tegen hem, dan kun je net zo goed een ander slank meisje nemen.' Ze gaf me een vriendschappelijk duwtje. 'Dat is ze,' zei ze, en wees op het meisje dat bij het raam op de bank zat.

'Hallo,' zei ik. We gaven elkaar een hand. Het andere meisje gaf ik geen hand en zij maakte ook geen aanstalten.

'Koude handen.'

'Buiten is het koud,' legde ik uit.

'Kolerezomer.'

'Wat wil je drinken?' vroeg het bloemenvrouwtje.

'Bier, als het kan.'

'Ik moet nog boodschappen doen, is cola ook goed?'

Cola vond ik ook goed.

'Ga zitten, jongen, doe of je thuis bent. Wil je een kussen?'

Ik zei dat ik geen kussen nodig had en keek naar het meisje met wie ik niets zou doen. Ze had kortgeknipt blond haar, droeg een wit T-shirt en een onderbroek, en zat op de bank met een schaaltje nootjes tussen haar knieën geklemd. Het meisje met wie ik straks mee zou gaan, droeg een soort zwart kruippakje. We zeiden niets en keken met z'n drieën naar een tekenfilm op RTL 4. Op de salontafel lagen ingedeukte plastic bekertjes en borden die er ook gisteren hadden gestaan. Het was weer net de werkweek, vlak voor het naar bed gaan.

'Ken je Astrid, ken je haar goed?'

'Nou, goed. Ik ben een keertje bij haar geweest.'

Toen de tekenfilm was afgelopen, zei die in het kruippakje: 'Ik wilde net gaan eten, als je alleen bent, dan eet je wanneer je honger hebt. Maar toen kwam jij.'

Ik knikte.

'Dus nu zal ik het maar weer uit de magnetron halen.'

'Ik let er wel op,' zei het bloemenvrouwtje.

'Ik koop altijd diepvriesmaaltijden.'

'Zijn die te eten?' vroeg ik.

'Best wel.'

'Waar is de gids?' Dat was het eerste dat het meisje in het T-shirt zei, maar niemand reageerde. Onder het kussen trok ze een zak nootjes vandaan en vulde daarmee haar bakje.

'Daar gaan we, neem je cola maar mee.'

Weer gingen we die kamer binnen met de opgevouwen paraplu. Ik ging op het bed zitten. Ze zei dat ze zo terug was. Ik hoorde dat er een nieuwe tekenfilm was begonnen. Ik dacht aan Astrid. Ze had zich toegelegd op anaal verkeer, misschien wel omdat het bij haar van binnen voelde als in een emmer zeepsop. Zij zou ook eenmalig blijven.

'Let toch zelf eens op de gids, ik kan toch niet altijd voor jullie de gids lopen zoeken,' hoorde ik het bloemenvrouwtje roepen.

Het meisje kwam binnen, sloot de deur.

'Ik dacht dat je al uitgekleed was.'

'Ik wachtte op jou.'

'Wil je je nog wassen?'

'Dat heb ik net thuis gedaan.'

'Ik heet trouwens Maria, geen fake-naam, dat is mijn echte naam.'

'Ik heet Arnon, ook geen fake-naam, dus zijn we daar ook van af.'

Allebei waren we naakt, alleen ik had nog een glas cola in mijn hand.

'Hier is de gids, voor je neus, uilskuiken, kijk toch eens uit je doppen,' riep het bloemenvrouwtje, zo te horen vlak naast de deur.

'We gaan op dat bed,' zei Maria.

Het was het andere bed, niet onder de trap, maar bij het raam. Het was er licht, lichter dan normaal. Ik had niet zoveel licht nodig. Ze deed het gordijn dicht. Nu kon ik mijn kleren, die ik op de grond had gelegd, niet meer zien.

'Waar kom je vandaan?'

'Uit Dortmund, maar dat hoor je niet, hè?'

'Nee,' zei ik, 'mijn complimenten.'

'En jij?'

'Uit Amsterdam. Maar mijn ouders komen uit Berlijn. Ze zijn joods, net als ik, maar dat heb je waarschijnlijk al gezien.'

'Geeft niets,' zei ze, 'geeft allemaal niets. Ga maar liggen.'

Dat deed ik. Er was over de hele lengte van het bed een spiegel tegen de muur bevestigd. Ze legde haar hoofd op mijn borst. 'Boem boem boem,' zei ze.

Dit vond ik eigenlijk niet zo fijn. 'Wat is er?' vroeg ik.

'Je hart doet boem boem boem, hij gaat helemaal tekeer.'

'Ja, natuurlijk doet hij boem boem boem, anders zou ik het hier begeven hebben, dat zou niet zo best zijn.'

Ze haalde haar hoofd van mijn borst en begon me te masseren. Haar roodbruine haren hingen in slordige krullen over haar rug en haar gezicht.

'Wat zal ik voor je doen?'

'Bedenk maar iets,' zei ik, en ik dacht aan een wodkaatje en een biertje naast elkaar op de bar. Ik herinnerde me dat ik *De hond met de blauwe tong* ergens had laten liggen, maar ik wist niet meer waar. Het kon me ook niets schelen.

'Franse massage?'

'Best.'

Ze begon aan me te sjorren. Ik had er nu heel veel ontmoet, maar uiteindelijk trokken ze je allemaal af alsof ze glazen aan het spoelen waren. Ik had er nog geen ontmoet die het zo goed kon als ik. Misschien moest ik daar maar eens mijn geld mee gaan verdienen.

'Ik wist niet dat er ook oranje condooms bestonden.'

'Al heel lang,' zei ze, 'die zijn beter voor Franse massage, die groene zijn heel bitter, dat smaakt echt niet lekker.'

Ik hoorde dat er aangebeld werd en ik vroeg me af of dat Astrid was.

'Kom je snel klaar?' vroeg ze. 'Dan houd ik daar rekening mee.'

'Dat is aardig,' zei ik, 'dat is bijzonder aardig. Ach, wat zal ik zeggen. De ene keer wel, de andere keer niet. Het hangt een beetje van mijn stemming af.'

'Ik was net nog in Leidschendam. Voor een escortje. Ik heb zelf een autootje.'

'Ik niet.'

'Heb je wel een magnetron?'

'Nee, ook niet.'

'Dat is handig hoor, zo'n magnetron. Zeker als je alleen bent. Ben je alleen?'

'Ja.'

Haar rug zat onder de moedervlekken.

'Ik ook, nou, dan weet je het wel.'

Ik wist niet wat ik wel moest weten, maar vroeg niet verder. De Franse massage duurde voort.

'Dit is onze laatste dag.'

'Wat?'

'We gaan hier sluiten,' zei Maria, 'we doen van hieruit alleen nog escort. We hadden vrijdag een politie-inval, en we mogen geen club meer zijn.'

'Dan ben ik blij dat ik hier vrijdag niet was.'

'Dat valt wel mee, hoor. De smerissen zijn best wel aardig tegen de klanten.'

Minuten gingen voorbij. Het was goed dat er niets was om over te denken, behalve aan de rest van dit uur, en de geluiden van de televisie die door de dunne muren heen kwamen. Ik vroeg me af of dat meisje op de bank nog steeds nootjes zat te eten en of het bloemenvrouwtje al terug was met de boodschappen, zodat ze me bier kon geven in plaats van lauwe cola.

'Zo mag ik hem zien,' zei Maria, 'zo mag ik hem zien.' Toen ze dat zei was het alsof er een eeuw voorbij was gegaan, alsof ik de rest van mijn leven op dit bed had gelegen, kijkend naar het achterhoofd van een onbekende die mij Frans masseerde, allebei wachtend op het moment dat het voorbij zou zijn.

'Kom nu maar op mij, dan kan ik even uitrusten.'

Ik klom op haar. Ik zag ons in de spiegel. Ik begreep niet dat mensen zich op dit soort momenten in de spiegel wilden bekijken.

'Is dat een vogel?' vroeg ik, en wees op een tatoeage op haar linkertiet.

'Een vlinder,' zei ze, 'dat je dat niet ziet. Weet je hoe ze me vroeger noemden? Madame Butterfly.'

'Madame Butterfly,' zei ik, en ik kuste haar op haar oor.

Ze pakte me vast en duwde me bij zich naar binnen. Zij keek naar mij en ik keek naar de vlinder, en hoe langer ik ernaar keek, hoe meer hij begon te lijken op een levend exemplaar. Ik bewoog op hetzelfde ritme als dat waarmee je baby's in slaap wiegt. Het voelde ook alsof ik ieder moment in slaap kon vallen, alsof alle katers die nog voor me lagen, en alle ochtenden die ze nog zouden vullen, nu al een voorproefje gaven. Ik zag mijzelf liggen op het lichaam van Madame Butterfly. Ik zag onze knieën, ik zag onze hoofden, haar krullen, die waarschijnlijk nog maar een week krul zouden zijn, ik zag alles. Ik hield haar hoofd vast, zoals ik veel hoofden had vastgehouden en tegen me aan had gedrukt, omdat dat nu eenmaal het lekkerst ligt, en ik zag de vlinder, in de spiegel en op haar tiet, en na tien minuten wilde ik alleen nog maar weg. Naar Astrid, of naar Marcella, in ieder geval naar een ander.

Ik ging van haar af.

'Was dat het?' vroeg ze.

'Ja,' zei ik.

Ze pakte mijn piemel. 'Ben je gekomen? Nee toch.'

'Jawel,' zei ik. 'Zeker weten.'

Ze bewerkte hem een beetje met haar hand.

'Een heel klein beetje maar. Nou ja, dat kan ook.'

Ze zei het troostend en we kleedden ons aan.

'Wil je je even opfrissen?'

'Nee,' zei ik, 'ik woon hier vlakbij.'

'Klant is koning.'

Ze vroeg of ik wist hoe oud ze was. Ik zei: 'Tweeënder-tig.' Ze zei: 'Vierendertig.' Ze wilde er over een paar jaar mee ophouden.

Ik zag hoe ze het handdoekje op het bed uitklopte en omdraaide. Waarschijnlijk was dat handdoekje al twintig keer uitgeklopt en omgedraaid, maar dat kon me al maanden niets meer schelen.

'Ga je op kantoor werken?' vroeg ik.

'Ben je gek. Ik wil iets met catering gaan doen.'

'Is ook een mooi vak.'

Ze bekeek zichzelf in een heel klein spiegeltje. Ze deed lippenstift op.

'Ik ben eigenlijk verpleegkundige, maar ik ben door mijn rug gegaan. Ik heb in een verpleegtehuis gewerkt.'

'Dat is zo erg,' zei ik, 'verpleegtehuizen.'

'Ja,' zei ze, 'dat is het ergste van alles.'

Ik pakte mijn huissleutels die ik onder het bed had gelegd en stopte ze in mijn broekzak. Madame Butterfly veegde een krul van mijn voorhoofd. 'Nou, het was een korte vreugde.'

'Ach,' zei ik, 'u doet ook maar uw werk.'

We liepen naar de voordeur. Ik keek of ik Astrid zag,

maar ze was nergens te zien. Ik zwaaide naar het bloemenvrouwtje, dat aan de telefoon hing en zij zwaaide terug. We
stonden nu in fel zonlicht.

'Ik vond het fijn,' zei ik.

'Ja, ik ook,' zei ze.

Ik liep in de richting van de Hectorstraat. Het uur, dat
een kwartier had geduurd, was weer voorbij.

Op een klein pleintje ging ik tegen een boom staan. Ik
deed niet alleen mijn gulp open, maar ook de rest. Ik leunde met mijn hoofd tegen de boom. Een grote paarse vlek,
die nog het meeste leek op een bloeduitstorting, was het
zichtbare overblijfsel van de Franse massage van Madame
Butterfly.

In dienst van Blue Moon

Meneer Dreese woonde op de zolder, en al die trappen naar boven dacht ik eraan dat het misschien toch niet zo'n gek idee was geweest iemand te vertellen waar ik heen ging of op z'n minst een telefoonnummer achter te laten of een adres.

Op de tweede kwam ik langs een kinderwagen, op de derde stond een racefiets en nog eentje hoger was een dakraam, waardoor fel onaangenaam licht viel. Waarschijnlijk maakte ik me druk om niets, omdat het ergste dat zou kunnen gebeuren toch wel gebeurt. Ik had gisteren een weddenschap afgesloten dat Ajax de wedstrijd van vanavond in het Olympisch Stadion zou winnen. Ik had vijfhonderd gulden ingezet. Toen Parma tegen Antwerp speelde voor de finale had ik honderd gulden op Parma ingezet. En een dag later liep ik met twee meier op zak, zodat ik mezelf een van de slimste mensen in de stad vond.

Meneer Dreese stond over de trapleuning gebogen en nog voor ik helemaal boven was, zei ik: 'Sorry dat ik zo laat ben, ik kon het niet vinden.'

'Stephan?' vroeg hij.

'Ja,' zei ik.

Zijn zolder was ingericht zoals mensen een appartement inrichten dat ze later gemeubileerd willen verhuren. Het was er nog warmer dan buiten, waar het toch ook niet echt koud was. Het rook er naar hertenleer. Ik heb nog nooit hertenleer geroken, maar volgens mij ruikt hertenleer zoals het op die zolder rook.

'Daar,' zei hij.

We gingen het zijkamertje binnen waar een bureau stond, met twee stoelen. Aan de muur hing een ventilator die langzaam ronddraaide. Zoals ze die ook overal in Israël hebben, in hun woonkamer, in hun auto en sommigen zelfs in de wc.

Meneer Dreese had een vierkant gezicht en droeg een bril. Zo te zien kwam hij uit Indonesië, in ieder geval daar ergens uit die buurt. Ik dacht aan mijn laatste liefje, en ik vroeg me af of ook zij hier had gezeten en of ze net als ik wachtte tot de ventilator weer langs haar gezicht zou komen. Het kamertje leek op de zijkamer van de rector. Alleen daar was geen ventilator. Op een bepaald moment kunnen mensen in hun leven hun lot alleen nog maar verbinden aan dat van andere mensen, of aan dat van een voetbalwedstrijd, of aan dat van het geld dat ze hun hele leven niet meer bij elkaar zullen verdienen, maar dat ze al lang hebben uitgegeven. Toen dacht ik weer aan mijn laatste liefje, en vroeg me af of ze iets bijzonders had aangetrokken. Ik droeg mijn groene trui, waarin nog altijd twee gaten zaten, en mijn witte broek. De hele dag had ik getwijfeld of ik wel zou gaan. 's Middags toen ik *Het Parool* had proberen te verkopen op Station-Zuid had ik daaraan staan denken, en later ook nog. Ik liep daar met mijn T-shirt waarop *Het Parool* stond, en ik moest de hele tijd naar de koppen kijken van mensen die zo nodig nog een trein moesten halen. Ik riep: 'Het Parool, Het Parool,' maar zelfs als ik had geroepen: 'Voor een tientje bijt ik mijn lul eraf,' was niemand blijven staan. Om half vijf had ik er drie verkocht, toen deed ik mijn T-shirt uit en mijn trui aan, en liet die dertig kranten liggen precies voor de roltrap die naar het perron voerde waar de sneltram naar Amstelveen vertrok. Ook het T-shirt liet ik daar liggen. Ik zou er vast wel iemand blij mee maken.

'Met ph?' vroeg meneer Dreese, 'Stephan met ph?'

'Ja,' zei ik.

'Waarom heb je gebeld?' Zijn handen lagen op tafel en in zijn ene hand hield hij een balpen vast. Iedere keer als de ventilator langs zijn gezicht kwam, gingen een paar haren aan de zijkant van zijn hoofd omhoog.

'Ik heb geld nodig.'

Hij knikte.

'Ik heb zowat overal schulden gemaakt. Het loopt allemaal een beetje uit de hand, en ik heb geen zin mijn moeder te vermoorden.'

Ik lachte, maar aangezien ik de enige was, hield ik er maar snel mee op.

'We bestaan nu anderhalf jaar,' zei meneer Dreese, 'en ik moet zeggen dat 't naar verwachting gaat. Dit is een van onze advertenties.'

Hij tikte met zijn pen op het blad dat voor me lag, maar ik zag niets. Ik voelde alleen hoe warm ik het had.

'Ik heb je door de telefoon al 't een en ander verteld?'

Ik knikte, en opnieuw vroeg ik me af hoeveel van hen hier hadden gezeten, en wat dat liefje dan had geantwoord op al die vragen die ze niet kon verstaan.

'Ik heb een pasfoto van je nodig. Je krijgt in ieder geval één opdracht. Daarna wil ik je nog een keer spreken. Er zijn erbij die 't dan voor gezien houden, maar als alles in orde is, kan 't balletje wat mij betreft gaan rollen. Dat is akkoord?'

'Ja,' zei ik.

Hij pakte een velletje papier en ik zag dat het opnieuw was gaan regenen. Het was warmer geworden, maar het regende nog steeds. Iedere keer als ik naar hem keek, moest ik mijn ogen een beetje dichtknijpen tegen het licht dat door het kleine raam achter zijn rug scheen.

'Leeftijd?'

'Tweeëntwintig.'

'Lengte?'

'1 meter 72, ongeveer.'

'Kleur ogen, blauw zullen we maar zeggen, kleur haar, donkerblond. Zijn die krullen van jezelf?'

'Ja.'

'Mooi.'

'Bedankt.'

'Wat doe je?'

'Hoe bedoelt u?'

Meneer Dreese nam zijn bril af en wreef in zijn ogen. Iedere keer moest ik naar die haren kijken die opwaaiden. Midden op zijn hoofd was hij kaal.

'Wat voor werk doe je?'

'Ik doe wel eens wat voor de radio.'

'Hobby's?'

'Nou ja, zeg maar, kunst.'

'Wat voor kunst?'

Op weg hierheen had ik een lekkerbekje gegeten met cocktailsaus. Bij alles wat ik nu zei kon ik die cocktailsaus ruiken.

'Alle kunst. Maakt me niet uit.'

'Dat is mijn ouwe beroep.'

'Wat?'

'Ik heb vroeger veel met ouwe topografische kaarten gedaan, maar daar zit ook geen droog brood meer in.'

'Nee?'

Voor me lag nog altijd de *Cosmo*. Iedere keer als ik me

vooroverboog om de advertentie te lezen, voelde ik me weer duizelig worden.

'Sport?'

'Tennis.' Ik dacht aan mijn moeder en die trainster, en ik zag de hele Karel Lotsylaan weer voor me en al die woensdagmiddagen die ik daar had verpest.

'Mannen en vrouwen?'

'Alleen vrouwen.'

'sm?'

'Nee.'

'Paren?'

'Ook maar nee.'

'Tot welke leeftijd?'

'Ach, leeftijd zegt zo weinig. Zeventig.'

Hier had ik onmiddellijk spijt van. Ik had veertig moeten zeggen, maar ik kon nu niet meer terug. Ik wilde eigenlijk wat drinken, maar er werd me niets aangeboden.

'Stephan was mijn lievelingsheilige.'

'Pardon?'

'Hij was mijn lievelingsheilige. Stephan.'

Ik vroeg me af of dat t-shirt en die kranten inmiddels al waren meegenomen.

'Je krijgt van mij een dossiernummer. Je moet me even laten weten wanneer je beschikbaar bent, en dan kan wat mij betreft het balletje gaan rollen.'

Dat was al de derde keer dat hij het had over het balletje dat ging rollen. Ik werd gek van dat soort uitdrukkingen, ik werd helemaal gek van uitdrukkingen.

'Vragen?'

'Als ik er ben, moet ik dan opbellen om te laten weten dat ik ben aangekomen?'

'Nee, dat doen we alleen met de meisjes. Het heeft trouwens ook weinig zin. Het speelt zich meestal af in hotels.'

'En de chauffeur rekent met ze af?'

'Ook dat is iets anders dan bij de meisjes, dat doe je zelf. Eén keer per week kom je hier met mij afrekenen. Heb je een pak?'

Ik zei 'ja' maar ik had geen pak.

'Zijn er dingen die je kan weigeren?' vroeg ik.

'Jawel. We zitten niet echt op dat soort excessen te wachten.'

Wie 'we' waren, wist ik niet en ook niet wat het voor excessen waren waar ze niet op zaten te wachten.

'Je hoort van tevoren wat is afgesproken,' zei hij, 'dus of je eerst een hapje gaat eten. Het hoeft ook niet altijd op seks uit te lopen.'

'Condooms krijg ik van u?'

'Daar moet je zelf voor zorgen, anders kan ik wel een condomerie beginnen en die is er geloof ik al.'

Hij lachte, dus lachte ik ook maar. Ik dacht aan het meisje dat me had verteld dat ze was begonnen op een boot waar vrijgezellenfeesten werden gehouden. Er waren beslist heel wat van dat soort boten.

Meneer Dreese tikte met zijn pen op de rug van zijn hand en zei dat ik echt niet bang hoefde te zijn voor Ma Flodder-types. Ik herinnerde me de man die had verteld over de mooiste plek op deze aarde.

'Word ik thuis opgehaald?'

'Ik denk niet echt dat je daarop zit te wachten.'

Toen stond hij op en zei: 'Ik ben een man van weinig woorden.'

Ik stond ook op. 'Ja, ik eigenlijk ook.'

'Kom je zaterdag je foto brengen?'

'In de ochtend?'

'Kom maar 's middags, de nachten zijn voor mij al lang genoeg.'

Voor mij ook, wilde ik zeggen, maar ik zei niets.

'Tot dan,' zei hij, 'wacht, ik zal je mijn kaartje geven.'

Ik liep naar beneden, langs de racefiets en die kinderwagen. 'Dreese,' stond op het kaartje, 'director-owner'. Daaronder: 'Blue Moon, escort, dinner-dating, sight-seeing, guide for men and for women.'

Buiten waren zij die niet in Spanje op het strand lagen, boodschappen aan het doen. Ik liep de hele weg terug langs het Hoofddorpplein en de Zeilstraat.

Ik moest denken aan die tijd nadat ik van school was getrapt en ik vastbesloten was acteur te worden en alle toneelscholen afliep. In Amsterdam ben ik zelfs doorgedrongen tot de werkweekeinden. Onze cursusleider was een vent die we allemaal kenden van de Persil. De eerste dag zei hij dat hij Pollo heette en dat *pollo* in het Italiaans kip was. Wij moesten allemaal net zoiets doen met onze naam. De tweede dag van het weekeinde moesten we in trainingspak komen. Ik had geen trainingspak. Ik liep in die tijd in de bontjas van mijn vader. Aan het eind van de zondag moest ik een improvisatie doen met een vrouw die het een goed idee had geleken om half topless naar het werkweekeinde te komen. Ik weet niet meer waar de improvisatie precies over ging, ik weet alleen nog dat die man van de Persil eerst de hele tijd: 'Intiemer, intiemer' riep, en ten slotte: 'Trek hem nu zijn hemdje uit.' We speelden geloof ik een echtpaar dat ruzie had. Iedere keer als ze zich vooroverboog, glipten haar borsten uit haar T-shirtje, die dan eerst moesten worden teruggestopt. Van de zenuwen had ik een stijve gekregen. Als zij een stap in mijn richting deed, deed ik een stap achteruit, want ik dacht: nog één centimeter en ze voelt het. Uiteindelijk stond ik tegen het raam. Toen het er inderdaad naar uitzag dat ze onder aanvuring van Pollo mij half zou uitkleden, heb ik de improvisatie stopgezet. Na een halfuur kreeg ik te horen dat ik nooit meer terug hoefde te komen op de toneelschool. Ook op de toneelschool in Maastricht hoefde ik na één dag nooit meer terug te komen, maar daar bleven ze gelukkig van me af. Daarna heb ik nog een tijd screentests gedaan voor bedrijfsfilmpjes, maar ook daar heb ik me na een halfjaar van verlost.

Ik ben op dat kantoor gaan werken, waar de vrouw werkte met dat heel lange haar, dat ze al twintig jaar niet had geknipt en waar ze wel een uur voor nodig had om het 's ochtends op te steken. Zij heette Hanna en ze hield het meest van broodjes kaas en broodjes ei. Ze was heel statig, dat kon je merken aan haar manier van lopen. Eigenlijk was ze al lang gepensioneerd, maar ze was teruggekomen. Ze gaf ons allemaal het gevoel dat zonder haar de boel zou verslonzen.

Naast mij op kantoor zat een meisje dat ze van de vleeswarenafdeling van Albert Heijn hadden geplukt. Met haar kon je lachen. Ze gaf niets om de vleeswaren die ze vier jaar lang had moeten snijden. Ze vertelde wat ze allemaal met die vleeswaren deden als ze zich verveelden. Ze gaf er ook niets om dat er maar een stuk of twintig woorden waren die ze foutloos kon schrijven, en ook om de rest van haar carrière gaf ze niets. Mensen die om al dat soort dingen niets geven, zijn vaak heel geestig. We zaten samen op de afdeling dubbele betalingen. Anderhalf jaar heb ik klanten te woord gestaan die dubbel hadden betaald.

Een dag na Sinterklaas hebben ze me ontslagen. Rosie

heeft het vijf dagen na Sinterklaas uitgemaakt, dus Sinterklaas is gewoon een hele slechte tijd voor me.

Als er iemand jarig was, gingen we beneden koffie drinken. Hanna stond altijd als eerste op van de taart, ik altijd als laatste. We hadden een mannen- en een vrouwen-wc, maar ik ging altijd naar de vrouwen-wc. Op de mannen-wc was de stank namelijk niet te harden. Er liep daar een kerel rond op dat kantoor, ik weet niet wat hij precies op de wc uitspookte, maar volgens mij kotste hij er minstens drie keer per dag. Inmiddels is hij getrouwd en nu schijnt hij veel minder te kotsen. Samen met Hanna is hij geloof ik nog de enige die daar werkt. En mevrouw Tuynman werkt er natuurlijk ook nog, maar over mevrouw Tuynman zou ik wel een heel boek kunnen schrijven, want ze was hopeloos verliefd op haar hond. Haar hond won allemaal prijzen voor de mooiste hond. Als hij weer een prijs had gewonnen, trakteerde zij op chocoladecroissants. Toen ik op het kantoor begon, had ze een vader en een hond en toen ik er wegging, had ze alleen nog de hond. Haar vader was ingeslapen op de bank, precies op de dag dat wij een bedrijfsfeest zouden hebben. De volgende dag moesten we haar allemaal condoleren, maar dat heb ik niet gedaan. Het is geen principe, maar ik condoleer eigenlijk niemand. Ik heb ook een hekel aan mensen die mij condoleren.

Van de hond van mevrouw Tuynman ben ik altijd afgebleven. Ik heb niets speciaals met honden. Het grootste beest dat ik tot nu toe om zeep heb geholpen, is een hommel, maar daar gaat binnenkort verandering in komen.

Ik sprak eens een zeeman die me vertelde dat hij op een booreiland ging werken, want van het booreiland was het niet ver meer naar het paradijs en het paradijs was volgens hem de beste plek om oud te worden.

Op het eind van de Zeilstraat ging ik een snackbar binnen waar ik Vlaamse patat bestelde. Voor de fruitautomaat hingen twee mannen die me katholiek genoeg leken om alles van heiligen te weten. 'Weten jullie toevallig wat Stephan voor een heilige was?' vroeg ik.

Ze bleken het allebei niet te weten. De ene zei: 'Ik ben acquisiteur, ik weet niets van heiligen, vraag het maar aan hem.' Hij wees op de man achter de toonbank.

'Stephan was een heilige,' zei hij, 'meer weet ik er ook niet van. Hij is een verschrikkelijke dood gestorven. De joden hebben hem om zeep geholpen. Het ouwe volk.'

'Bedankt,' zei ik, 'ik weet genoeg,' en ging naar buiten met mijn restje patat. 'Alleen op hem die zijn medemensen goed gekend heeft, krijgt de uiteindelijke eenzaamheid geen vat,' had iemand geschreven. Ik wist niet meer wie. Ik begon trouwens een steeds grotere hekel aan mensen te krijgen. Alleen aan de mensen die naar me lachten omdat ze twee geeltjes in me zagen, had ik geen hekel. Ik vind de meeste mensen geen twee geeltjes waard. Daarom lach ik ook niet naar ze.

Ik dacht aan die avond dat ik het café was binnengegaan op het eind van de Lange Niezel. Iedereen zei dat het de laatste warme avond van de zomer zou zijn. Ik ging binnen zitten. Na twee uur vroeg de man naast me of ik wist wat het eerste popconcert was dat ik ooit had gezien. Zijn stropdas hing los, zijn gezicht was nat van het zweet. Hij had hamsterwangen, zijn haren waren kortgeknipt en zijn neus was dik en rood. Ik was nog nooit naar een popconcert geweest, maar ik had geen enkele behoefte hem dat aan zijn neus te hangen.

'Wat doe je hier?' vroeg hij.

'Ik woon hier vlakbij,' zei ik.

'Kun je je een beetje staande houden in deze buurt?'

'Dat gaat prima. Maak je om mij maar geen zorgen.'

'Hoe heet je?'

'Stephan.'

'Stephan. Frans. Stephan. Frans. Ik kan niets beloven, maar misschien zal ik 't onthouden.'

'En jij?'

'Frans, zei ik toch.'

De oude vrouw zat er nog, en het meisje dat aan één stuk door huilde en tegen wie ze hadden gezegd dat ze beter naar huis kon gaan. De neger met de snor die niets zei, zat er. Alle anderen zaten buiten, want iedereen had gezegd dat het de laatste warme avond van de zomer zou zijn.

'Mijn eerste popconcert was Pink Floyd,' zei Frans. 'Een derde hier zijn bekenden, een derde toeristen, en een derde malloten. Voorlopig gun ik je het voordeel van de twijfel en reken ik je tot de malloten.'

De oude vrouw, die net haar bril aan ons had laten zien, zei: 'Krokodillentranen.'

Vanaf het moment dat ik was gaan zitten, stond dat meisje al te huilen. Eerst had ze tegen Frans aan geleund, die had gezegd: 'Kom kom,' en dat meisje achter de bar had gezegd: 'Huilen lucht op.' Op de een of andere manier vond ik het walgelijk hoe ze daar stond, met haar rooie ogen, en die uitgelopen mascara, en haar gejammer alsof de wereld was vergaan.

Uit de jukebox kwam dat nummer, *Faces faces*. Dat vind ik een goed nummer, en de vrouw zei: 'Ik heb geen medelijden, hoor.'

'Wat doe je?' vroeg Frans.

'Ik lees manuscripten voor een uitgeverij.'

'Een malloot dus.'

'En jij?'

'Ik zit in de incassobranche. In Baarn. Maar ik heb in Leiden gestudeerd. Ik ben een echte Leidenaar. Maar dit is de mooiste plek op deze aarde. Ik ben bijna overal geweest, maar dit is de mooiste plek op deze aarde.'

De jukebox verkleurde van blauw via geel naar groen, en dan weer terug. Zo ging dat de hele tijd door, en daar kon je wel uren naar kijken, als je bier dronk.

'Krokodillentranen,' zei de ouwe, 'moet je maar niet zonder kapotje. Ik heb geen medelijden hoor. Vroeger had ik met zowat iedereen medelijden, maar je wordt hard.'

'Duurt het lang voor je hard wordt?' vroeg ik.

Ze zat naast me, maar nu pas keek ze naar me, van onder tot boven, en terug.

'Ach jongen,' zei ze, 'je wordt hard voor je het weet, dat gaat zo snel, dat kun jij je helemaal niet voorstellen.' Ze draaide zich om naar Karin, die achter de bar stond. 'Hoe vinden jullie me eigenlijk leuker,' vroeg ze, 'met of zonder bril?'

'Zonder,' riepen we allemaal.

Aan het tafeltje bij het biljart zat het meisje nog altijd te janken. Karin bracht haar een kopje thee met negen suikerklontjes. De neger, die Willem heette, gaf een rondje. 'Het kan weer,' zei hij, 'want het toeristenseizoen is voorbij.'

'Dat is eigenlijk het lekkerst,' zei Frans, 'zo'n halve liter ijskoud. Maar geef mij toch maar een flesje. Die heeft tenminste een beetje behoorlijke temperatuur. Kijk, je wilt het toch opdrinken voor het lauw is. En dan zit je met zo'n kouwe plens in je pens. Leer mij de pens kennen.'

Die in de hoek was eindelijk opgehouden met huilen.

Hij dronk zijn flesje leeg en wij onze glazen.

'Die valt af,' zei Frans, 'vanwege d'r kuiten.'

Ik draaide me om. 'Ja, die valt af.'

'Vanwege d'r kuiten. Het is eigenlijk jammer, maar we moeten streng zijn. Streng, maar rechtvaardig. Is 't niet, Annemiek?'

'Zo is 't,' zei de ouwe.

'Wat is de laatste film die je hebt gezien?' vroeg ik.

'Dat weet ík niet meer,' zei Frans.

'Frans gaat niet naar de bioscoop,' legde Karin uit, 'want dat zijn vier biertjes die hij niet kan drinken.' Ze gaf me een knipoog. Voor de zekerheid keek ik nog een keer naar die ene die afviel vanwege haar kuiten.

'Moet je nu nog helemaal naar huis?'

'Mijn chauffeur is machinist,' zei Frans. 'Hoe oud ben je eigenlijk?'

'Tweeëntwintig.'

'Ach jongen, waar maak je je dan druk om.'

'En jij?'

'Negenentwintig.'

Hij liep naar de kapstok om zijn jas te pakken en vroeg om nog een jonge. Zijn hals was bedekt met allemaal kleine rode vlekjes.

'Dit hier is de mooiste plek op deze aarde,' zei hij. 'Daarom ga ik ook niet meer op vakantie. Je kunt hier eten, drinken, een meisje pakken als je wilt. Ben je wel eens in Den Bosch geweest? Daar kom je een café binnen. Zitten er vier mensen, en die kijken je aan van, wat doet die vreemde hier. Kom je voor de twintigste keer dat café binnen, zitten diezelfde vier daar, en kijken van, wat doet die vreemde hier. Kom goed thuis, Stephan.'

We zagen hem weglopen, met zijn paraplu en zijn regenjack, in de richting van het station. Nu waren er alleen nog Willem en ik en die vrouw. En dat meisje aan het tafel-tje, maar die telde niet mee.

Toen ik uiteindelijk ook naar huis liep, waren de straten bijna leeg. Ook de snackbarhouders en de hoeren sliepen nu. Ik dacht aan de man die iedere avond een retour nam naar de mooiste plek op deze aarde.

De regen had het grint van het pad gespoeld. Behalve wat fietsers was er niemand in het Vondelpark. Ik ging op een bank zitten, at de laatste patatjes en keek uit over het water en de villa's aan de overkant. Hier had ik vaak gezeten en gekeken naar de mensen die in het gras lagen. Toen ik zes-tien was, was mijn ideaal om iedere ochtend in een café te kunnen zitten en nergens naar toe te moeten. Je moest na-melijk om de haverklap over je idealen vertellen, daar op dat Vossius. Toen ik zeventien was, stond ik gemiddeld an-derhalf uur per dag onder de douche. Vlak voor Pinkste-ren hebben ze me van school verwijderd. Het was stralend weer. In de grote hal was een koffieautomaat waar Italiaan-se lires in pasten. Eind mei snapte de conciërge mij. Hij lag al vanaf januari op de loer. Hij was zo boos dat hij kwijlde. Als mijn vader boos was, kwijlde hij ook. Maar toen hij ziek werd, kwijlde hij de hele dag.

Hier waren alleen dat water, de villa's, het natte gras en de druppels aan de bomen, en dat alles kon me geen moer schelen. Daarom hield ik van deze plek.

Mijn lievelingsontbijt bestaat uit een kop koffie, een glas water en een paracetamolletje. In een beetje behoor-lijk café kost dat niet meer dan een rijksdaalder. Prinses Coca werkte in de Bananenbar. Zo heette ze niet, zo heb ik haar genoemd. Ik heb een keer met haar ontbeten. Ze had altijd een paraplu bij zich. Door haar ben ik *De wereldreis van Bulletje en Bonestaak* gaan lezen. Soms verdwijnen ze, anderen komen voor hen in de plaats. Of ze komen terug, maar ze weten niet meer wie je bent. Mijn vader zei altijd dat in onze familie geen koningen van de onderwereld voorkomen, alleen maar straatprinsessen en krantenver- kopers en kippenslachters. Mijn vader had een van de bes- te oplichters ter wereld kunnen worden.

Ik dacht aan de brief die ik gisteravond had gevonden toen ik thuiskwam. 'Kun je contact met mij opnemen op onderstaand telefoonnummer, 's avonds vanaf elf uur.'

Het was geschreven op de achterkant van een Makro- rekening. De naam op de rekening was met een zwarte stift doorgestreept. Er liepen zo langzamerhand heel wat men- sen rond die mijn adres kenden. Ik kan het erg waarderen als ze op een originele manier contact met me zoeken. Daarom wachtte ik niet tot elf uur. Ik belde meteen.

'Ik moest dit nummer bellen,' zei ik tegen de dame wier naam me niets zei.

'Wacht, ik zal je mijn man geven,' zei ze.

Voor het eerst viel me de penetrante geur op die in mijn kamer hing. Als ik laat thuiskwam, plaste ik in de plant. Ik dacht aan Sergius, die me had verteld dat al zijn vrienden die hadden gevaren, in de gootsteen plasten, ook als ze al lang niet meer op zee waren.

'Ik moest u bellen.'

'Ja, ik was gisteravond bij je. Toen heb ik het gele blaadje meegenomen, en het witte bij jou achtergelaten, maar dat is fout. Jij moet de gele hebben, en ik de twee witte. Kan ik ze vanavond even omruilen?'

'Dat kan,' zei ik, 'ik ben de hele avond thuis.'

De man die ik aan de telefoon had, was inderdaad gis- teravond bij me geweest. Hij was klein en gedrongen en zijn haren waren zo kort als zijn nagels. Hij zei: 'Ze komt uit Litouwen.' Hij keek me daarbij aan alsof hij verwachtte dat ik zou zeggen: 'Neem haar dan maar weer mee,' maar ik zei niets. Een paar seconden was alleen het tikken van de grote klok te horen, en toen zei de man: 'Nou, dan moeten we maar afrekenen.' Ik pakte mijn Postbankcard. Het was augustus. Die maand betaalde ik alles met mijn Postbank-card, om überhaupt nog iets te kunnen betalen. Ik had hem speciaal daarvoor aangevraagd. Ik keek naar het meisje dat nog steeds half achter de man stond, in zijn houthakkershemd. Haar haren waren slordig geverfd, als-of het in grote haast was gedaan, ongeveer zoals mijn voorouders hun brood hadden gebakken toen ze uit Egyp-te waren vertrokken.

'Dan moet je hier even tekenen.'

Ik tekende.

'Ik word gek van die kaarten.'

Ik knikte.

'Houd je de tijd een beetje in de gaten.' Waarschijnlijk dacht hij dat die uit Litouwen de tijd niet in de gaten kon houden. 'Dat zal ik doen,' beloofde ik.

Ik hoorde hoe hij de deur achter zich dichtsloeg, daarna weer het tikken van de klok die niet eens van mij was. 'Please, sit down,' zei ik.

Ze bleef staan, dus ging ik maar zitten. Ze droeg een iets te korte, zwarte legging, een blauw regenjack gemaakt van een soort parachutestof, en van die schoenen die mensen alleen op het strand dragen als het heel mooi weer is. In haar hand hield ze een gele toilettas, een idioot grote toi-lettas, alsof ze van plan was met die tas naar het eind van de wereld te reizen. Zo stond ze daar, en het zag er niet naar uit dat ze van plan was te gaan zitten.

Ik schonk een glas wijn in. 'Please, sit down,' herhaalde ik en wees op een stoel. Toen ging ze eindelijk zitten. Nog altijd hield ze die tas in haar hand.

'What's your name?'

'Sandra.'

'What do you want to drink, wine, water, cognac, vodka?'

'I don't know.' Ze lachte, maar ik begreep niet waarom ze moest lachen. Uit de keuken haalde ik water. Als ze het niet wist, kon ik haar maar het beste water geven.

'I have slivowitz too, if you want.'

'No vodka. Thanks.'

Ook de lippenstift en de lijntjes om haar ogen waren slordig aangebracht. Ze was bleek, en iets langer dan ik, maar wel net zo dun. Haar haren had ze geprobeerd met zo'n grote speld op haar achterhoofd vast te binden. Het was nu bijna één uur. Ik pakte een walnoot uit de doos die al een paar weken onder de tafel stond.

'Do you want?'

Ze schudde haar hoofd.

'So, from where are you in Lithuania?'

'Vilnius.'

'What did you do there?'

Ze lachte alweer. Ik houd niet van mensen die voortdurend zonder reden lachen. Ik sloeg nog een walnoot open en schonk mijn glas vol. 'I don't understand,' zei ze.

'How long are you in Amsterdam?'

'One.'

'One what. One week, one day?'

'One week.'

'You're alone here?'

'I'm here with a sister-in-work.

'A sister-in-work?'

Ik keek naar de tas op haar schoot en vroeg me af wat ze daar in godsnaam allemaal in had gestopt.

'Do you want to stay here, in Amsterdam? I mean for ever, or do you want to go back?'

Ze lachte en zei: 'I don't understand.'

'What do you speak? German?'

'Russian and Lithuanian.'

'I don't speak Russian, and I don't speak Lithuanian. So let's drink.'

Ik zag dat ze mijn water niet dronk, waarschijnlijk dacht ze dat ik haar wilde vergiftigen. Daarom schonk ik mezelf nog maar een glas in. Zo zaten we aan tafel, zonder iets te zeggen. Ik dronk en zij bekeek een van de lychees die op een bord lagen.

Ze lagen daar al een halfjaar. Waarschijnlijk waren ze van binnen helemaal uitgedroogd, maar ik liet ze maar liggen. Net als al de andere dingen die ik liet liggen, omdat ik ze vergat op te ruimen of omdat ik dacht dat het zou helpen. Minuten gingen voorbij. Ik maakte van de gelegenheid gebruik het bodempje dat nog in de fles zat, op te drinken.

De nachten waren al koud. Ik deed de verwarming aan. Het was bijna herfst. Straks zouden weer de hoge feestdagen komen, die kwamen immers elke herfst. Alleen dit jaar zou ik ook op Jom-Kippoer in geen enkele synagoge verschijnen. Of God mij in het boek van het leven, of in het boek van de dood zou schrijven, kon me even heel weinig schelen. Ik zou die dag onderduiken in een club aan de Stadhouderskade waar ik een meisje kende dat ik erg aardig vond en dat zichzelf de naam Marielle had gegeven. Daar, in die club, zou ik de heiligste dag van het jaar vieren, zoals hij in die zesduizend jaar dat hij bestond, nog nooit gevierd was.

Ik zette mijn glas op tafel. 'Let's go,' zei ik.

We gingen mijn kamer binnen. Ik zocht het bandje van Vladimir Vysotski. Toen ik het vond, zette ik het heel hard. Hij was de enige die zij in dit huis kon verstaan. Ik hoorde hem het lied zingen over alles waar hij niet van hield, en ik herinnerde me hoe Sergius geprobeerd had me uit te leggen waarover het ging. *Ik houd niet van cynisme, maar ook weke dweepzucht bevalt me niet. Ik haat het, wanneer ik een brief lees, men over mijn schouder meegeniet. 'k Houd niet van maneges, arena's, Vrede en Welvaart: leve het Plan! En dat alles nu beter zal gaan worden. Daar word ik helemaal kotsziek van.*

'Do you know him?'

'Yes. Where is the shower?'

Ik nam haar mee naar de badkamer. Ze zette de toilettas op de wasmachine en begon zich uit te kleden. Ik had nog nooit meegemaakt dat ze zich eerst wilden douchen. Toen ze bijna naakt was, draaide ze zich om, dus ging ik de badkamer uit. Onder de kapstok vond ik nog een blikje bier. Toen ook dat leeg was, bedacht ik dat ze geen handdoek had. Omdat ik geen schone had, ging ik de kamer van Sergius binnen en leende een van zijn handdoeken. Hij zou het vast niet erg vinden dat het meisje zich afdroogde met zijn handdoek. Hij vond bijna niets meer erg.

Toen ik de badkamer weer binnenkwam, stond ze daar in een onderbroekje en een soort elastisch hemd. Ze was bezig zichzelf met 8×4 onder te spuiten, niet alleen zichzelf, de hele badkamer zo te ruiken.

Ze bibberde. Ik gaf haar de handdoek.

Normaal nam ik hen nooit mee naar mijn slaapkamer,

maar zij zag blauw van de kou en daarom liet ik haar op mijn bed zitten. Uit haar tas pakte ze sigaretten, en uit de keuken haalde ik een kopje waarin ze haar as kon doen. Ze rookte Dunhill groen.

'Cold?'

'No.'

Op de gang zong Vladimir Vysotski gewoon verder. Ik deed mijn schoenen uit en ging naast haar liggen. Het *was* koud in mijn kamer, want ik was vergeten de balkondeuren dicht te doen. Uit haar tas pakte ze twee pakjes Bene-Luxe, die ze naast het kopje legde waarin ze haar sigaretten uitdrukte.

Naast mijn bed stond een fles slivovitsj. Do you want?' vroeg ik.

Ze schudde haar hoofd. 'Me neither,' zei ik, en zette de fles terug.

We lagen naast elkaar, en na een tijdje kuste ik haar haren boven haar oor. Ook haar haren roken naar 8×4. Ik zag haar wenkbrauwen die net zo slecht geverfd waren als de rest, en tussen haar wenkbrauwen vijf pukkeltjes, en haar grijsblauwe kattenogen zag ik, die haar mooi maakten.

'Nineteen is a nice age,' zei ik.

'I don't know.'

'Me too.'

Aan de buitenkant smaakte haar mond naar 8 × 4, en binnenin naar Dunhill groen. Als ik ophield haar te kussen, kon ik haar kleine glimmende neus zien met twintigduizend zwarte puntjes. Ik vroeg me af hoe in mijn mond de combinatie van wijn, bier en wodka zou smaken. 'I like you,' zei ik, precies wat al die anderen hadden gezegd en wat ze nog zouden zeggen, alleen meende ik het, net als al die anderen. Door met mijn rechterhand langs mijn bed te zwaaien zocht ik de fles. Buiten op de gang zong Vysotski dat liedje. *Zij zei ik houd niet van je. Hij zei dat kan toch niet. Zij zei ik drink niet met je. Hij zei ik schenk ons in. En toen de fles dan leeg was, zei zij, mijn allerliefste, sluit ramen en gordijnen. En hij zei, donder nou maar* op.

Het bandje was nu bijna afgelopen. Ze deed haar laatste kleren uit en ook ik kleedde mij verder uit. Toen Vysotski helemaal was opgehouden met zingen, hoorde ik dat ze de douche niet goed had dichtgedraaid, maar ik was te moe om op te staan. Ik zag haar lichaam, dat nog bezig was een vrouwenlichaam te worden, en hoe ze naar me keek en af en toe haar ogen half dichtkneep, alsof ze net wakker was geworden en zich verbaasde waar ze nu weer terecht was gekomen. Het was leuk te zien hoe ze haar ogen half dichtkneep. Haar smalle, bleke gezicht met haar glanzende neus en dunne lippen deed me ergens aan denken, maar ik wist niet meer waaraan. Wat mij betreft kon ze hier voor altijd blijven. De meeste mensen vinden één nacht niets, maar in vergelijking met één uur of één kwartier is een nacht een eeuwigheid, en dat was precies wat ik wilde. Als je de hele tijd eraan denkt hoe je gezicht eruitziet als er een paar kogels in zijn geslagen, kun je niet meer naar het front, had Sergius verteld. Als je de hele tijd denkt aan de volgende morgen, kun je niet meer drinken, en zo is het ook met de eeuwigheid en al die beloften. Ik moest aan Sergius denken die me een mop had verteld over het Russische leger. Hij vertelde moppen of hij sliep. Toen hij pas bij me woonde, kocht hij een oude Volvo. Daarmee reden we door Amsterdam, maar al na twee weken had hij hem total loss gereden.

Naast het kopje as lagen de twee pakjes Bene-Luxe. Ze had een lange hals en kleine borsten, en ze zei: 'I work for my family, I go back in thirty days.'

'Yes,' zei ik, 'yes.'

Het was lekker met haar te zoenen. Langzamerhand rook ook het laken naar 8×4. Haar haren voelden hard door de verf. Ze hield haar ogen open, ze keek niet naar de muur, ze bleef naar mij kijken, met haar ene oog half dichtgeknepen, alsof ze tegen de zon in moest kijken.

Ze zag er lief uit zo. Waarschijnlijk was dat ook precies de reden dat ze zo keek, uit berekening. Ze wist wat ze moest doen om er lief uit te zien.

Het gebeurt wel eens dat, als ik iemand lief vind, ik me opeens herinner dat je met een soeplepel zo de ogen uit het gezicht kunt lepelen.

Ik herinnerde me Marielle die had gezegd: 'Ze leggen zo vijfhonderd gulden neer voor een kwartiertje zonder, en echt niet alleen Arabieren.' Ik herinnerde me die man in dat café met wie ik de hele avond had staan drinken, en op het eind van die avond had hij me gevraagd of ik wist waarom dit een mooie tijd is. 'Nee,' zei ik. 'Omdat je niet meer een pistool nodig hebt om Russische roulette te spelen.'

Dat dacht ik allemaal pas toen ze al lang weer in de badkamer stond en ik met mijn rechterhand langs mijn bed zwaaide. Ik had aan niets gedacht, misschien aan de vijf vlekjes tussen haar wenkbrauwen en aan de smaak van Dunhill groen en de geur van 8×4.

Nu trok ik mijn trui aan en zij kleedde zich aan in de badkamer. Ik sprak geen Russisch, en ook geen Litouws, en mijn Engels was op dat moment slechter dan ooit. Daarom heb ik haar niets verteld. Ik wist ook dat het niets uitmaakte wat ik zou zeggen, zelfs als ze alles had verstaan. Het gaat er uiteindelijk om wat mensen met elkaar doen, wat ze met elkaar willen doen, alleen kunnen ze maar niet genoeg krijgen van al die leugens die ze elkaar vertellen en waarvan niets meer overblijft dan van je eigen pis, die tegenwoordig de kracht heeft van bleekwater.

Ik heb haar mijn telefoonnummer gegeven en vijfentwintig gulden. Daarna dronk ik snel nog een blikje bier, en ik dacht dat er gelukkig nog wel een paar booreilanden waren op weg naar het paradijs.

Toen ik de auto hoorde wegrijden, lag ik alweer in bed met mijn trui. Zo speelde je met het leven. Zo makkelijk was het dus. Eigenlijk was alles zo makkelijk. Ik zwaaide mijn rechterhand langs mijn bed. Later herinnerde ik me dat Sandra voor haar familie werkte en waarschijnlijk ook nog voor haar aangetrouwde familie en wie weet zelfs voor de hele straat. Dan kreeg ze vast een hele mooie begrafenis daar in Litouwen. In ieder geval konden ze er zeker van zijn dat ze niet voor niets gestorven was, want zij gingen nu een paar mooie jaartjes tegemoet.

Ik stond op, zette de muziek op z'n hardst en opende een van de twee pakjes Bene-Luxe die Sandra had achtergelaten. Vysotski zong het lied weer; hij schreeuwde dat hij niet hield van goedkoop cynisme, maar ook niet van weke dweepzucht en dat hij zichzelf haatte wanneer hij laf was.

Sinds ik ermee begonnen ben, ik geloof op mijn twaalfde, heb ik me altijd het liefst afgetrokken op een beetje goede muziek. Ik dacht op dat moment dat ik de rest van mijn leven de geur van 8×4 zou blijven ruiken, en in mijn mond zou het voor altijd naar Dunhill groen smaken.

Mijn moeder heeft gezegd dat je sommige geuren nooit meer vergeet, maar al na vijf minuten wist ik dat zelfs dat niet waar is. Je denkt dat je iets nooit zult vergeten, zoals sommige mensen denken dat ze te veel van iemand houden, maar geuren vergeet je net zo makkelijk als gezichten en namen en beloften. 8×4 heeft maar een paar uur nodig om helemaal te vervliegen.

De enige brief die ik nog heb van mijn vader, heeft hij geschreven toen hij in de zomer weer een paar maanden thuis was. Die brief bestaat alleen maar uit getallen. Ik denk dat het beurskoersen zijn, maar dat weet ik niet zeker. Ik heb trouwens ook nog zijn tramabonnement.

Toen de chauffeur voor de tweede keer bij mij aanbelde, was dat allemaal minstens tweeëntwintig uur geleden.

'Kom binnen,' zei ik.

'Het gele kopietje is voor jou en jij moet mij de witte geven. Het zijn ook rotdingen.'

'Maakt niet uit. Wil je een wijntje?'

Dat wilde hij wel, en daarom gingen we zitten. Ik gaf hem die twee witte papiertjes die hij nodig had. 'Afhaalcentrum 17', stond onder het kopje, 'accepterend bedrijf.' 'We zijn heel discreet,' had hij gezegd. 'Mooi,' had ik geantwoord, 'heel mooi.'

'Om half een moet ik een meisje afhalen van Schiphol. Ze was een paar dagen met een Arabier mee naar Genève, ja, ze maken wat mee, de meisjes.'

'Proost,' zei ik, en schonk chianti in. 'Ik wist niet dat je ze ook mee op vakantie kon nemen.'

'Alles kan, als je maar betaalt.'

Ik dacht aan die idiote toilettas van Sandra. 'Werk je al lang voor dit bureau?'

'Alweer een jaartje of acht. Wij zijn een van de grootste bureaus, weet je dat. We hebben wel tweehonderd meisjes in dienst. Ja, ze werken natuurlijk niet allemaal tegelijk. Het werkt bij ons net zoals bij de binnenschippers.'

Ik wist niet hoe het bij de binnenschippers werkte. Het interesseerde me ook niet zoveel.

'Je moet rekenen dat ik gemiddeld ieder uur wel een ritje heb. Een privé-leven houd je niet echt over, maar ik verdien net zoveel als een huisarts. En één keer per jaar ga ik naar de Antillen. Mijn baas komt van de Antillen. Hij heeft daar een huis en daar ga ik dan drie weken met mijn vrouw in.'

'Rijd je door het hele land?'

'Ja, soms ook naar Duitsland en België, maar dan natuurlijk niet voor een uurtje. Het meeste is buiten Amsterdam. Vooral op vrijdagnacht is het in de provincie een gekkenhuis. Die hebben daar natuurlijk niets en op vrijdagavond moeten ze allemaal.'

Vrijdagavond, good old vrijdagavond, met twee galles, twee kaarsen en een mierzoet glaasje wijn.

Ik keek naar de man die daar naast me zat te vertellen alsof we al jaren vrienden waren. Hij zat daar, bijna zonder nek en ook zijn armen waren kort en rond. Ze lagen op tafel als worsten, naast zijn glas wijn.

'Ik kom uit de Jordaan,' zei hij, 'wij gingen gewoon de kroeg in, maar in zo'n dorp. Als je daar een keer rotzooi hebt gehad, dan kent het hele dorp je. En dan hebben we natuurlijk ook nog onze vaste klanten, die gewoon niet weten wat ze met hun geld moeten doen. Er is een man bij die een zwembad heeft. Als het mooi weer is, zegt-ie altijd: "Laat ze haar zwemspullen maar meenemen." '

Hij zei het helemaal niet als iets grappigs, totaal niet, maar ik begon te lachen. Ik kon niet meer ophouden, alsof ik net de mop van de eeuw had gehoord. Ik zag hoe hij naar mij keek en ten slotte lachte hij gelukkig ook.

'Moet ze dan ook van die oranje dingen aan haar voeten?' vroeg ik. 'Van die zwemvliezen.'

'Dat weet ik niet,' zei hij, 'dat soort dingen vraag ik nooit.'

Ik probeerde me Sandra voor te stellen in een badpak, ergens in een groot leeg zwembad, maar het lukte me niet.

'We hebben alles,' zei hij, 'we hebben echt alles. We zijn een van de weinigen die ook travestieten hebben. En gigolo's hebben we ook. Maar dat zou ik voor nog geen tienduizend gulden willen doen. Gigolo's zijn ook veel duurder. Het is veel gevaarlijker voor mannen dan voor vrouwen. Ik heb wel eens gigolo's in de auto gehad, die gillend bij de klant zijn weggelopen. De meeste van die jongens geven echt nergens meer om.'

Ik herinnerde me dat Sergius had verteld dat in de woestijn alle dagen op elkaar lijken. Toen hij weer terug was, leken ook de mensen op elkaar. Als mussen lijken ze op elkaar, zei hij. Alleen als je jong bent, denk je dat ze allemaal anders zijn.

'We hebben echt alle nationaliteiten, van Brazilianen tot Russen. We hebben een Russin, die al een keer of twintig het land is uitgezet, en vijf dagen later staat ze weer bij ons op de stoep. Alleen die uit Ghana hebben we allemaal weggeschopt. Die stelen. Echt allemaal. We horen het ook van andere bureaus. Van de klant of van de baas. Maar het is altijd raak.' Hij nam een grote slok. 'Kijk, je kunt een meisje houden zolang je wilt. Daarom zei ik tegen jou: "Let op de tijd." Maar dan moet je natuurlijk wel bijbetalen. We hadden een chauffeur die tegen het meisje zei, wat de klant bijbetaalt, delen we. Dat gaat twee keer goed, dat gaat tien keer goed, maar een elfde keer gaat het mis. Die chauffeur is dus zonder tanden bij ons weggegaan.'

'Proost,' zei ik en maakte nog een fles open, 'en het meisje?'

'Die hebben we er natuurlijk ook uitgegooid.'

'Met of zonder tanden?'

'Met. We zijn een net bureau. Mijn baas is hard, maar eerlijk. Dat moet ook wel, anders houd je je kop niet boven water in dit vak. Ik heb zelden iemand gezien die zo hard werkt als hij. Hij heeft niet alleen dit bureau, hij heeft ook clubs en restaurants, avondwinkels, discotheken. Je kunt het je niet voorstellen wat hij allemaal heeft, en hij is de hele dag bezig. Hij woont zowat in zijn auto. Nou ja, dat doe ik natuurlijk ook. Als de meisjes met de klanten bezig zijn, ga ik liggen pitten. Je moet toch op de een of andere manier aan je slaap komen.'

'Ja,' zei ik, 'zonder slaap is een mens een wrak.'

'Wrakken kunnen we niet gebruiken. Als we merken dat ze drugs gebruiken, vliegen ze er ook zo uit. Mijn baas heeft een hekel aan drugs. In de auto en op de clubs geen jointjes, zegt hij altijd. En zelf train ik twee per week op de sportschool, dat moet ook wel, in dit vak. Als een klant belt en hij zegt: "Ik wil vijf meisjes voor drie uur," dan praat je wel over drieduizend gulden. En het komt ook wel voor dat een klant een meisje vijf uur vasthoudt en haar dan gewoon de straat op schopt. Dan staan we de volgende dag met een paar jongens van de sportschool op de stoep. Maar er zijn ook bureaus, daar zeggen ze meteen, cocktail door de ramen. Kijk, dat is het verschil. We zijn een net bureau. Mijn baas zegt: "Ik heb liever een klant die terugkomt, dan een klant die niet meer terug kan komen." '

Volgens mij had hij lang niet gepraat. Dat kon ook bijna niet anders als je de hele dag in je auto zit en meisjes moet vervoeren, die al de hele nacht naar al die verhalen hebben moeten luisteren, en die zelf vast ook niet al te veel zin hebben te vertellen wat ze allemaal hebben meegemaakt.

'Als de studiebeurzen weer eens omlaaggaan, merken we het ook meteen. Vaak zeggen ze: "We willen maar één keer per maand." Dan zegt de baas: "Dan zet ik jullie op de lijst voor één keer per maand." '

Toen de wijn op was, wilde ik hem slivovitsj inschenken, maar hij zei dat hij nog naar Schiphol moest om dat meisje op te halen.

Ik herinnerde me Sergius, hoe hij vijf dagen lang niet naar buiten was gegaan, maar de hele dag in zijn kleren op zijn slaapzak had gelegen. Ik klopte af en toe op zijn deur, maar hij zei dat er niets was. Die avond zag ik hem in de keuken, hij had zijn jas aan en maakte bietensoep. Hij zei: 'If you want, we can see a show tonight.' Hij was halfkaal. De haren die hij nog had, waren donkerbruin.

We liepen naar de stad. Sergius zei dat hij aan het eind van de Warmoesstraat een plek wist waar je goed kon eten. Er brandden daar wel twintig tl-lampen, de tafels waren van ruw hout, en als je naar buiten wilde, moest je bellen, zodat ze het deurtje voor je open konden maken. Ze waren bang dat je wegrende zonder te betalen. Het eten was lekker en vet. De Chinese vrouw die ons bediende, was dik en vrolijk. Sergius bestelde nog een tweede portie en ik bestelde nog een paar blikjes bier. Hij zei: 'Soms eet ik veel en soms eet ik een dag niets.' Ik zag hoe hij at, snel, geconcentreerd en zwijgend. Toen hij klaar was, schoof ik hem een blikje toe, maar hij zei: 'Enough, I'm tired of drinking, tired of fighting, tired of all those crazy things.'

De tent heette Kam Yin, dat herinnerde me aan come in, en voor een maaltijd betaalde je achtenhalve gulden, dus zou ik daar nog wel vaker komen.

Naast ons zat een man in een pak, met een klein wit baardje. Hij keek geïnteresseerd hoe wij aten. Zelf zat hij daar maar met zijn bord dat nauwelijks leger werd. Ik weet eigenlijk niet hoe oud hij was, maar zijn ogen dreven op zijn gezicht als twee druppels vet op een kippetje dat de hongersnood niet heeft overleefd. Toen we opstonden, draaide hij zich naar ons om, alsof hij ons nog iets verschuldigd was. 'Die sperziebonen krijg ik niet weg,' zei hij. 'Daarom vraag ik straks een zakje. Dan kan ik ze thuis verder malen.'

'Zullen we gaan?' zei Sergius.

We liepen langs de cafés en de budgethotels waar je goed en goedkoop kunt ontbijten. Zo had ik vaak gelopen, alleen dit keer liep ik daar met hem en hij groette de mensen die hij kende.

Het was bijna twaalf uur toen de chauffeur opstond en zei: 'Ik moet nu echt naar Schiphol.' Ik bracht hem naar de voordeur. 'Als je het gezellig vindt kom ik eens langs met het fotoboek.'

'Ja,' zei ik, 'dat is gezellig.' Ik herinnerde me dat ik de volgende dag pasfoto's moest laten maken.

'We hebben alles, behalve die uit Ghana, die hebben we eruit gegooid.'

'Het komt voor mij niet op Ghana aan.'

'Vraag maar naar Kleine Michael, dan kom ik langs met het fotoboek.'

'Dat is gezellig,' herhaalde ik. Toen Kleine Michael alweer een tijd weg was, dacht ik weer aan Sergius, hoe hij daar had gestaan, voor die kleine zware man met zijn gele stropdas, die portier was van een show, en hoe ik tegen Sergius had gezegd: 'Laten we hier weggaan.' De man met de gele stropdas zei: 'Ik vecht niet met ouwe mannen.' Een van de mensen die eromheen stonden, vroeg of ik mijn vriend niet moest helpen, maar ik deed of ik het niet hoorde.

Later zei Sergius dat je er niet te veel over moest nadenken hoe je eruit zou kunnen zien als ze je te grazen hebben genomen. Dat heeft geen zin. Als ze je eenmaal te grazen hebben genomen, kun je daar altijd nog over nadenken.

'Het probleem is dat ik daar juist voortdurend over nadenk.'

'Gaat wel over. Mijn trainer zei dat als ik bloedde, ik het bloed met mijn handschoen van mijn gezicht moest vegen en het gezicht van mijn tegenstander ermee moest besmeuren. Het gaat natuurlijk om de techniek, maar een bebloed gezicht is ook voor de scheidsrechter minder aangenaam. Daarom kun je er beter allebei zo uitzien.'

Daarna gingen we die andere show binnen, waar we wel korting kregen. Sergius omdat hij kaal was, en ik omdat ik krullen had. We gingen dicht bij het podium zitten en legden onze voeten erop, maar toen kwam het meisje van de bar en zei dat we onze voeten daar niet mochten leggen. Sergius vroeg wat we dan met onze voeten moesten doen, of ze hem kon vertellen wat we in godsnaam met onze voeten moesten doen.

Voor ons, schuin onder het podium, was een plankje met gaten waarin we onze glazen konden zetten. De eerste danste op *Simply the Best*. Sergius zei dat hij hier een paar keer eerder was geweest, maar dat hij haar nog niet kende.

Ze droeg een zwarte jurk met allemaal slierten. Ze danste echt niet slecht op haar halfhoge laarzen. Later pakte ze uit de kleine tas, die ze achter op het podium had gelegd, vlak bij de spiegel, een kaars. Vervolgens zocht ze een bezoeker die de kaars wilde aansteken. Het duurde nog aardig lang voor ze iemand vond die vuur bij zich had.

Tina Turner begon voor de derde keer aan *Simply the Best*. De brandende kaars stak inmiddels uit het lichaam van het meisje en zo danste ze nog een tijdje verder, wat ik wel een prestatie vond.

Na dit nummer gingen we aan de bar zitten. We bestelden bier dat hier vier gulden kostte. De mensen in de zaal wachtten op de volgende danseres. Een van de barmeisjes liep rond om de lege glazen op te halen. 'Toen we klaar waren met vechten,' zei Sergius, 'en we naar huis konden gaan, had ik geen zin meer om te werken. Ik legde elektrische leidingen aan, en ik had net een halfjaar door de woestijn lopen rennen, dus dacht ik dat het beter was weg te gaan. Ik wilde naar Canada, maar ik kwam in Noorwegen terecht. Na een tijd was mijn geld op en zocht ik werk op een vissersboot, maar ze nemen daar niet graag mensen van buiten aan. Ik liftte nog verder naar het noorden. In een van die dorpen daar woonde een vrouw met haar zoon; ze hadden me verteld dat ik bij haar misschien wel een kamer kon krijgen. Ze heette Anna Larsen. Ik ging naar haar toe. Ze was al oud, en ze zei dat ik eten en onderdak kon krijgen, als ik de reparaties deed, en de sneeuw ruimde. Haar zoon heette Alfred, en een groot gedeelte van de dag liep hij zingend door het huis. De mensen in het dorp zeiden dat Alfred gek was, maar Anna Larsen zei dat haar zoon haar zoon was en al vijfendertig jaar perfect in orde. Verder woonde er nog een kapitein die geen kapitein meer was. Ze hadden zijn vergunning ingetrokken, omdat hij een keer dronken bij slecht weer was uitgevaren en zo zijn schip de vernieling in had geholpen. Hoe de kapitein heette, weet ik niet meer, ook niet of hij de man was van Anna Larsen of de vriend of zomaar een gast, want over dat soort dingen praatten ze niet. Anna Larsen vertelde dat ze het fijn vond dat ik in huis was. Dat begreep ik. Als de Lappen drinken, worden ze gek. Ze maken hun eigen drank, die noemen ze moonlight. Het is het smerigste spul dat er op deze wereld te drinken valt. Soms dronk ik met hen mee. Na afloop stak ik dan onmiddellijk mijn vinger in mijn keel, want ik wilde moonlight niet langer in mijn lichaam hebben dan noodzakelijk. Ik was de enige buitenlander in dat dorp, dus na een tijd wist iedereen waar ik woonde en wie ik was. Op een nacht hoorde ik iemand op de deur slaan en roepen: "Come out, and you'll eat your own prick." Ik begreep dat hij het tegen mij had, dus riep ik dat hij stil moest zijn. Die man bleef maar roepen: "Come, and you'll eat your own prick." Ik was in een goede bui, dus riep ik terug: "I eat my prick, but first you eat your prick." Die man begon toen met zijn laarzen op de deur te bonzen. Ik weet dat het kinderachtig was, maar ik ging naar buiten. Toen hij mij begon te schoppen, heb ik zijn neus gebroken, en hij heeft me zo geraakt dat ik met mijn ene oog een paar maanden bijna niets kon zien. Diezelfde ochtend nog ben ik vertrokken, want ik was niet meer veilig in dat dorp. Ook als dat niet was gebeurd, was ik daar weggegaan, want het gezang van Alfred maakte me gek.'

We hadden intussen alle vijf danseressen gezien. We hadden ook een vrouw een nummertje zien maken met de neger met de blauwe pet en de blauwe bretels. We wisten nu dat het programma ieder uur herhaald werd en dat we konden blijven zitten tot ze gingen sluiten. De mensen in de zaal wachtten. De rook van de rookmachine hing voor de spiegels, en ook die Japanner zat daar nog altijd in de hoek.

Weer keken we naar de danseres met de brede mond en

de roodbruine haren en we zagen dat ze precies hetzelfde deed als een uur geleden. Weer zette ze haar knie op de schoot van een bezoeker en na haar zou de danseres komen die aan het eind van haar act een pen tussen haar benen zou steken en dan 'I love you' zou schrijven op de blote borst van een man die ze uitgekozen had om op het podium te gaan liggen. De meeste mensen in de zaal keken alsof ze dit al twintigduizend keer hadden gezien. In ieder geval waren hier de wc's schoon.

'Eerst experimenteer je met het leven, later experimenteert het leven met jou,' zei Sergius, maar ik wist al niet meer tegen wie hij het had.

De vrouw met de roodbruine haren was in de hoek gaan zitten, vlak bij de uitgang. Ze droeg nu een spijkerbroek en een geruite blouse. Sergius ging eerst naar haar toe en vijf minuten later ik ook. 'Dat is Amanda,' zei hij. Ze rook naar scheerzeep.

'Hallo,' zei ik.

We vroegen wat ze wilde drinken. We konden haar moeilijk verstaan. Ze hadden de muziek harder gedraaid, omdat de volgende act begon. Ik kon me niet voorstellen dat er andere herinneringen bestonden dan deze, dat er andere plekken bestonden dan deze waar je naar toe kon gaan om je avond door te brengen en een gedeelte van de nacht.

'Wat doen jullie hier?' vroeg Amanda.

'Het is goed hier?' zei ik, 'ik houd van het red-light-getto. Wij zijn niet gemaakt om in het zonlicht te leven.'

'Ik houd van de zon,' zei Amanda. Waarschijnlijk zei ze nog veel meer, maar dat kon ik niet verstaan, want Sergius zat tussen ons in. Later vroeg hij mij of hij een tientje kon lenen, zodat we Amanda nog wat te drinken konden geven. Toen ze opstond om te gaan plassen, zei ik: 'Vergeet haar, ze ruikt naar scheerzeep. Ze is niet in mij geïnteresseerd, maar in jou ook niet.'

'De jeugd is krankzinnig. Later ben je nog steeds krankzinnig, alleen zonder jeugd erbij,' zei Sergius en hij grijnsde.

In de hoek stond de volgende danseres al klaar. Ik keek naar het bewegende licht dat op het podium werd geprojecteerd, en naar de laatste mensen die in de zaal zaten, en die eruitzagen alsof ze daar de rest van hun leven wilden blijven zitten. Ik dacht dat het niets uitmaakte of je je hele leven opsloot in een kamer om de *misjna* te bestuderen, of dat je elke dag door het red-light-getto wandelde en de gezichten bestudeerde en de lichamen, en zelfs over de prijs onderhandelde wanneer je wist dat je geen geld bij je had. In beide gevallen kon je denken dat je deel uitmaakte van iets groters dan je eigen armzalige leven, dat al begonnen was te stinken nog voor het goed en wel begonnen was. Als je de boeken las, je bovenlichaam heen en weer wiegde en je wekenlang bezighield met de vraag wat je moet doen als je een kledingstuk op straat vindt, wist je dat je deel uitmaakte van het volk Israël. Alle antwoorden op alle vragen en de troost van de hele wereld lagen in die twee woorden.

Ik kon denken dat ik hoorde bij de vrouw die me binnenliet en dat ik van haar zou krijgen wat een mens maar van een ander mens kan krijgen, dat het iets uitmaakte dat ik me haar zou herinneren en dat ik zelfs weken later nog zou weten dat ook het water uit de kraan in haar kamer naar vloeibare zeep smaakte. Ik gaf niets om volkeren, soms wist ik zelfs niet of ik iets om mensen gaf.

Ik herinnerde me mijn leraren. Ik herinnerde me hoe mijn moeder me op zondag- en woensdagavond naar de

Lekstraat bracht, naar Jesiwas Hamasjmidiem, waar ze me leerden wat je moet doen als je tegelijk met iemand anders een kledingstuk opraapt van straat. Ze leerden me ook dat het hoe dan ook uitmaakte wat je deed en wat je niet deed in dit leven, dat er zoiets bestond als een objectieve waarde. We gingen toen naar Zürich, waar een Europees misjna-festival werd gehouden. Zoals je het Europese songfestival hebt, zo heb je ook het Europese misjna-festival. We moesten allemaal een stuk misjna uit ons hoofd leren. Als beloning kreeg je boeken. Hoe meer je uit je hoofd kende, hoe meer boeken je kreeg. Ik kende heel weinig uit mijn hoofd. Ik geloof dat ik iets moest opzeggen over de manier waarop je een loofhut moet bouwen. Ik word nog steeds een heel klein beetje gek als ik denk aan loofhutten en de voorschriften hoe je ze moet bouwen. Het festival werd gehouden in de grootste synagoge van Zürich. Overal zaten schriftgeleerden. Je moest wachten tot je werd geroepen. Dan kwam je bij die man en moest je je stuk misjna opzeggen. Ik ben gelukkig nooit aan de beurt gekomen. Er waren te weinig schriftgeleerden en te veel kinderen op dit Europese misjna-festival afgekomen. Tijdens het plassen zag ik al die *tsietsiet* in de urinoirs bungelen en ik schaamde me omdat ik geen tsietsiet droeg. Terug in de bus moesten we allemaal zingen *Jesjiwas Hamasjmidiem Amsterdam, chaj chaj wekajam*. Eén rabbijn moest overspannen naar huis, nadat hij de arm van een leerling had opengekrabd. We gingen ook nog zwemmen, in een zwembad dat ze speciaal voor ons hadden afgehuurd, omdat we mannen onder elkaar moesten blijven.

Nu zat ik hier en ik luisterde half naar Amanda, die vertelde dat ze een zoon had in Brazilië, die ze de hele tijd 'my baby' noemde.

Ik wist dat het niemand iets kon schelen wat je deed en dat het zelfs niemand iets uitmaakte of je zou verrekken of niet. Mensen zijn zo vervangbaar als een plastic tas. Ze denken alleen allemaal dat ze zeer speciaal en uniek zijn en dat hun kinderen zelfs nog specialer zijn. Dat moet je ook wel denken als je wilt blijven leven. Zolang je dat wilt, moet je dus je bek houden over die plastic tassen. Van de tijd dat ik op kantoor werkte, en ook nog van later, weet ik dat bijna niets zo erg is als mensen die denken dat ze onmisbaar zijn. Van mezelf weet ik dat ik gemist kan worden als de spreeuwen op het Centraal Station, die alleen maar de boel onderschijten, en een paar mensen die ik graag mag, weten dat ook.

Uiteindelijk mis je ook niet de anderen, maar de tijd die je met ze hebt doorgebracht en waarvan alleen een paar verhalen zijn overgebleven. Als jij ze niet verder vertelt, zullen ook die verhalen niet meer zijn dan het water dat mijn moeder de hele zaterdag liet koken, en waarvan 's avonds alleen een warme, vochtige damp over was, die zich later op de avond vermengde met de geur van verse was. Dan was het godzijdank allemaal weer voor een week voorbij.

Een ouwe krant zijn ze voor elkaar, waarmee ze hun billen afvegen als er toevallig geen wc-papier is. Laatst vertelde iemand in de tram me dat de paus elke dag alle zwangere vrouwen van de hele wereld zegent, ook vrouwen die helemaal niet katholiek zijn.

De dikke negerin danste nu alweer een minuut of tien. Sergius was op het podium geklommen en danste naast haar. Het was goed hem te zien dansen. Ik zat aan de bar en wachtte op iets. Ik wist zelfs bij benadering niet hoe dat iets eruit zou moeten zien, ik wist alleen dat ik nog even zou moeten blijven wachten. Ik heb wel eens gedacht dat al het wachten van de hele wereld past in die drie kwartier ergens op een doordeweekse dag op dat uur waarop sommigen al goedemorgen tegen je zeggen en anderen nog goedenavond, en de telefoniste zegt: 'Over drie kwartier, meneer Van Grinbergen, is de dame bij u.' Die drie kwartier loop je door je huis, en je weet al niet meer waarom je hebt gebeld, je weet ook niet waar dat snot in je neus vandaan komt, en waarom het overal zo verrekte stil is. Je denkt er alleen aan hoe ze eruit zal zien en wat ze zal zeggen, wat voor kleren ze zal dragen, en je vraagt je af of ze zo'n type is dat voor een paar meier extra een ritje naar het paradijs wil maken.

Amanda ging naar beneden, want over een paar minuten moest ze haar nummer weer doen. Voor de een na laatste keer deze avond.

'Ik ga,' zei ik tegen Sergius.

'Wil je niet op Amanda wachten?'

'Ik heb zin in chocolade-ijs.'

Ik liep naar de trap, naar de uitgang, over die geboende tegeltjes.

Ze stond voor de shoarmatent. Ze droeg een coltrui.

'Hoe gaat het?'

'Goed,' zei ze, 'met jou?'

'Het gaat.'

In de shoarmatent waren ze broodjes falafel aan het maken. Twee huizen verder was het café waar die vrouw werkte die, als ze mij zag, altijd zei: 'Ja jongen, alles gaat voorbij.' Ik weet niet waarom ze dat zei. Waarschijnlijk was ze een beetje gek. Op een dag was ze ermee begonnen en toen kon ze niet meer ophouden.

'Hoeveel?'

'Vijftig plus vijftien voor de kamer.'

'Ik betaal nooit voor de kamer.'

'Loop dan door. Ik heb geen tijd voor smalltalk.'

'Ik ook niet, maar ik heb wel zin in een ijsje. Je kunt een ijsje van me krijgen.'

'Ik moet nu werken.'

'Ik zou wat aan m'n tanden doen. Mijn moeder zei altijd: "Mijn tanden zijn heel goed door de oorlog heen gekomen, omdat ik ze elke dag met een doekje schoonmaakte." Dat zou ik ook doen als ik jou was.'

'Fuck off.'

'Ik zeg het alleen, omdat ik je aardig vind.'

Ze draaide zich om. Ik liep verder naar het café waar Jeanet achter de fruitautomaat stond. Jeanet had witte haren en ze droeg jurken die altijd ver boven haar knie ophielden. Ze drinkt alleen maar whisky met een hele hoop water en ze zegt dat ze het eeuwige leven heeft, als je haar vraagt hoe oud ze is. Als ze wat gewonnen heeft, wil ze wel eens dansen. Soms danst ze ook met mij. Ze draagt al maanden dezelfde jurk, maar dat kan als je het eeuwige leven hebt. Als ze heel veel gewonnen heeft, tilt ze haar jurk op, zodat we haar onderbroek kunnen zien en haar ronde buik. Dan zegt ze: 'We zijn lovers, we zijn allemaal tearoomlovers.' Daarna slaat ze op haar knieën waar zoveel water in zit, dat een heel café zijn dorst ermee zou kunnen lessen.

Toen ik binnenkwam, zag ik meteen dat Jeanet dit keer niet met mij zou dansen. Zelfs als ze met mij zou dansen, had het vanavond niets geholpen.

Nog voor ik was gaan zitten, stond het bier al voor me.

'Ik zag je lopen,' zei Karin.

'Ik loop hier al zowat de hele week en vanaf vandaag

loop ik hier elke dag, dus je zult moeten wennen aan mijn gezicht.'

'Ik heb me al aan ergere dingen gewend.'

Achter het biljart stond Jeanet. Als ik door het raam keek, kon ik het meisje met de pony zien, die geen tijd had voor smalltalk.

In de hoek op de strategische plek tegen de muur zat een jongen met een blauw regenjack en een capuchon, waaraan touwtjes bungelden. Hij dronk een flesje. 'Ik heb me voor twee geeltjes laten naaien,' had hij gezegd, zonder tegen iemand speciaal te praten.

'Toch wel met rubber ertussen,' zei Karin.

'Moeten we nu medelijden hebben?' vroeg de ouwe. 'Dat zou mij niet gebeuren, voor twee geeltjes.'

De jongen had een gaaf gezicht, met blonde sluike haren, en ook voor de rest zag hij er goed verzorgd uit. De ouwe wilde chocolademelk, de jongen nog een flesje en de andere man een jonge met ijs.

'Als ik naar buiten kijk, roepen de meisjes me,' zei de man naast me. Hij had bruine armen, die aan zijn schouders hingen alsof er een paar kilo gewichten aan zat. Aan zijn barkruk had hij een poedel vastgebonden.

'Kijk dan gewoon voor je,' zei ik.

'Dan roept het bier me.' Hij leegde zijn glaasje in één teug. 'I want to be your underwear,' zong hij vals.

De jongen met de capuchon stond op. 'Ik ga weer,' zei hij.

'Hoi,' riepen we allemaal.

'En door wie word jij nou geroepen?' zei Annemiek met haar hese stem en een mond vol gehaktbal.

'Door jou,' zei ik, 'alleen door jou, dat weet je toch.'

Over niet al te lange tijd was het weer Kol Nidrei. Al onze beloften, betekende Kol Nidrei geloof ik, maar verder kende ik het gebed van de heiligste avond van het jaar ook niet. Ik zou de heiligste avond van het jaar hier lopen, zoals ik alle avonden hier liep, en net als zij die daar zaten in hun witte doodskleden en *kol nidrei* prevelden, wilde ik ook niets liever dan al mijn beloften vergeten. Ik zou hier net zolang blijven rondlopen, op de mooiste plek van deze aarde, tot ik dat allemaal vergeten was, en alleen nog het bier zou bestaan dat ik had gedronken, en het geld in mijn zak, en die ene die ik maar niet kon vinden, maar naar wie ik al weken op zoek was, omdat ze de mooiste was van het hele getto.

Om half een ging ik naar buiten. De vrouw met de coltrui stond onder het afdakje van de shoarmatent. 'Het is nu vijftig,' zei ze. 'Dat is dan mooi,' zei ik, 'alleen ben ik nu niet meer in een fucking mood. Misschien morgen. Ciao bella.'

Zoals ik nu liep, zou ik jaren kunnen blijven lopen. Hier en in andere steden. Velen hadden mij gevraagd wat ik daar toch zocht. Je kon beter aan de boom vragen wat hij in de aarde zoekt of aan de wodka wat hij in de fles zoekt. Ik vond al die vragen vooral vermoeiend. Ik hoopte al lang niet meer op grote antwoorden op grote vragen. Ze stond aan de andere kant van de brug. Ze droeg een witte blouse als altijd en had lieve bruine ogen. Ook zij miste een paar voortanden, maar voor de rest zag ze er nog vrij goed uit. Ik had een keer patat met haar gegeten in de Febo. Ik had haar op softijs getrakteerd en toen ze aandrong, zei ik: 'Sorry, I don't want to mix pleasure and business.' Dat was een van de weinige dingen waarover ik nog altijd tevreden ben.

Straks moesten we weer appeltjes met honing eten. Alleen zonder mij. De warmte die je kon vinden tussen de appeltjes met honing, de kaarsen en de galles, de troost en de warmte die ze je beloofden als je maar deel wilde uitmaken van het uitverkoren volk, was een paar duizend keer valser dan de warmte die je kon krijgen van de eerste de beste straathoer zonder gebit.

Ik liep dezelfde weg terug en lachte naar hen die naar mij lachten. De straat was nauwelijks anderhalve meter breed en nog geen vijftig meter lang. Ik herinnerde me hoe hier op een avond iemand met zijn invalidenwagentje was blijven steken en voor enorme opstoppingen had gezorgd. Ik liep nu in het blonde gedeelte. Het getto bestond uit allemaal kleine gettootjes. In het zwarte gedeelte waren ze wat vriendelijker en tikten eerder tegen de ramen. De zwarten zijn vijftien gulden goedkoper dan de blonden, maar die uit Zuid-Amerika zijn weer even duur. In deze steeg, die werkelijk niet breder was dan een dodencel, waren ze heel jong, in ieder geval niet ouder dan ik. Ik was al met genoeg vrouwen naar bed gegaan die mijn oma hadden kunnen zijn.

Ze deed open nog voor ik was blijven staan.

'Fifty,' zei ze.

'Oké,' zei ik.

Ik liep achter haar aan de trap op, langs de andere vrouw die naast haar zat. De tegels waren lichtblauw, alsof we in een zwembad waren.

Ze heette Alissa. Ik kleedde me uit. Zij deed alleen haar onderbroek uit. Haar kousen hield ze aan. Ze had bruine ogen, een smal gezicht en korte, bruine haren. Toen ik helemaal naakt was, zei ze: 'Now please pay.' Ik pakte mijn broek weer van de grond en zocht naar geld.

'From where are you?' vroeg ik.

'Budapest.'

Ze ging liggen.

'Please don't kiss me.'

'Don't worry. I won't kiss you.'

Ik hield haar hoofd wel vast. Ik ben nu eenmaal gewend om het hoofd vast te houden wanneer ik neuk.

'Do you go back to Budapest?'

'I come from nowhere and I go to nowhere, and now please shut up. I'm working.'

Daarna zeiden we niets meer tegen elkaar. Alleen bij het weggaan heb ik gesalueerd en haar een handkus gegeven. Uit gewoonte.

Die zaterdag om vier uur stond ik voor de woning van meneer Dreese. Weer kwam ik langs de kinderwagen en die racefiets. Daarboven onder het dakraam verscheen het gezicht van meneer Dreese, en ik hoorde hem roepen: 'Stephan?'

In de woonkamer stond de televisie op filmnet, en ik zag het gezicht van Robert de Niro. De ventilator bewoog net als de vorige keer langzaam heen en weer, maar vandaag was het niet heet. Op tafel lagen nog steeds de *Cosmo*, en al de papieren die er de vorige keer ook al hadden gelegen.

'Heb je de pasfoto bij je?' vroeg hij.

Ik gaf hem de pasfoto. De pasfoto niette hij aan het formulier met vragen die hij de vorige keer voor mij had ingevuld.

'Je dossiernummer is 31F, het is wel handig dat je dat er meteen bij zegt als je belt, dan hoef ik hier niet zo te zoeken.'

Hij droeg dezelfde olijfgroene trui als twee dagen geleden. Er stond iets op, maar ik kon niet lezen wat.

'Weet je al wanneer je beschikbaar bent?'

'Maandag.'

'En verder?'

'Woensdag tot en met zaterdag.'

'Dan bellen we je wel als er wat is. Het is wat rustig nu.'

Hij stond op.

'Wat mij betreft kan het balletje nu gaan rollen.'

Ik geloof dat hij dit nu voor de twintigste keer zei.

'We vinden het wel prettig dat je je pak aandoet als je werkt.'

'Mijn pak,' zei ik.

Op de bank zat een Marokkaan die eruitzag alsof hij de laatste maanden voornamelijk in een kartonnen doos had geleefd. Op de televisie was Robert de Niro nog steeds bezig iemand af te tuigen.

Meneer Dreese liep met me mee naar de trap. 'Bedankt voor je komst en tot gauw.'

Ik liep naar de winkel aan de overkant, waar ik softijs kocht. Ik ben Stephan en mijn nummer is 31F, dacht ik, maar ik was ook Arnon, beheerder van het gebruikte-condoommuseum, dat grensde aan het lege-flessenmuseum. De toegang is gratis, net als de wijn. Ik had ze in mijn kamer aan een waslijn gehangen. Met een Edding-stift had ik de namen erop geschreven, zodat ik ze uit elkaar zou kunnen houden. Sommige waren lichtrood, andere doorzichtig, aan een enkele kleefde nog een wc-papiertje, een paar waren nog niet helemaal droog.

Ik liep naar het huis van mijn moeder.

'Waar heb je de pakken van papa?' vroeg ik.

'Waarom?'

'Ik heb ze nodig. Ik moet naar een feest.'

Ze roken naar ouwemannendeodorant en ze pasten me.

De broeken zakten alleen af, maar dat was te verhelpen. Ik nam er twee mee.

'Wat is het voor een feest?' wilde ze weten.

'Een feest. Zoals feesten zijn.'

Ik liep terug over de Minervalaan. Het was avond. Hier was ik de enige op straat. Een paar jaar geleden was ik vastbesloten koning van de Amsterdamse onderwereld te worden. Toen had ik ook nog een café waar ik kon poffen, en ik dacht dat *iedereen* op een dag zou worden geroepen door een van die dingen waar mensen al duizenden jaren door geroepen worden. Inmiddels zijn er in Amsterdam geen cafés meer waar ik kan poffen. Alleen in grillroom Jericho geeft de gebochelde me drie pilsjes op een avond, maar daar kom je ook niet ver mee.

Ik dacht aan Sergius, die vaak had gezegd: 'I'm tired of fighting.' Toch herinnerde ik me wel een paar nachten die ik met hem had doorgebracht op het bureau aan de Lijnbaansgracht om te verklaren dat die jongen met dat lange blonde haar eerst in zijn nek sprong, en dat Sergius toen pas begon met vechten. Het vervelende was dat al de vrienden van die dronken idioten daar ook zaten, en zij riepen dat ik niets had gezien en dat ze mongolen zoals ik desnoods nog op het bureau zouden pakken. De eerste keer dat je dat hoort, schijt je in je broek. Als je er voor de derde keer zit, omdat ze je willen horen, weet je dat ze allemaal in hun broek schijten en zich daar net zo te pletter vervelen als jij. Zelfs de smerissen lijken zich te vervelen. Er let zelfs niemand op die gekken die roepen dat ze niet als een hond willen worden behandeld of dat ze bloed pissen en dat ze een dokter willen zien.

'Bloed pissen doe je maar thuis, mafkees,' roept de

vrouw achter de balie, en tegen ons vertelt ze dat ze dit iedere week hoort.

De jongens zeggen dat ze je straks zullen opwachten en dat ze je mooie neus dan nog wat mooier zullen maken. Op zaterdagnacht lopen op zo'n bureau voornamelijk idioten, dus als je eindelijk je verklaring hebt kunnen ondertekenen, is het meestal al licht en zijn de straten leeg. Sergius zei dat je behoorlijk krankzinnig moest zijn om je vrije avond op de Lijnbaansgracht door te brengen. Sommige mensen moeten het nu eenmaal niet van hun uiterlijk hebben. Dan gaan ze schrijven, of vechten of voetballen. Of ze worden zanger. Dat kan ook nog.

'A hospital is the best place to finish a real evening,' zei Sergius en lachte. Eigenlijk had ik genoeg van dat soort avonden en ook van die mensen die altijd een zonnebril dragen, omdat ze hun halve leven met een blauw oog rondlopen.

Om zeven uur die maandag nam ik een douche. Ik trok het pak van mijn vader aan. Ik poetste mijn schoenen. In een van de zakken vond ik een rolletje King-pepermunt. Minstens drie jaar oud, maar toch nog te eten. Ik herinnerde me dat iemand me ooit had verteld dat pepermunt van spiritus wordt gemaakt. Ik ging voor de spiegel staan. Meneer Dreese had gezegd dat hij mijn krullen mooi vond. Ik hoopte dat mijn klanten dat ook zouden vinden. Ik deed aftershave op, pakte een fles slivovitsj uit de keuken en ging naast de telefoon zitten.

Om elf uur belde ik Blue Moon op.

'Ik wacht de hele avond al,' zei ik.

'Dat hoort bij het vak,' zei meneer Dreese, 'als we wat hebben, bellen we.'

Ik liep naar de avondwinkel waar ik bier kocht.

'Ga je trouwen?' vroegen ze.

'Nee,' zei ik, 'ik ga niet trouwen.'

Toen ik weer thuis was, deed ik het pak van mijn vader uit en mijn T-shirt aan. Ik liep langs de tafel waar de schelpen van mosselen in een schaal lagen. Die lagen er ook alweer een paar dagen. Vanaf de dag dat Ajax tegen Barcelona had gespeeld en ik de enige was in dat café.

Ik zat aan de bar en keek naar de televisie. Ajax stond inmiddels met 4-2 achter en er waren nog twee minuten te spelen. Ik bestelde nog een borreltje en dacht aan de vijfhonderd gulden die ik had verspeeld. Het is steeds harder werken om ergens niet aan te denken, omdat er steeds meer bijkomt waaraan niet gedacht kan worden.

Ik herinnerde me de tijd dat ik uitgever wilde worden, dat ik op de Buchmesse rondliep en allemaal mensen leerde kennen die zich gedroegen alsof ze nog nooit dronken waren geweest en nu voor de eerste keer alleen van huis waren. Allemaal verkochten ze je dezelfde onzin, de uitgevers, de schrijvers en de voetballers. Ik heb een tijd Wim Kieft gevolgd. Het begint er altijd mee dat hij de grensrechter verrot scheldt. Als dat gebeurd is, neemt hij de scheidsrechter zelf te pakken. Daarna gaat hij de elf van de tegenpartij uitschelden en als hij daarmee klaar is, gaat hij zijn medespelers verrot schelden. Tegen die tijd is de wedstrijd wel zo ongeveer afgelopen. Hij kan natuurlijk ook gewoon voetballen, maar hij weet ook hoe de zaken ervoor staan. Ik heb Wim Kieft wel eens tegen een grensrechter horen roepen: 'Ik steek die vlag straks in je reet.' Dat soort dingen zou ik ook roepen als ik over zo'n veld zou moeten sjokken met allemaal imbecielen om me heen.

Op een gegeven moment had ik geen zin meer Wim

Kieft te volgen. Ik dronk wijn, tequila, karnemelk en slivo-vitsj achter elkaar. Ik at er suikerklontjes en rauwe champignons bij en ik voelde me bijzonder goed. Beter in ieder geval dan op zo'n avond dat je met een lamzak in een café belandt en de hele avond Belgisch bier moet drinken.

Een oud telefoonboek is een prima alternatief voor wc-papier. Met het telefoonboek van Amsterdam kun je wel vier maanden doen.

Ik keek naar het pak van mijn vader dat over de stoel hing. Marielle had gezegd dat ze misselijk werd van Old Spice. Opeens kreeg ik zin om meneer Dreese te bellen en hem te zeggen dat hij wat mij betreft kon verrekken met zijn dossiernummers en zijn hele escort- en datingorganisatie. Niet omdat ik me opeens bedacht had. Voor een paar honderd gulden zou ik me ook wel door een kerel laten naaien. Eigenlijk liever pijpen dan me in mijn reet laten neuken. Pijpen zou ik ook nog wel zonder doen voor een smak geld. 's Ochtends ben je weer vergeten wat je gister-avond allemaal hebt meegemaakt. Dat is het goede van de ochtend, zeggen ze.

Alleen ging ik dat dan liever op eigen houtje regelen. Dan hoefde ik tenminste niet het pak van mijn vader aan te trekken en ook hoefde ik geen dossiernummers te ont-houden en een keer per week het parfum van meneer Dreese in te ademen.

Ik belde Blue Moon, maar ze waren bezet en ze bleven bezet. Ik wachtte nog anderhalf uur. Ten slotte gooide ik de mosselschalen weg. Ik zette muziek op van Vysotski en belde het nummer dat Kleine Michael me had gegeven. Geld moet rollen, zeker als je nog maar tweehonderd gul-den hebt. Ik vroeg of Sandra vanavond werkte. 'Ja,' zei ze. Ik dacht aan die idioot grote gele toilettas van haar, daarna dacht ik aan Wim Kieft en toen dacht ik aan al die mensen die me aan mijn kop hadden gezeurd over de liefde. Wim Kieft woont trouwens vlak bij me. Ik heb een paar keer samen met hem in de Albert Heijn gestaan.

Toen ik vijftien was, heb ik in Antigone gespeeld. Ik was iemand van het koor. Ismene werd gespeeld door de vrouw met de grootste reet van Amsterdam. Wie Antigone speelde, weet ik niet meer. Ik droeg een zwart laken dat gemaakt was door een vrouw die wiskunde gaf en die vlak voor de première in de kleedkamer als een gek heeft staan huilen. In die tijd droeg Rosie nog Osh-Kosh-pakken en schreef me heel veel brieven.

Toen ik twaalf was, zat ik op een joodse jeugdvereniging. In juni herdachten we de Zesdaagse Oorlog en speelden we een spel, waarbij we de klaagmuur moesten bevrijden. In oktober herdachten we de Jom-Kippoer-oorlog, maar ik weet niet meer wat voor spel we daarbij speelden.

Het eerste pakje sigaretten dat ik rookte was van het merk John Player Special. Drieënhalf jaar lang ben ik geabonneerd geweest op *Voetbal International*. Als welkomstgeschenk heb ik een tas gekregen waarop 'Voetbal International' staat. Toen ik achttien werd, heb ik alle *Voetbal Internationals* weggegooid. Ik ging op een zondagochtend in mei bij mijn ouders weg, met één koffer. Ik kon die koffer moeilijk vullen met *Voetbal Internationals*. 'Zo kun je me niet achterlaten,' zei mijn moeder in de voortuin.

'Zo laten mensen elkaar achter,' zei ik, 'zeur niet.'

Later heb ik dat nog een paar keer tegen mensen gezegd, tot er niemand meer was om het tegen te zeggen.

Ik liep met de koffer die me eigenlijk te zwaar was. Op tafel stonden nog een ei dat ik had gebakken en een tomaat.

Ik huurde een kamer in de Rombout Hogerbeetsstraat

bij een man die bloemen verkocht. In de Rombout Hoger-beetsstraat leefde ik voornamelijk op rijstwafels. Op mijn achttiende had ik twee weken een zoenvriendinnetje. Ze is later gek geworden.

Ik at de laatste champignons die in huis waren en be-dacht me dat ik morgen vijfhonderd gulden moest beta-len. Als je honger hebt, zijn rauwe champignons echt het beste van het beste.

Ik heb nog een hele tijd met *De wereldreis van Bulletje en Bonestaak* in mijn zak gelopen, maar ik kon prinses Coca niet meer vinden. Ik kon ook niet naar haar vragen, want ik ben de enige die haar zo genoemd heeft, geloof ik.

Eindelijk belde ze terug. Ze moeten altijd terugbellen om je nummer te controleren.

'Oh, jij bent het weer,' zei ze.

'Ja, ik ben het,' zei ik.

'Sandra is over een halfuurtje bij je.'

'Mooi, heel mooi.'

Ik dacht aan Sergius. Ook als het koud was, zat hij voor het open raam met zijn voeten op de vensterbank. Hij keek naar buiten of hij keek nergens naar. Soms verdiende hij geld met het verbouwen van huizen. Hij had een boorma-chine, vijf broeken, vijf overhemden en verder nog wat kleren die ieder mens wel heeft. Hij had ook nog een slaap-zak.

Ik heb eens een vrouw gesproken die me vertelde dat als je een kind moet baren, het net is alsof je heel erg nodig moet poepen en het maar niet lukt. Ik heb een andere vrouw gesproken die vertelde me: 'Al mijn familieleden zijn echte knoflookmensen.'

Ik had Sandra mijn telefoonnummer gegeven. Al toen ik het gaf, wist ik dat ze niet zou bellen.

Mijn vader ligt driehonderd meter boven de snelweg naar Tel-Aviv. Hij had een gebit, maar daar schaamde hij zich voor. Als hij zijn gebit schoonmaakte, sloot hij zich op in de badkamer. Daar bleef hij dan een uur en als iemand naar binnen wilde, begon hij heel hard te brullen. Hij woonde vroeger op een zolder. Naast hem woonde een dokter, meneer Landsmann. Die Landsmann was kinderarts en hij had allerlei experimenten moeten uitvoeren om zijn leven te redden. Toen hij weer terug was, zei hij: 'Ik kan nu nooit meer dokter zijn.' Hij ging in een winkel werken waar ze ceintuurs, damestasjes en dat soort dingen verkochten. Mijn vader werkte ook in die winkel. Tien jaar later vonden de benedenburen dokter Landsmann op een ochtend in hun tuin. 'Na tien jaar had niemand het meer verwacht,' zei mijn vader. Hij sprak met veel respect over dokter Landsmann, maar voor de rest had hij een hekel aan doktoren. Jeanet trouwens ook. Ze hebben haar knieën kapotgemaakt, zegt ze.

Er zijn nog een paar dingen die ik wil in mijn leven. Ik wil voor de escortservice van meneer Dreese blijven werken. Als dat niet lukt, begin ik voor mezelf, maar nooit voor minder dan een meier. Na een tijd wil ik een eigen escortservice oprichten. Vroeger wilde ik een vriendin die alles geweldig zou vinden wat ik schreef. Inmiddels ben ik erachter gekomen dat alle schrijvers in het bezit zijn van vrienden en vriendinnen die al flauwvallen bij ieder lidwoord dat ze op papier zetten. Dat is goed te merken aan hun boeken. Ik heb eens aan een meisje gevraagd of ze me wilde leren vingeren. Ze kwam uit Zeeland.

Kol Nidrei is de enige avond waarop het een beetje vol zit in de synagoge. Het is de avond van de beloften, ze moeten nietig verklaard worden, alsof ze altijd al stof van de aarde waren. Op die avond moet je een doodskleed aantrekken. Ik bezit geen doodskleed. Ik ken wel een hele hoop kleine mislukte dealertjes die nog je graf zouden openbreken om je iets aan te smeren.

Ik houd erg van een goede striptease. Daar word ik namelijk vrolijk van. Mijn vader vertelde: 'Dokter Landsmann hield erg van een goede uitsmijter met twee eieren.' Iedereen wordt van iets anders vrolijk.

'Hai,' zei Kleine Michael.

'Hai,' zei ik.

Sandra had weer haar grote gele toilettas bij zich. Haar haren waren voor een tweede keer geverfd. Dit keer beter.

'Daar zijn we weer.'

'Ik zie het.'

'Luister,' zei Kleine Michael, 'haar vriendin is ziek geworden. Ze heeft iets aan haar kaak. Weet jij hier een ziekenhuis?'

'Ga naar een tandarts.'

'Ik neem liever een ziekenhuis. Ze heeft geen papieren, niets. We moeten alles handje contantje betalen.'

'Probeer de v u,' stelde ik voor, 'dat is het dichtste bij.'

'Je betaalt nu voor één uur, maar waarschijnlijk blijf ik langer weg. Dat is voor jou dan een mazzeltje, oké?'

'Oké,' zei ik.

Hij zei iets tegen Sandra wat ik niet kon verstaan, omdat hij fluisterde. Ze hield haar hoofd vlak bij zijn oor. Ten slotte zei hij: 'It's your friend.'

Hij sloeg de deur achter zich dicht.

Ik zag dat Sandra een nieuwe spijkerbroek aan had. Haar billen waren alleen iets te klein voor deze broek.

'Did you buy it here in Amsterdam?' Ik wees op haar broek. Ze knikte.

'So your sister-in-work is sick?'

'Yes.'

'Oké, let's have a drink.'

Ik had een hekel aan verhalen over ziektes. Haar toilettas stond op tafel. Ze dronk wijn. Ze had te veel lippenstift op. De echte kleur van haar haren – donkerblond – was nu niet meer te zien. Ze rookte.

Ik vroeg wat ze deed in Litouwen. Ze vertelde dat ze Litouwse geschiedenis studeerde. Dit gesprek duurde een kwartier.

Zij rookte en ik dronk. Als asbak gebruikte ze een van mijn vieze glazen. Na zes sigaretten ging ze douchen. Ik gaf haar dit keer een handdoek voor ze de badkamer in ging. Ze sloot de deur. Ik ging op de grond in de gang op een stapel boeken zitten. Volgens mij bestond haar Engels uit twee zinnen: 'Where is the shower?' en 'I don't understand.' Meer had je ook niet nodig.

Na tien minuten kwam ze naar buiten. Onder haar arm hield ze haar toilettas geklemd.

We gingen in bed liggen. Zij rookte en ik dronk. Vysotski zong, maar toen het bandje was afgelopen, draaide ik het niet om.

Ik kuste haar een paar keer. Af en toe streelde ik haar lange hals en haar rug met de bobbeltjes. Op het voeteneind stond haar toilettas die nog voller was dan de vorige keer. Ik vroeg me af of ze uit Litouwen nog iets anders had meegenomen dan die toilettas.

Toen ik me omdraaide, zag ik dat we de asbak hadden omgegooid. De linkerkant van mijn bed zat onder de peuken en zwarte strepen en vegen. Dat was het enige wat aan deze avond had ontbroken, dat we in brand waren gevlo-gen.

Ik streelde haar buik en voelde haar haren, die net zo hard waren als die op haar hoofd.

'I feel bad,' zei Sandra. Ze keek naar de muur, maar daar was niets te zien.

Ik had nu moeten roepen: 'Hou op met die trucjes, vuile hoer.' Ik had haar bloemetjesonderbroek van haar lichaam moeten rukken en haar hemd, maar ik bleef liggen. Niet omdat ik plotseling het licht had gezien en me een beter mens wilde voelen. Ik was alleen hondsmoe. Ik vond het allemaal best. Haar sister-in-work had een kaakontste-king. Zij zag eruit alsof ze ook ziek werd, net als ik. Het was koud in mijn kamer, omdat de deuren de hele dag open hadden gestaan. Ik draaide me naar haar toe, voelde hoe warm ze was, levende mensen zijn nu eenmaal warm, en viel tegen haar aan in slaap.

Zij was de eerste die 'shit' zei toen de bel ging. Het was bijna half drie. Ik deed mijn trui aan, liep naar het raam en riep dat ze er zo aankwam.

'Is het gelukt?' vroeg ik aan Kleine Michael. Sandra stond naast hem, met haar kleine billen in de spijkerbroek en haar toilettas, die ze vasthield alsof het haar baby was.

'Nee, ik moet het morgen doen,' zei Kleine Michael. 'Maar jij hebt er toch weer mooi een halfuurtje bij gepikt.'

'Zo is dat,' zei ik.

'En ze vond het geloof ik helemaal niet erg.'

'Nee hoor.'

Ik gaf Sandra een hand.

'Ciao,' zei ik.

Ze knikte.

Ze liep achter hem aan.

Bij de deur zei Kleine Michael: 'Tot de volgende keer maar weer.'

'Ja,' zei ik.

Ik liep naar boven. Ik hield me goed vast aan de leuning. Op de grond lag Sandra's handdoek. Aan de zeep kleefde een haar die niet van mij kon zijn. De badkuip was beschilderd, zoals je eieren kunt beschilderen of paddestoelen, met allemaal lichtbruine of donkerrode stippen. Ik kon in dit licht niet zien of het poep was of bloed.

Morgen, dacht ik, morgen zou ik alles opruimen. Morgen moest ik ook vijf meier betalen en meneer Dreese bellen. Ik zou vast een hele goede zijn. Misschien moest ik alleen wat minder kieskeurig worden, zodat ze wat meer werk voor me hadden, want dat wachten vond ik nog wel het ergste. Gelukkig dat kieskeurigheid snel verdwijnt, hebben ze me verteld, net als al die andere dingen.

Ik had ooit een plan bedacht om de banken op te lichten.

Sergius en ik hadden samen het plan om etiketten van Chanel op goedkope parfum uit Polen te plakken. Later heeft hij beloofd dat hij chauffeur wilde worden als ik die escortservice van de grond zou krijgen. Dat was vlak voor hij wegging.

Als je oud wordt, heb je een vaste plaats aan de bar en je zegt over degene die net naar buiten liep: 'Vroeger wilde die nog wel eens neuken voor een meier.'

'We zijn allemaal tearoomlovers,' zegt Jeanet dan, en knijpt me zacht in mijn kruis. Eén ding beloof ik, ik beloof het jullie allemaal, op mijn bruiloft komt de hele onderwereld dansen.